Angela Sommer-Bodenburg

Jeremy Golden

und der Meister der Schatten

Arena

In neuer Rechtschreibung

1. Auflage 2008 als Arena-Taschenbuch
Lizenzausgabe des Thienemann Verlag, Stuttgart

Umschlagillustration: Britta Gotha
Umschlaggestaltung: Frauke Schneider
Umschlagtypografie: knaus. büro für konzeptionelle
und visuelle identitäten, Würzburg
Gesamtherstellung: Westermann Druck Zwickau GmbH
ISSN 0518-4002
ISBN 978-3-401-02943-6

www.arena-verlag.de

I.

Greyland

Jeremys Schattentheater

Diesmal wirst du mir nicht entkommen, Lady Esther!«, sagte Lord Soledad und seine Stimme bebte vor Zorn. »Ich werde dich in den tiefsten, finstersten Kerker meines Schlosses werfen. Und da unten wirst du hocken, bis dich die Ratten gefressen haben!«

»Du Schwächling willst mich einsperren?«, höhnte Lady Esther. »Hast du vergessen, dass ich fünfhundert Ritter habe? Sie werden auf ihren Rössern herangaloppieren und mich befreien! Und danach werden sie dich auf mein Schloss bringen und an der höchsten Fahnenstange aufhängen. Und dann werden wir zusehen, wie dich die Geier in Stücke reißen!«

»Fünfhundert Ritter, sagst du?« Lord Soledad lachte dröhnend. »Kein einziger ist mehr auf deinem Schloss! Deine Ritter haben sich in alle Winde zerstreut, weil du ihnen nur Wasser und Brot gegeben hast und weil du ihnen nur leere Versprechungen –«

»Jeremy!«, ertönte da eine hohe, schrille Stimme. Sie klang wie die Stimme von Lady Esther, doch sie kam aus einem anderen Zimmer.

»J-ja?«, stotterte Jeremy.

»Mit wem sprichst du da?«, rief die schrille Stimme.

Auf einmal war Jeremy wieder in der Wirklichkeit. Nun wusste er auch, woher die schrille Stimme kam:

aus dem Wohnzimmer, wo seine Stiefmutter Rita auf dem Sofa lag. Er hatte geglaubt, sie würde schlafen, wie jeden Nachmittag. Ob er sie mit seinem Theaterspiel geweckt hatte? Schnell schaltete Jeremy die Taschenlampe aus, mit der er die Bühne beleuchtet hatte, und dann schob er sein Schattentheater, das er sich aus einem Schuhkarton gebastelt hatte, unter sein Bett.

Gerade noch rechtzeitig; denn nun flog die Tür auf und Rita marschierte mit Unheil verkündender Miene ins Schlafzimmer. Ihre rot gefärbten Haare waren noch ganz zerdrückt vom Liegen.

»Du hast gefälligst zu antworten, wenn ich dich etwas frage!«, herrschte sie ihn an.

»Ja . . .«, sagte Jeremy gedehnt.

»Also: Mit wem hast du gerade gesprochen?«

»Mit mir selbst.«

»Mit dir selbst?« Rita gab ein verächtliches »Pfff!« von sich. Sie ging zum Fenster und riss die dunkelroten Vorhänge auf, die Jeremy für sein Theaterspiel zugezogen hatte.

Dann fuhr sie herum und starrte ihn mit ihren kalten blauen Augen an – wie ein Scharfrichter kurz vor der Urteilsverkündung!, dachte Jeremy.

Ihr Gesicht ähnelte dem von Lady Esther: Es war lang und hager, mit einer vorspringenden Nase und einem kantigen Kinn. Doch Lady Esther war nur eine

Spielfigur, die Jeremy aus schwarzem Karton ausgeschnitten hatte. Rita dagegen war real – viel zu real!, wenn man Jeremy fragte.

»Warum hast du die Vorhänge zugemacht?«, fuhr sie ihn an und musterte Jeremy von den Turnschuhen aufwärts bis zu seinem blonden Haarschopf. »Es soll wohl keiner merken, was für zwielichtige Sachen du hier treibst, wie?«

Jemand anderem wäre unter Ritas Blick der Angstschweiß ausgebrochen. Aber Jeremy war daran gewöhnt und so zuckte er nur mit den Schultern und sagte: »Ich hab gar nichts getrieben.«

»Was hast du dann gemacht?« Misstrauisch sah sie sich im Zimmer um, konnte aber allem Anschein nach nichts Verdächtiges entdecken.

»Ich hab mich nur ausgeruht«, sagte er.

»Ausgeruht . . .« Wieder machte sie ihr verächtliches »Pfff!«. »Weißt du, dass wir noch Milch und Butter brauchen?«

»Nein.«

»Was soll das heißen?« Eine steile Falte erschien zwischen ihren Augenbrauen, die sie mit schwarzen Strichen nachgezogen hatte. »Du willst dich doch nicht weigern, zum Einkaufen zu gehen, oder?«

»Nein. Es soll heißen: Ich wusste nicht, dass wir noch Milch und Butter brauchen«, sagte Jeremy.

»Dann weißt du es jetzt«, fauchte Rita.

Sie arbeitete vormittags in einer Fabrik, in der künstliche Blumen hergestellt wurden. Auf dem Nachhauseweg fuhr sie an sämtlichen Geschäften vorbei, hielt aber nie an, um einzukaufen. Später schickte sie dann Jeremy los. Überhaupt nutzte sie jede Gelegenheit, um ihn zu demütigen und zu schikanieren. Das allein war schon schlimm genug. Am allerschlimmsten aber fand Jeremy, dass Rita gerade mal zehn Jahre älter war als er. Damit hatte sie überhaupt kein Recht, ihn herumzukommandieren! Ihre Macht über ihn verdankte sie nur der Tatsache, dass sie mit seinem Vater verheiratet war.

Jeremys Mutter war vor zwei Jahren gestorben, als er neun war. Ein Jahr später hatte sein Vater Rita geheiratet; angeblich, weil Jeremy wieder eine Mutter brauchte. Den wahren Grund hatte Jeremy fünf Monate nach der Hochzeit herausgefunden, als seine Stiefschwester Tiffany geboren wurde. An Tiffany hing Rita mit einer wahren Affenliebe. Natürlich bekam Tiffany besseres Essen und schönere Kleidung und richtig gutes, teures Spielzeug. Doch zum Glück blieb sie die Woche über bei Ritas Eltern. Nur am Wochenende musste Jeremy zugucken, wie Rita sie nach Strich und Faden verwöhnte und ihr jeden Wunsch von den Augen ablas. Und dann verbrachte er so wenig Zeit wie nur möglich in der Wohnung. Manchmal fuhr er stundenlang auf dem alten Fahrrad, das sein

Vater im Fundbüro für zwanzig Euro ersteigert hatte, durch die Gegend.
»Versteckst du etwas unter deinem Bett?« Rita hatte eine Ecke des Kartons erspäht.
»Nein!«, schrie Jeremy auf.
Doch damit weckte er erst recht Ritas Verdacht. Sie ging auf die Knie und ehe Jeremy es verhindern konnte, hatte sie den Karton unter seinem Bett hervorgezogen.
»Ja, was ist denn das?«
Mit einer Mischung aus Neugier und Abscheu besah sie das Schattentheater: das weiße Stück Stoff, das Jeremy vor die Öffnung an der Stirnseite geklebt hatte und das die Bühne für die Schattenfiguren war, die Schlitze in den Längsseiten des Kartons, aus denen die Holzspieße ragten, mit denen Jeremy seine Figuren hin und her bewegte, und das Loch für die Taschenlampe an der Rückwand.
»Hast du in dem Karton etwa Käfer?«, fragte sie. »Oder – brrr . . .«, sie verzog ihren Mund, »Spinnen?«
Jeremy ballte die Fäuste. »Nein!«
Wenn er doch zaubern könnte!, dachte er. Dann würde er seinen Zauberstab nehmen, einen Zauberspruch aufsagen und – pling! – würde aus Rita eine Spinne!
Aber er konnte nicht zaubern. Er konnte eigentlich gar nichts. Er war unsportlich und unmusikalisch,

schmal für sein Alter, ohne richtige Freunde, ohne Mutter ... und das Einzige, was ihm jemals Spaß gemacht hatte und woran sein Herz hing, war sein Schattentheater.

Und das war jetzt in den Händen von Rita ...

Nun lächelte sie sogar. Aber es war ein fieses, hinterhältiges Lächeln. Sie nahm den Deckel des Kartons ab und zog die Holzspieße, an denen Lord Soledad und Lady Esther befestigt waren, aus den Schlitzen.

»Sollen das etwa Scherenschnitte sein?«, spottete sie. »Pah, die würde selbst Tiffany besser hinkriegen!«

»Sie sollen gar nichts sein«, knurrte Jeremy. »Und jetzt gib mir mein Schattentheater wieder!«

»Also soll es doch etwas sein!«, frohlockte Rita. »Zum Einkaufen bist du immer zu faul, aber wenn es um deine Interessen geht, wirst du plötzlich bienenfleißig!«

»Ich bin überhaupt nicht zu faul zum Einkaufen«, verteidigte sich Jeremy. »Ich gehe jeden Tag!« Und leise ergänzte er: »Wenn einer zu faul zum Einkaufen ist, dann bist du das.«

Aber das hätte er lieber nicht sagen sollen. Rita stieß einen Schrei aus, dann kreischte sie: »Du Nichtsnutz, du Rotznase, du unverschämter Lümmel, du Faulpelz, du –« Sie schnappte nach Luft; anscheinend waren ihr die Schimpfwörter ausgegangen.

Jeremy hielt sich den rechten Arm schützend vor die

Augen und wartete, dass sie ihn schlug. Doch die Schläge blieben aus. Stattdessen vernahm er ein Reißen, gefolgt von einem Krachen und Knirschen. Als er den Arm sinken ließ, sah er voller Entsetzen, wie Rita auf seinem Schattentheater herumtrampelte.
»Das hast du nun von deiner Frechheit!«, schrie sie. »Und wenn dein Vater heute Abend nach Hause kommt, werde ich ihm alles erzählen! Warte nur ab, was dann passiert!«
Damit rauschte sie aus dem Zimmer und warf die Schlafzimmertür hinter sich zu. Dass sie ihn zum Einkaufen schicken wollte, schien sie vergessen zu haben.
Langsam hob Jeremy den Karton auf. Er sah aus, als wäre er unter einen Lastwagen geraten: Der Deckel und die Wände waren zerquetscht, das weiße Stück Stoff abgerissen. Und von Lord Soledad und Lady Esther waren nur noch Papierschnitzel übrig. Selbst die Holzspieße hatte Rita zerbrochen.
Jeremys Augen fingen an zu brennen, doch es kamen keine Tränen. Nach dem Tod seiner Mutter hatte er sich jeden Abend in den Schlaf geweint. Aber eines Tages war er ganz leer und ohne Tränen gewesen und seitdem hatte er nie wieder geweint.

Finlay McCain

Ich kann dir ein richtiges Schattentheater zeigen«, sagte da eine dunkle Stimme, »eins mit lebenden Schatten!«

Jeremy zuckte zusammen. Beklommen spähte er zum Schrank hinüber; von dort war die Stimme gekommen.

»Wer . . . wer sind Sie?«, fragte er.

Eine sonderbare Gestalt kam aus dem Spalt zwischen dem Schrank und der Wand hervor. »Ich bin Finlay McCain.«

Jeremy blinzelte. Alles an dem Mann war grau: seine Haut, seine großen ausdrucksvollen Augen, seine Lippen, sein kurzer Spitzbart, sein halblanges, leicht gewelltes Haar, sein Anzug, sein Hemd, seine Stiefel, seine Hände – ja, sogar seine Fingernägel. Als wäre er in ein Bassin mit grauer Farbe gefallen!, dachte Jeremy.

»Ich kann dir aber auch helfen, dein Schattentheater zu reparieren«, sagte Finlay McCain. »Es ist allein deine Entscheidung.«

»Was ist meine Entscheidung?«, fragte Jeremy.

»Ob du bleibst oder ob du mit mir kommst.«

Jeremy glaubte sich verhört zu haben. »Ich soll mit Ihnen kommen?«

»Es wäre mir eine große Freude und Ehre! Und bitte sag Du zu mir.« Finlay verneigte sich.
Diese Geste berührte Jeremy ganz eigenartig. »Und wohin soll ich mitkommen?«, fragte er verwirrt.
»Nach Greyland.«
»Nach Greyland? Und wo liegt das?«
»Es ist ein Ort, zu dem nur wenige gelangen können«, sagte Finlay. »Und du bist einer dieser wenigen.«
»Ich? Wieso ausgerechnet ich?«
»Weil du ein Freund der Schatten bist.«
Jeremy spürte, wie sein Herz schneller schlug. »Manchmal fühle ich mich selbst wie ein Schatten«, sagte er leise.
Finlay nickte. Jeremys Geständnis schien ihn nicht überrascht zu haben. »Und deshalb brauchen wir dich in Greyland«, sagte er. »Du sollst die Farben für uns zurückerobern.«
»Welche Farben?«
»Alle Farben. Als unser Land noch nicht Greyland hieß, sondern Iris, wurden uns die Farben genommen und seitdem ist bei uns alles grau. Aber du, Jeremy Golden, könntest die Farben für uns zurückerobern!«
»Du kennst meinen Namen?«
»Ja. Es war dein Name – Golden –, der mich zu dir geführt hat.«
»Aber mein Vater heißt auch Golden«, sagte Jeremy.

»Und meine Stiefmutter und meine Stiefschwester auch«, ergänzte er mit einem Anflug von Bitterkeit.
»Für deine Familie ist es nur ein Name«, sagte Finlay. »Du dagegen *bist* golden!«
Jeremy wusste nicht genau, was Finlay damit meinte. Vielleicht seine blonden Haare, die in der Sonne manchmal wie Gold glänzten?
»Außerdem hast du verschiedenfarbige Augen.« Finlay lächelte. »Dein linkes Auge ist blau und dein rechtes blaugrün.«
»Das hast du gesehen?«, wunderte sich Jeremy.
»Es ist meine Aufgabe, solche Dinge zu sehen«, sagte Finlay. »Weißt du auch, was es bedeutet, verschiedenfarbige Augen zu haben?«
»Nein.«
»Es bedeutet, dass aus dir etwas ganz Besonderes werden wird!«
»Aus mir?«, sagte Jeremy ungläubig.
»Ja!«
Eine Pause trat ein. Aus dem Wohnzimmer kam der Ton des Fernsehers und erinnerte Jeremy daran, dass er nicht fantasierte. Der sonderbare graue Mann, der so merkwürdige Dinge über ihn gesagt hatte, stand wirklich vor ihm – es war keine Einbildung!
»Du kannst mich ruhig anfassen«, sagte Finlay, als hätte er Jeremys Gedanken erraten. »Ich bin aus Fleisch und Blut.«

Er streckte seine Hand aus und zögernd ergriff Jeremy sie. Als sich ihre Hände berührten, sagte Finlay: »Du bist verwirrt und auch ein wenig ängstlich. Das verrät mir dein Herzschlag.«

»Du kannst meinen Herzschlag spüren?«

»Ja. Dein Herzschlag verrät mir aber auch, dass in dir eine große innere Kraft wohnt, die sich schon bald offenbaren wird.«

Jeremy ließ Finlays Hand wieder los. In der Schule wurde er oft als Schwächling verlacht, weil er jedem Streit aus dem Weg ging. Er hatte nie darüber nachgedacht, dass er eine innere Kraft besitzen könnte, noch dazu eine große Kraft, wie Finlay gesagt hatte.

»Hast du deine Entscheidung getroffen?«, fragte Finlay. Seine grauen Augen musterten Jeremy prüfend. Doch es war ein ganz anderer Blick als der, mit dem Rita ihn immer durchbohrte. Anteilnahme und freudige Erwartung sprachen aus Finlays Blick – und noch etwas, das Jeremy nicht benennen konnte.

Er atmete tief durch, bevor er sagte: »Ja. Ich habe mich entschieden.«

Finlays Augen glänzten. »Und?«, fragte er.

»Ich komme mit dir nach Greyland!« Jeremy merkte, wie seine Stimme zitterte. »Hier hab ich sowieso nichts verloren«, fügte er mit einem Blick auf die geschlossene Schlafzimmertür hinzu. »Mein Vater hat nie Zeit für mich und meine Stiefmutter hasst mich.

Und für meine Stiefschwester ist es auch besser, wenn ich nicht mehr da bin. Wir haben nur zwei Zimmer und Rita – das ist meine Stiefmutter – sagt, in der Wohnung ist nur Platz für ein Kind. Ich wette, alle sind heilfroh, wenn ich weg bin.« Jeremy holte tief Luft. Er konnte sich nicht erinnern, wann er das letzte Mal so viel auf einmal gesagt hatte.

»Und was ist mit deiner Mutter – deiner richtigen Mutter?«, fragte Finlay.

Aufs Neue begannen Jeremys Augen zu brennen. »Sie ist tot.«

»Das tut mir sehr leid.« Finlay sah ihn mitfühlend an. Nach kurzem Schweigen fragte er: »War deine Mutter krank?«

»Nein, sie war ganz gesund und plötzlich –« Jeremy schluckte. »Mein Vater will mir nicht sagen, was passiert ist. Aber ich weiß, dass sie nicht an einer Krankheit gestorben ist.«

»Und was ist mit deinem Vater?«, fragte Finlay. »Wird er dich nicht vermissen?«

»Mein Vater freut sich auch, wenn ich weg bin«, sagte Jeremy. »Meinetwegen hat er andauernd Streit mit Rita. Er sagt immer, dass er zwischen den Stühlen sitzt. Der eine Stuhl bin ich und der andere Stuhl ist Rita. Und er sitzt genau dazwischen, sagt er, bloß in der Luft. Aber wenn ich erst mal weg bin, sitzt er nicht mehr in der Luft, dann kann er sich zu Rita und

Tiffany setzen.« Bei den letzten Worten spürte Jeremy einen Schmerz im Bauch. Den spürte er oft, wenn er an seinen Vater dachte. Aber in Greyland würde er diesen Schmerz bestimmt nie mehr spüren!
»Und wie steht es mit deinen Freunden?«, fragte Finlay. »Du hast doch Freunde, oder?«, sagte er, als Jeremy nicht gleich antwortete.
»Ich hatte einen Freund, Connor.« Jeremy räusperte sich. »Aber seit meine Mutter tot ist, treffen wir uns nicht mehr. Connor sagt, ich bin komisch geworden.« Er zuckte mit den Achseln. »Vielleicht stimmt es ja, vielleicht bin ich wirklich komisch geworden.«
»Das glaube ich nicht«, sagte Finlay. »Du bist nur ernster und nachdenklicher geworden. Aber Connor weiß nicht, wie das ist, seine Mutter zu verlieren.«
Jeremy nickte. Es war schon merkwürdig: Finlay, den er vor einer halben Stunde noch gar nicht gekannt hatte, verstand ihn besser als sein eigener Vater!
»Und außer Connor hast du keine Freunde?«, fragte Finlay.
»Jedenfalls keine richtigen.«
»Auch keine Freundin?«
»Bestimmt nicht!«, sagte Jeremy mit ungewollter Heftigkeit.
Finlay sah ihn gedankenvoll an. Möglicherweise ahnte er, dass Jeremy seit dem Tod seiner Mutter und den Erfahrungen mit Rita und Tiffany einen großen

Bogen um Mädchen und Frauen machte. Ja, er hatte sich vorgenommen, niemals zu heiraten und niemals Kinder zu haben. In seinen Augen waren Kinder das Wertvollste, aber auch das Schutzloseste und Verletzbarste auf der ganzen Welt. Unter keinen Umständen wollte er einem von ihnen wehtun – am allerwenigsten seinem eigenen Kind!

»Und wie ist es mit deiner Schule?«, fragte Finlay. »Musst du nicht in die Schule gehen?«

»Ich muss dieses Schuljahr sowieso wiederholen, weil ich zu oft gefehlt habe«, sagte Jeremy.

»Dann kann unsere Reise ja beginnen!« Finlay McCain machte keinen Versuch, seine Freude zu verbergen.

Rory Fireball

Finlay trat ans offene Fenster.
»Aber wir wohnen im zweiten Stock«, sagte Jeremy erschrocken. »Ich glaube nicht, dass ich so tief springen kann!«
»Du brauchst nicht zu springen«, sagte Finlay. »Wir werden fliegen!«
»Fliegen? Du bist nicht im Auto gekommen?«
»Nein. Wir benutzen unsere Autos nicht mehr.«
»Und warum nicht?«
»Alle Lichter an unseren Autos sind grau: die Scheinwerfer, die Blinklichter, die Bremslichter, das Warnlicht. So können und dürfen wir nicht fahren.«
»Wie bist du dann hergekommen?«, fragte Jeremy.
Finlay lächelte geheimnisvoll. Aus der Tasche seines Anzugs holte er ein graues Holzrohr und blies hinein. Ein hoher, durchdringender Ton erklang. »Rory Fireball wartet auf einem der Dächer gegenüber«, sagte er.
»Und wer ist Rory Fireball?«, fragte Jeremy.
Doch ehe Finlay antworten konnte, schwebte ein grauer Ballon heran. Er sah aus wie die Heißluftballons, die Jeremy aus dem Fernsehen kannte. Und in seiner Gondel saß . . . ein Drache!
»Das ist Rory Fireball?« Jeremy war ziemlich überwältigt.

Der Drache verneigte sich vor ihm, genau wie eben Finlay, und sagte: »Es ist mir eine Ehre, deine Bekanntschaft zu machen, Jeremy Golden!«
Seine Stimme klang wie ein Gong – oder richtiger: wie ein Gong klingen würde, wenn er sprechen könnte!, dachte Jeremy. Der Drache hatte einen mit grauen Schuppen bedeckten Körper, von dem Jeremy aber nur die obere Hälfte sehen konnte, graue Flügel und kräftige Arme mit erstaunlich zierlichen, menschenähnlichen Händen. Seinen echsenartigen Kopf krönte ein Zackenkamm. Das Maul des Drachen war auffallend breit und er hatte große Nasenlöcher, aus denen dünne Rauchfahnen stiegen. Zum Glück reichte er Jeremy nur ungefähr bis zur Schulter und das machte ihn etwas weniger furchterregend.
»Es ist mir eine Ehre, deine Bekanntschaft zu machen«, sagte Jeremy.
»Tatsächlich?« Der Drache kicherte. Sein Kichern klang, als würde ein Tamburin geschlagen.
»Rory ist eine sehr freundliche Drachin«, versicherte Finlay.
Jeremy verschluckte sich fast. »Er ... sie ... äh ... Rory ist eine Drachenfrau?«
»Ein Drachenmädchen«, sagte Finlay.
»Magst du keine Drachenmädchen?«, fragte Rory und schickte eine Rauchwolke in Jeremys Richtung. Er hustete. Der Rauch war sehr heiß und hinterließ ei-

nen beißenden Geschmack auf der Zunge. »Ich kenn ja nur dich«, sagte er.

»Und? Magst du mich?« Rory zupfte an ihrem Zackenkamm.

»Äh – ja . . .«, sagte Jeremy – nicht sehr überzeugend, das merkte er selbst.

Rory Fireball gab ein unzufriedenes Zischen von sich.

»Fliegen wir!«, sagte Finlay und stieg auf die Fensterbank. Doch in diesem Augenblick sank der graue Ballon und Finlay wäre um ein Haar oben auf dem Ballon gelandet und nicht in der Gondel.

»Rory!«, rief er vorwurfsvoll. »Vergiss nicht zu blasen!«

»Entschuldigung«, sagte Rory.

Um das Versäumte wettzumachen, stieß sie einen besonders kräftigen Feuerstoß aus. Die Flammen, die dabei aus ihrem Maul und aus ihren Nasenlöchern kamen, waren nicht rot, sondern grau!, stellte Jeremy fest. Er hätte nie geglaubt, dass es graues Feuer geben könnte. Aber genauso wenig hätte er geglaubt, dass er eines Tages einer richtigen Drachin begegnen würde! In ihrem Übereifer hatte Rory Fireball allerdings zu viel Feuer ausgestoßen und so schwebte der Ballon an Jeremys Fenster vorbei. Er gewann rasch an Höhe und es dauerte eine Weile, bis sich die Luft so weit abgekühlt hatte, dass er wieder sank. Als er Jeremys

Fenster erreicht hatte, sprang Finlay in die Gondel und Jeremy folgte ihm.

Zu Jeremys Erleichterung machte Rory ihnen Platz, indem sie auf den Rand der Gondel kletterte und sich an den Seilen festhielt. Nun konnte er auch den Rest ihres Körpers sehen: Sie hatte einen langen Schwanz, an dessen Ende ein kräftiger Stachel saß, und muskulöse Hinterbeine mit menschenähnlichen Füßen. Wie bei Finlay war alles an ihr grau, als wäre sie in dasselbe Bassin mit grauer Farbe gefallen.

Jetzt stieß sie mehrere kurze Feuerstöße aus. Der Ballon begann zu steigen und das Haus, in dem Jeremy sein ganzes Leben verbracht hatte, zuerst mit seinem Vater und seiner Mutter und danach mit seinem Vater und Rita und Tiffany, wurde immer kleiner.

Jeremy blickte auf die Erde hinunter. Er hatte erwartet, Trauben von Schaulustigen zu sehen, die zu ihnen hochstarrten: Nachbarn aus seinem Haus, Passanten auf der Straße, Kinder, die er kannte, vielleicht sogar Rita. Doch kein Einziger guckte zu ihnen herauf. Anscheinend hatte niemand den ungewöhnlichen Ballon bemerkt oder die Feuerstöße von Rory Fireball gehört! Einen Moment lang war Jeremy enttäuscht. Selbst jetzt, wo er mit einer Feuer speienden Drachin und einem rätselhaften grauen Mann auf dem Weg in ein fremdes Land war, nahm niemand Notiz von ihm.

Aber wenn er allen dort unten dermaßen egal war, würde ihn auch keiner vermissen!, ging es ihm durch den Kopf. Und dann musste er auch kein schlechtes Gewissen haben, dass er Finlays Einladung angenommen hatte!

Die Drachin stieß einen neuerlichen Feuerstoß aus und sie glitten in eine Wolkenbank hinein. Ja, und dann war die Welt, die Jeremy kannte, hinter einem dichten Vorhang verschwunden!

Die Fahrt im Ballon

Irgendwo hatte Jeremy gelesen, Heißluftballons ließen sich nicht steuern; sie würden nur mit der Windströmung fahren. Aber für ihren Ballon schienen andere Regeln zu gelten. Während sie durch die Wolken glitten, studierte Finlay McCain eine mit Zahlen und seltsamen Zeichen bedeckte Karte und gab Rory Fireball Anweisungen, wie sie ihre Feuerstöße dosieren sollte: stärker oder schwächer, länger oder kürzer. Finlay variierte auch den zeitlichen Abstand zwischen den einzelnen Feuerstößen. Trotz der dichten Wolkendecke wusste er offenbar genau, wo sie sich befanden.

Immer wieder nickte er zufrieden und einmal drückte er Jeremys Hand und sagte: »Nun ist es nicht mehr weit.«

Endlich hatten sie die Wolken hinter sich gelassen und schwebten über einer weiten, mit Felsblöcken bedeckten Hochebene. Zwischen den Felsblöcken wuchsen Bäume und Büsche, die Blüten in den verschiedensten Farben trugen.

Finlay lächelte wehmütig. Er schien sich am Grün der Blätter und am Weiß und Gelb, Rosa und Orange, Blau und Violett der Blüten gar nicht sattsehen zu können. Aber je weiter sie kamen, desto mehr ver-

blassten die Farben. Und am Rand der Hochebene, dort wo der Berg jäh gegen ein Tal hin abfiel, das tausend oder noch mehr Meter tiefer lag, waren alle Pflanzen nur noch einheitlich grau.
Konnte es sein, dass diese Bäume und Büsche von derselben Graukrankheit befallen waren wie die Menschen in Greyland?, überlegte Jeremy. Und war diese Graukrankheit ansteckend?
Rory Fireball hatte eine Zeit lang keinen Feuerstoß mehr ausgestoßen und nun schwebten sie langsam ins Tal, das wie ein riesiger grauer Teppich unter ihnen ausgebreitet lag. Jeremy konnte nicht den winzigsten Farbfleck entdecken, wohin er auch schaute. Ja, sogar die Sonne, die diese eintönige Szenerie beschien, hatte ein sonderbar graues, kränkliches Licht – als hätte jemand Grau in ihr sonst so strahlendes Orangerot gemischt!, dachte er.
Auf einmal unterbrach Vogelgezwitscher die Stille. Ein Schwarm kleiner grauer Vögel war aus dem Tal aufgestiegen und umkreiste ihren Ballon. Und dann – Jeremy traute seinen Ohren nicht – hörte er die Vögel sprechen!
»Wieder ein Bunter!«, sagte ein Vogel und deutete auf Jeremy.
»Der wird auch nicht lange bleiben«, sagte ein zweiter Vogel.
»Es hat ja sowieso keinen Zweck«, sagte ein dritter

und ein vierter ergänzte: »Sie kommen und gehen und alles bleibt, wie es war.«

»Irrtum«, widersprach ein fünfter, »es wird schlimmer!«

»Ja, es wird schlimmer, weil wir mit jedem Bunten, der kommt, neue Hoffnung schöpfen«, sagte ein sechster Vogel.

»Das ist wahr«, stimmten mehrere Vögel zu.

Ein Vogel schaute Jeremy besonders eindringlich an. Dann sagte er: »Der Bunte, den sie heute bringen, sieht anders aus.«

»Wie anders?«, fragte der Vogel, der zuerst gesprochen hatte.

»Anders«, sagte der Vogel nur.

»Sie sind doch alle gleich!«, sagte der erste Vogel.

Jeremy lauschte mit offenem Mund und wusste nicht, worüber er sich mehr wundern sollte: über die Bemerkungen der Vögel oder darüber, dass er ihre Sprache verstand.

»Aber eines Tages soll ein Bunter kommen, der alle Farben zurückbringt. Und dann heißen wir wieder Iris und nicht mehr Greyland«, sagte ein siebter Vogel.

»Das wird nie jemand schaffen«, sagte der erste Vogel und flog davon.

Die anderen folgten ihm; als Letzter flog der Vogel, der Jeremy so intensiv gemustert hatte, davon.

»Was glaubst du, welcher Vogel recht behält?«, wandte Jeremy sich an Finlay.
»Womit?«, fragte Finlay.
»Der eine Vogel hat gesagt: ›Eines Tages soll ein Bunter kommen, der alle Farben zurückbringt.‹ Aber der andere hat geantwortet: ›Das wird nie jemand schaffen.‹ Glaubst du auch, dass es nie jemand schaffen wird?«
»Selbstverständlich glaube ich das nicht! Sonst wärst du ja nicht hier!«, erwiderte Finlay mit ganz ungewohnter Leidenschaftlichkeit. Dann runzelte er die Stirn. »Du hast verstanden, was die Vögel gesprochen haben?«
»Ja«, sagte Jeremy. »Du nicht?«
»Nein.« Finlay schaute die Drachin an. »Hast du verstanden, was die Vögel gesagt haben, Rory?«
Rory Fireball schüttelte ihren schuppenbesetzten Kopf.
»Dann hab ich's mir bestimmt nur eingebildet«, meinte Jeremy verlegen und wartete darauf, dass Rory »Spinner« oder »Angeber« sagen würde. Rita hätte sich eine solche Gelegenheit, ihn zu demütigen, jedenfalls nicht entgehen lassen! Doch Rory Fireball schwieg.
»Ist die Graukrankheit eigentlich ansteckend?«, fragte er.
»Es ist keine Krankheit«, sagte Finlay.
Seit ihr Ballon an Höhe verlor und sie Greyland im-

mer näher kamen, hatte er Jeremy mit großen, besorgten Augen gemustert. Auch Rory Fireball schaute ihn merkwürdig prüfend an, fand Jeremy. Es war, als würden die beiden auf etwas warten.
»Wenn es keine Krankheit ist – was ist es dann?«, fragte er.
»Wir nennen das Verschwinden der Farben unser großes Unglück, von dem wir nicht wissen, wie und warum es uns ereilt hat«, sagte Finlay.
»Aber ihr wisst, wann es passiert ist?«
Finlay nickte. »Am dritten Mai jährt sich unser großes Unglück zum dreizehnten Mal. Bis zum Abend des zweiten Mai vor dreizehn Jahren war Iris einer der farbenprächtigsten Orte unter der Sonne. Dank Ivy«, fügte er mit einem Lächeln hinzu, das sonderbar traurig wirkte.
»Wer ist Ivy?«, fragte Jeremy.
»Sie war das außergewöhnlichste Mädchen, das du dir vorstellen kannst.«
»War?« Jeremy erschrak. »Sie ist gestorben?«
»Nein. Aber seit unserem großen Unglück lebt Ivy völlig zurückgezogen in einem Turm. Es heißt, dass sie all das Grau um sich herum nicht ertragen kann. Am meisten soll sie unter ihrem eigenen Anblick leiden. Dazu musst du wissen, dass Ivys Haare vor unserem großen Unglück in allen Farben des Regenbogens schillerten!«

»Sie waren bunt?«, sagte Jeremy verdutzt.
Finlay nickte. »Als Ivy klein war, hatte sie silberweißes Haar, mit nur einem Schimmer von Rot und Gelb darin. Doch als sie die Schwelle zum Erwachsenenalter erreichte, bekam sie violette und blaue, grüne und gelbe, orangefarbene und rote Haarsträhnen. Und je prachtvoller Ivys Haare wurden, desto farbenfroher wollte sie auch ihre Umgebung gestalten. Es dauerte nicht lange und Ivys Begeisterung hatte sich auf uns alle in Iris übertragen. Unter ihrer Anleitung fingen wir an, unsere Häuser und Schulen, unsere Bürogebäude und Fabriken in den kühnsten Farbkombinationen zu streichen: Blauviolett stand neben Purpurrot, Kobaltblau neben Giftgrün, Kadmiumorange neben Zitronengelb. Aber wenn Ivy die Farben auf ihrer goldenen Palette mischte, passten auch die ausgefallensten Töne zusammen!«
»Ivy hatte eine goldene Palette?«, sagte Jeremy beeindruckt.
»Es war eine magische Palette, weil alle Farben, die darauf gemischt wurden, miteinander harmonierten«, erklärte Finlay. »Diese Harmonie war einzigartig!«
»Ja, das war sie«, sagte Rory Fireball.
»Straßen gab es, in denen alle Häuser rot gestrichen waren: kirschrot, purpurrot, himbeerrot, ziegelrot«, fuhr Finlay in seiner Erzählung fort. »Blaue Straßen

gab es, grüne, gelbe ... In anderen Straßen hatte jedes Haus eine unterschiedliche Farbe. Es war ein Rausch der Farben!«
»Damals war ich auch ganz bunt«, sagte Rory Fireball. »Mein Schuppenkleid war tannengrün, meine Kehle orangerot und die Unterseite meiner Flügel türkisblau. Außerdem hatte ich die schönsten roten Augen von ganz Iris.«
Finlay schmunzelte. »Rorys Augen leuchteten so rot, dass sie mit ihrem Blick allein Feuer machen konnte!«
»Jetzt übertreibst du aber.« Die Drachin kicherte.
»Doch, das konntest du«, sagte Finlay. Gedankenvoll strich er sein Haar zurück. »Aber in der Nacht des zweiten Mai wurde Ivys goldene Palette gestohlen; von wem, wissen wir nicht. Als wir am Morgen des dritten Mai erwachten, war alles grau – und daran hat sich seitdem nichts geändert«, schloss er seinen Bericht. Nun waren seine Augen wieder von demselben stumpfen Grau.
»Doch, es hat sich etwas geändert«, widersprach Rory Fireball. »Es ist schlimmer geworden.«
»Das hat der eine Vogel auch gesagt!«, erinnerte sich Jeremy. »Er hat gesagt: ›Es wird schlimmer, weil wir mit jedem Bunten, der kommt, neue Hoffnung schöpfen.‹«
Finlay zupfte an seinem Spitzbart. »Eins verstehe ich nicht ... woher weißt du, dass wir die Menschen au-

ßerhalb von Greyland Bunte nennen, wenn du dir nur eingebildet hast, die Vögel zu hören?«
Jeremy zuckte etwas ratlos mit den Schultern.
In diesem Augenblick landete ihr Ballon in der Mitte eines großen Platzes auf einem mit Blumenbeeten eingefassten Rasenstück. Der Rasen und die Blumen waren grau, wie alles ringsum.

Es ist Jeremy Golden!

Sie kletterten aus der Gondel und Finlay und Rory Fireball machten sich daran, die Hülle des Ballons zusammenzufalten. Jeremy wollte ihnen helfen, aber plötzlich strömten von überall her graue Menschen herbei. Bald war er von mindestens hundert grauen Frauen, Männern und Kindern umringt; und es kamen immer noch neue hinzu.

»Seht nur: Der Junge ist nicht grau geworden!«, rief ein Mann.

»Er ist in Greyland und seine Schuhe sind weiß!«, rief eine Frau.

»Und seine Hosen sind blau!«, rief ein Mann.

»Welche wunderbare Farbe sein Pullover hat!«, rief eine Frau. »Rot wie ein reifer Apfel!«

»Und sein Haar!«, rief ein Mann. »Es ist ganz golden!« Erst jetzt wurde Jeremy bewusst, dass er der einzige Bunte war.

»Warum ist der Junge nicht grau geworden?«, wandte sich ein Mann an Finlay.

Inzwischen hatten er und Rory die graue Hülle des Ballons zu einem flachen Paket gefaltet und nun verschwand Rory mit dem Paket – wohin, konnte Jeremy nicht erkennen.

»Ja, was ist mit dem Jungen? Die anderen, die ihr her-

gebracht habt, sind doch auch grau geworden!«, rief eine Frau.
»Dies ist Jeremy Golden«, sagte Finlay, als wäre damit alles erklärt.
»Aha, so, so«, machte die Frau. Dann rief sie den Umstehenden zu: »Der Junge ist Jeremy Golden!«
»Wer ist das?«, fragte ein Mann.
»Wie heißt der Junge?«, fragte ein Mädchen.
»Jeremy Golden!«, rief die Frau.
Immer mehr Menschen riefen sich nun gegenseitig »Es ist Jeremy Golden!« zu.
Auf einmal fing jemand laut und heftig an zu weinen. Betroffen blickte Jeremy in die Richtung, aus der das Weinen kam, und sah eine Frau, die auf ihn zeigte, während graue Tränen über ihr Gesicht liefen. Die Frau neben ihr begann jetzt ebenfalls zu weinen, doch unter ihren grauen Tränen lachte sie. Jeremy fühlte sich äußerst unwohl in seiner Haut. Gefühlsausbrüche waren ihm schon immer unheimlich gewesen; aber der Grund für all diese Aufregung zu sein, hatte etwas Erschreckendes.
Finlay schien zu spüren, was in ihm vorging. »Ihr bringt Jeremy ja völlig durcheinander!«, rief er den grauen Menschen zu. »Gebt uns den Weg frei!«
Augenblicklich wichen sie zurück.
Finlay fasste Jeremy am Arm und geleitete ihn durch die Menge. Die Menschen, an denen sie vorbeika-

men, verbeugten sich und flüsterten Jeremys Namen, aber er versuchte, nicht hinzusehen und auch nicht hinzuhören.

»Welche *anderen* hat die Frau gemeint, als sie gesagt hat: ›Die anderen, die ihr hergebracht habt, sind auch grau geworden‹?«, fragte er.

»Die, die vor dir nach Greyland gekommen sind«, sagte Finlay. »Jim Maroon, Timothy Black, Pearl Brown, Kim Yellow, Charly White, Lorna Green, Esperanza Rosa, Bryan Copper – und noch einige mehr.«

»Die sind alle hier gewesen und grau geworden?«

»Ja, aber nur vorübergehend. Wir haben sie nach Hause zurückgebracht und dort sind ihre bunten Farben zurückgekehrt.«

»Sind sie sofort grau geworden oder erst später?«, fragte Jeremy nach kurzem Nachdenken.

»Die meisten wurden schon grau, bevor wir überhaupt in Greyland ankamen«, sagte Finlay. »Sobald wir die Berge hinter uns gelassen hatten und ins Tal schwebten, fingen sie an grau zu werden.«

»Habt ihr mich deshalb im Ballon so genau beobachtet? Weil ihr sehen wolltet, ob ich grau werde?«

»Ja.«

Jeremy überlief ein Schauer. »Und hättet ihr mich auch nach Hause zurückgebracht, wenn ich grau geworden wäre?«

»Selbstverständlich.«

Jeremy biss sich auf die Lippen. Dann fragte er mit belegter Stimme: »Glaubst du, ich könnte immer noch grau werden?«

»Das ist sehr unwahrscheinlich«, antwortete Finlay.

»Aber möglich wäre es?«

»Jim Maroon hat von allen Bunten, die nach Greyland gekommen sind, am längsten seine Farben behalten«, sagte Finlay, ohne direkt auf Jeremys Frage einzugehen. »Aber Jim wurde grau, als unser Ballon die Erde von Greyland berührte. So lange wie du hat noch keiner seine Farben behalten. Aus diesem Grund bin ich sehr optimistisch.«

»Ich auch!«, sagte Jeremy.

Falls Finlay ihn nach Hause zurückbringen musste, würde Rita ihn unter Garantie in ein Heim für schwer erziehbare Jungen bringen; das hatte sie schon des Öfteren angedroht.

Und was Jeremy in einem solchen Heim erwartete, hatte ihm Rita auch erzählt: harte Arbeit, schlechtes oder gar kein Essen und für die kleinsten Vergehen die härtesten Strafen.

Das Theater von Greyland

Mittlerweile hatten sie ein großes, etwas verwahrlost aussehendes Gebäude erreicht.
Finlay McCain öffnete eine Schwingtür und sie betraten eine menschenleere Halle. An den Wänden hingen graue, kaum noch lesbare Plakate.
»Ist das euer Theater?«, fragte Jeremy.
»Ja und nein«, antwortete Finlay. »Es finden noch Vorstellungen statt, aber es ist nicht mehr *unser* Theater. Seit unserem großen Unglück vor dreizehn Jahren gehört das Theater den Schatten.«
»Ist es das Theater, von dem du mir erzählt hast: das mit den lebenden Schatten?«
»Ja.«
»Und die Vorstellungen – wann sind die?«, fragte Jeremy, während er an der Wand mit den Plakaten entlangging.
»Im Theater der Schatten gibt es keine festen Anfangszeiten«, sagte Finlay. »Die Schatten erscheinen, sobald jemand im Zuschauerraum Platz genommen hat.«
»Wie bitte?« Das war die seltsamste Anfangszeit, von der Jeremy bisher gehört hatte! »Gilt das auch für uns?«
»Es gilt für jeden«, sagte Finlay.

Jeremy war vor einem Plakat stehen geblieben, auf dem er die Worte *Frau Holl-* entziffern konnte. Plötzlich hatte er einen Kloß im Hals. Eine Theateraufführung von *Frau Holle,* die er mit seiner Mutter besucht hatte, war eine seiner letzten Erinnerungen an sie. Zwei Tage später war sie tot gewesen. Jeremy erinnerte sich noch genau, wie sie ihm an der Stelle, wo das fleißige Mädchen auf die Erde zurückkommt und der Hahn *Kikeriki, unsere goldene Jungfrau ist wieder hie* ruft, zugeflüstert hatte: »Hast du das gehört, Jeremy? Unsere *goldene* Jungfrau!« Und dann hatte sie leise gelacht und seine Hand gedrückt.
»Weißt du auch, wer bei uns die Frau Holle gespielt hat?«, fragte Finlay McCain.
»Nein.«
»Es war Ivy!«
»Ivy?« Jeremy hatte sich Ivy ungefähr im Alter seiner Mutter vorgestellt. Die Frau Holle dagegen, die er auf der Bühne gesehen hatte, war eine Greisin gewesen.
Finlay lächelte. »Der Maskenbildner musste Ivy für die Rolle tüchtig altern lassen.«
»Ach so«, sagte Jeremy. »Und führen die Schatten auch etwas auf?«, fragte er dann.
»Ja, aber sehr sonderbare Dinge. Sie schweben, sie machen Geräusche, sie sprechen . . . Doch keiner in Greyland versteht ihre Sprache.«
Jeremy wurde durch laute Stimmen abgelenkt. Er

blickte zum Ausgang des Theaters und sah eine Gruppe von grauen Menschen, die sich vor der Schwingtür drängten und aufeinander einredeten.

»Was machen die Menschen da draußen?«, fragte er.

»Sie sind überglücklich, weil du noch immer deine bunten Farben hast«, sagte Finlay.

»Und warum kommen sie nicht ins Theater?«

»Sie fürchten sich vor den Schatten.«

»Sind die Schatten denn gefährlich?«

»Nun . . .« Finlay zögerte. »Früher stand dieses Theater im Mittelpunkt unseres gesellschaftlichen Lebens«, begann er. »Mehrmals am Tag wurde hier vor ausverkauftem Haus gespielt. Damals hättest du das Theater sehen müssen! Ivy hatte es in ihren Lieblingsfarben ausmalen lassen: Gold, Tizianrot, Efeugrün und Venezianischblau. Die Sitze waren mit Goldlamé bezogen und der Vorhang bestand aus mitternachtsblauem Samt. Ja, und dann die Kostüme, die die Schauspieler trugen! Die begabtesten Künstler entwarfen immer neue und raffiniertere Schnitte, Muster und Farben. Und die Zuschauer übertrafen die Schauspieler fast noch mit ihren fantasievollen Kleidern. Es war eine Herrlichkeit, dass einem die Augen übergingen!«

Finlay zog ein graues Stofftuch aus der Tasche und putzte sich die Nase. »Aber am zweiten Mai vor dreizehn Jahren fand alles ein schreckliches Ende, als über Nacht die Farben verschwanden und unser

Theater von den Schatten in Besitz genommen wurde. Weil beides in derselben Nacht geschah, glauben viele, die Schatten wären für das Verschwinden der Farben verantwortlich.«

»Du auch?«, fragte Jeremy.

Finlay wiegte den Kopf hin und her; offenbar wollte er sich nicht festlegen. »Ich glaube, die Schatten könnten uns sagen, was wir tun müssen, um die Farben zurückzugewinnen – wenn es uns nur gelingen würde, mit ihnen zu kommunizieren!«

Jeremy blickte in den hinteren, eher spärlich erhellten Teil der Halle und merkte, wie ihn ein Schauer überlief. »Und wer sind die Schatten?«, fragte er.

»Viele Menschen in Greyland halten sie für Abgesandte aus dem Nebelreich«, antwortete Finlay.

»Aus dem Nebelreich? Liegt das in eurer Nachbarschaft?«

»Oh nein. So nennen wir den Ort, an dem deine Mutter jetzt ist.«

»Sie . . . sie halten die Schatten für Tote?«, stammelte Jeremy.

»Ja«, sagte Finlay. »Sie glauben sogar, dass die Schatten hier sind, um uns alle ins Nebelreich zu holen. Und deswegen fürchten sie sich vor ihnen.«

»Glaubst du, das wäre möglich?«

»Dass sie uns alle ins Nebelreich holen wollen? Nein, das kann ich mir nicht vorstellen.«

Jeremy schüttelte den Kopf. »Ich meinte: Wäre es möglich, dass tote Menschen zurückkommen?«
»Ich halte es nicht für ausgeschlossen«, sagte Finlay.
Jeremy spürte ein Kribbeln unter der Kopfhaut. »Dann ... dann könnte meine Mutter auch zurückkommen?«
»Ich halte es nicht für ausgeschlossen«, wiederholte Finlay. Dabei blickte er Jeremy an, als erwarte er noch eine weitere Frage.
Aber Jeremy brauchte ein paar Minuten, bevor er es wagte, diese Frage zu stellen. »Glaubst du, meine Mutter ist hier?«
»Das lässt sich leicht herausfinden«, sagte Finlay. »Wir müssen nur in den Zuschauerraum gehen und auf das Erscheinen der Schatten warten. Möchtest du?«
In Jeremys Brust zog sich etwas zusammen. »Ja!«

Die lebenden Schatten

Sie kamen in die Garderobenhalle.
»Können wir die Lampen einschalten?«, bat Jeremy. In jeder Ecke, hinter jedem Pfeiler sah er auf einmal Schatten.
»Leider nicht«, sagte Finlay. »Irgendetwas stimmt nicht mehr mit den Stromleitungen, seit die Schatten das Theater übernommen haben.«
Er öffnete eine schmale Tür und sie traten ein. Hinter ihnen fiel die Tür ins Schloss, was in der Stille wie ein Donnerschlag klang. Nun umfing sie tiefe Finsternis.
»Wir setzen uns gleich in die Reihe hier vorn«, flüsterte Finlay.
Jeremy hörte, wie er sich seinen Weg ertastete, und folgte ihm dicht auf den Fersen. Kaum hatten sie Platz genommen, da erstrahlte der Saal in einer außergewöhnlichen Beleuchtung: Kugeln aus leuchtendem Dunst schwirrten durch die Luft und graue Rauchsäulen, die vom Boden aufstiegen, erhellten die Bühne. Gleichzeitig ertönten die merkwürdigsten Geräusche. Zuerst war es, als würde ein Sack mit Kieselsteinen über den Boden geschleift. Dem folgte schnelles Getrappel wie von Hufen. Dann klang es, als würde jemand hämmern und sägen. Diese Geräusche wurden von einem Heulen abgelöst, das aus al-

len Richtungen zugleich kam. Es klang aber nicht wie menschliches Heulen. Jeremy ertappte sich bei dem Gedanken, dass es die Luft selbst war, die so heulte. Doch im Theater war nicht der leiseste Luftzug zu spüren.
Nun ertönte ein heller Ton, als würde jemand eine Triangel anschlagen. Die Wände warfen den Ton zurück und vervielfachten ihn, sodass es wie zwanzig oder noch mehr Triangeln klang.
»Jetzt kommen sie«, flüsterte Finlay.
»Die Schatten?«
»Ja!«
Gebannt blickte Jeremy zur Bühne, die von den Rauchsäulen in ein geisterhaftes Licht getaucht wurde. Und dann schwebte der erste Schatten auf die Bühne. Es war kein Schatten im eigentlichen Sinne, denn er hatte eine dreidimensionale Gestalt, die jedoch vollständig unter grauen Tüchern verborgen war. Ohne den Boden zu berühren, glitt der Schatten bis zur Mitte der Bühne. Gleich darauf schwebten weitere Schatten herein, die ebenfalls von Kopf bis Fuß in graue Tücher gehüllt waren.
»Man kann ja überhaupt keine Gesichter erkennen«, flüsterte Jeremy. »Wie soll ich da meine Mutter herausfinden?«
»Nicht du musst sie herausfinden«, entgegnete Finlay. »Sie wird *dich* erkennen.«

Natürlich, das war die Lösung!, dachte Jeremy. Er setzte sich aufrecht hin und hoffte, dass die Schatten ihn gut sehen konnten. Dann wartete er.
Auf der Bühne erhob sich nun ein vielstimmiges Murmeln und Raunen, Zischeln und Wispern, das von Seufzen und Stöhnen begleitet wurde. Bei diesem unheimlichen Chor bekam Jeremy eine Gänsehaut. Noch mehr Schatten schwebten auf die Bühne und stimmten in das Wispern und Zischeln mit ein. Aber weiter geschah nichts. Die Schatten schwebten auf der Bühne, etwa zehn Zentimeter über dem Boden, und machten ihre gespenstische Musik. So ging es eine lange Zeit.
Schließlich hielt Jeremy es nicht mehr aus. Er sprang auf und rief: »Mama! Ich bin's!«
Der Chor verstummte. Dann ertönte ein Paukenschlag, die Lichter verloschen und aufs Neue herrschte im Saal tiefe Finsternis.
»Hab ich etwas falsch gemacht?«, fragte Jeremy beklommen.
»Möglicherweise«, sagte Finlay. »Mir ist nicht bekannt, dass sie jemals eine Vorstellung abgebrochen hätten.«
Zum ersten Mal seit sie das Theater der Schatten betreten hatten, spürte Jeremy, wie Angst in ihm hochkroch.
Nach einiger Zeit setzten die Geräusche wieder ein:

das Schleifen, Rattern und Rasseln wie von einem Sack mit Kieselsteinen, das Trappeln wie von Hufen, das Hämmern und Sägen, das lang gezogene Heulen und dann die hellen Töne, als würden Triangeln angeschlagen. Als Letzte kehrten diesmal die Kugeln aus leuchtendem Dunst und die Rauchsäulen zurück. In ihrem Licht erblickte Jeremy einen einzelnen Schatten.

»Mama?«, sagte er zaghaft.

Von der Größe her könnte sie es sein, dachte er. Doch warum begrüßte sie ihn nicht, wenn sie es war?

»Mama?«, sagte er ein zweites Mal.

Der Schatten gab noch immer keine Antwort. Er schwebte ein Stück nach rechts, dann nach links, dann wieder nach rechts.

»Sag mir doch, wer du bist!«, rief Jeremy.

Der Schatten hielt inne und jetzt zeichnete sich unter den Tüchern etwas Spitzes ab, das eine Bewegung machte – ein Finger!, durchzuckte es Jeremy.

»Hast du das gesehen?«, sagte er zu Finlay.

»Was?«, fragte Finlay.

»Der Schatten hat mir gewunken!«

»Bist du dir sicher?«, sagte Finlay.

»Ja! Glaubst du, ich soll zu ihm auf die Bühne kommen?«

»Jedenfalls kann der Schatten nicht zu dir kommen.«

»Und warum nicht?«

»Warum weiß ich nicht. Aber in den dreizehn Jahren hat keiner von ihnen jemals den Bühnenraum verlassen.«

Jeremy stand auf. »Und du glaubst wirklich, ich soll gehen?«

»Ja! Wenn dich der Schatten zu sich gewunken hat, ist es eine einmalige Chance für uns alle«, sagte Finlay. »Noch nie hat einer der Schatten mit uns Kontakt aufgenommen.«

Zögernd bog Jeremy in den Gang ein, der zur Bühne führte. Der Schatten begann zu singen; es war ein monotones *Hummm* . . . Von irgendwoher kam ein Glockenklang und mehrmals schien eine Peitsche zu knallen. Bei jedem Knall zuckte Jeremy zusammen.

Endlich hatte er die Bühne erreicht. Er ging die drei Stufen hinauf und blieb vor dem Schatten stehen.

»Mama?«, sagte er ein drittes Mal und spürte, wie ihm das Herz bis zum Hals schlug.

Der Schatten antwortete nicht. Vollkommen reglos stand er in der Luft. Es war ein Anblick, bei dem sich Jeremy die Haare sträubten.

Vorsichtig fragte er: »Kannst du mir sagen, was die Menschen in Greyland tun müssen, damit sie ihre Farben wiederbekommen?«

Der Schatten antwortete noch immer nicht. Zaghaft streckte Jeremy seine Hände aus und berührte mit den Fingerspitzen die grauen Tücher.

Bei der Berührung wich der Schatten wie elektrisiert zurück und zischte mit einer Stimme, die klang, als würde der Wind durch abgestorbenes Laub fahren: »Such den Meister der Schatten.«
»Und wo?«, sagte Jeremy.
»Geh zum Findelkind!«
Danach schien das gesamte Theater in Aufruhr zu geraten. Es dröhnte und polterte, ächzte und krachte. Als wäre das nicht schon schrecklich genug, wurde es plötzlich stockfinster.
»Finlay?«, rief Jeremy verzweifelt. In dem Poltern und Krachen konnte er kaum seine eigene Stimme verstehen.
Er lief die drei Treppen wieder hinunter, stolperte und schlug sich das Knie auf. Aber er kümmerte sich nicht darum und hastete weiter. Auf einmal sah er, wie eine Tür geöffnet wurde. In dem grauen Licht erkannte er Finlay, der die Tür zur Garderobenhalle gefunden hatte. Jeremy rannte zu ihm und außer Atem erreichten sie die Halle. Als sie dort ankamen, endete der ohrenbetäubende Lärm. Schweißgebadet blieben sie stehen.
»Was ist passiert?«, fragte Finlay. Sein Gesicht war jetzt eher weiß als grau.
»Der Schatten hat mir geantwortet!« Jeremy sagte nichts davon, dass er ein paar Sekunden lang das Gefühl gehabt hatte, seiner Mutter gegenüberzustehen.

»Ich hab ihn gefragt, ob er weiß, was die Menschen in Greyland tun müssen, damit sie ihre Farben wiederbekommen, und er hat geantwortet: *Such den Meister der Schatten.* Da hab ich gefragt: ›Und wo?‹, und der Schatten hat gesagt: *Geh zum Findelkind.*«

Finlay starrte Jeremy an, als wäre er ein Wesen aus einer anderen Welt. »Der Schatten hat wirklich gesagt: *Such den Meister der Schatten* und *Geh zum Findelkind?*«

Jeremy nickte. »Verstehst du, was er damit gemeint hat?«

»Ich kann dir leider nicht sagen, wer der Meister der Schatten ist, den du suchen sollst.« Finlay zog ein Taschentuch hervor und tupfte sich den Schweiß von der Stirn. »Aber ich weiß, wer das Findelkind ist: Ivy!«

»Ivy?«, wiederholte Jeremy.

»Ja! Es gibt nur ein einziges Findelkind in Greyland – und das ist Ivy. Komm, Jeremy, wir müssen sofort zu ihr!«

Finlay eilte auf den Ausgang zu und Jeremy lief hinterher.

Die Kutsche

Vor dem Theater drängten sich noch immer die Menschen. Als Finlay und Jeremy durch die Schwingtür kamen, wichen sie mit ängstlichen Gesichtern zurück.

Bestimmt haben sie nach dem fürchterlichen Lärm geglaubt, dass sie uns nicht mehr lebend wiedersehen!, dachte Jeremy.

»Es ist alles in Ordnung!«, rief Finlay den Menschen zu. Er holte die kleine Holzflöte aus der Tasche und blies hinein.

Jeremy freute sich schon auf eine Ballonfahrt mit Rory Fireball, als eine graue Kutsche um die Ecke bog, die von zwei grauen Pferden gezogen wurde. Auf dem Kutschbock saß ein grauer Mann in einer grauen Uniform. Die Kutsche hielt vor dem Theater und ein zweiter grauer Mann, ebenfalls in einer grauen Uniform, stieg aus. Ziemlich fassungslos starrte er Jeremy an. Wahrscheinlich konnte er nicht glauben, dass Jeremy bunt war! Aber dann besann er sich, zog seinen Hut und öffnete mit einer Verbeugung den Kutschenschlag.

»Und was machen wir jetzt?«, fragte Jeremy leise.

Finlay schmunzelte. »Einsteigen.«

Über den Fußtritt kletterte Jeremy in die Kutsche und

nahm in dem eleganten, mit Leder ausgekleideten Wageninnern Platz. Finlay wechselte ein paar Worte mit dem grauen Mann, bevor er sich neben Jeremy setzte. Der Mann ging nach vorn zu dem Kutscher und die Fahrt begann.

Neugierig spähte Jeremy durch die Fenster, mal auf der linken, mal auf der rechten Seite – je nachdem, wo es am meisten zu sehen gab. Da die Pferde im Schritt gingen, konnte er sich in Ruhe umschauen.

Es fuhren überhaupt keine Autos; aber Finlay hatte ihm ja schon erzählt, dass die Menschen in Greyland aus Sicherheitsgründen ihre Autos nicht mehr benutzten. Dafür waren die Straßen nun voller grauer Fußgänger. Sie machten allerdings nicht den Eindruck, als hätten sie viel Vergnügen bei ihrem Stadtbummel. Ob es daran lag, dass vor den meisten Geschäften die Eisengitter heruntergelassen waren und dass überall in den Türen Schilder wie *Geschlossen* und *Geschäftsaufgabe* hingen?

»Warum sind so viele Geschäfte geschlossen?«, fragte er.

Finlay lächelte melancholisch. »Wenn du schon fünfzehn graue Pullover hast – würdest du dir dann noch einen sechzehnten kaufen, selbst wenn es der schönste graue Pullover der Welt wäre?«

»Ich sowieso nicht«, sagte Jeremy. Er besaß nur fünf Pullover; für mehr reichte der Platz im Schrank nicht,

hatte Rita behauptet. Und Geld, um sich den schönsten grauen Pullover der Welt zu kaufen, hatte er auch nicht.
»Und mit allem anderen ist es ähnlich.« Finlay seufzte. »Selbst der Geschmack vom Essen geht verloren, wenn alles dieselbe graue Farbe hat.«
»Und wenn ihr beim Essen einfach die Augen zumacht?«, schlug Jeremy vor.
»Genau das haben wir in den ersten Jahren getan«, sagte Finlay. »Aber geholfen hat es nicht. Es gehört ja auch das Auswählen der Zutaten, das Zubereiten und Anrichten dazu. Wir in Greyland haben einfach die Freude am Essen verloren. Und nicht nur am Essen«, fügte er hinzu.
Sie näherten sich einem Spielwarenladen und der war zu Jeremys Überraschung nicht geschlossen.
»*Noch* nicht«, sagte Finlay, als hätte er wieder einmal Jeremys Gedanken gelesen.
»Wird er denn bald geschlossen?«, fragte Jeremy.
»Vermutlich. Die Kinder in Greyland haben immer weniger Freude am Spielen.«
»Und was machen die Kinder dann, wenn sie nicht spielen?«
»Warten«, sagte Finlay.
»Und worauf?«
»Sie warten, dass die bunten Farben nach Greyland zurückkehren!«

»Ach so.« Jeremy spürte, wie er rot wurde. Dass er immer so dumme Fragen stellen musste!
»Es ist schön, dich erröten zu sehen«, sagte Finlay.
»Schön?« Nun wurde Jeremy erst richtig rot.
»Ja. Wenn wir erröten, sieht es keiner.«
Dagegen hätte *ich* nichts!, dachte Jeremy.
Sie fuhren an einer Frau vorbei, die einen Kinderwagen mit einem grauen Zwillingspärchen schob. Die Zwillinge waren ungefähr in Tiffanys Alter.
»Was ist eigentlich mit den Kindern, die nach dem Unglück geboren wurden?«, fiel Jeremy ein. »Sie haben doch nie eine andere Farbe als Grau gesehen, oder?«
Finlay nickte bekümmert. »Wir nennen sie die grauen Träumer.«
»Die grauen Träumer?«
»Ja. Sogar in ihren Träumen ist alles grau.«
»Und warum bringt Rory Fireball sie nicht mit dem Ballon dahin, wo sie bunte Farben sehen können?«
Finlay schüttelte den Kopf. »Das haben wir am Anfang mit einigen von ihnen versucht, aber das Ergebnis war katastrophal: Sie sind alle blind geworden!«
»Blind?«, sagte Jeremy bestürzt. »Für immer?«
»Wir fürchten, ja«, sagte Finlay.
»Aber du und Rory, ihr seid doch auch nicht blind geworden!«
»Nein. Weshalb das so ist, wissen wir nicht. Viel-

leicht, weil wir dazu ausersehen waren, dich nach Greyland zu holen?« Bei diesen Worten schaute Finlay Jeremy wieder so eigenartig an.
Verlegen blickte Jeremy aus dem Fenster der Kutsche. Sie fuhren nun durch einen Wald, in dem die Bäume so dicht standen, dass vom Himmel nichts mehr zu erkennen war.
»In dem Turm da drüben wohnt Ivy«, sagte Finlay.
Jeremy schaute in die Richtung, in die Finlay zeigte, und sah halb zerfallene Mauern, über denen sich ein viereckiger, offenbar noch recht gut erhaltener Turm erhob. Er war grau, genau wie die Kletterpflanzen, die sich an seinen Mauern emporrankten.
»Dem Efeu verdankt Ivy ihren Namen«, sagte Finlay.
»Das ist Efeu?«
»Ja. Und es hat eine ganz besondere Bewandtnis mit ihm!«
»Und welche?«
»In einer kalten Novembernacht vor sechsundzwanzig Jahren hörte Varna Moon, wie jemand an die Tür des Turms klopfte. Sie bat ihren Mann Percival nachzusehen. Er fand ein Bündel, in dem ein Baby lag, noch keine Woche alt. Das war Ivy!«
Jeremy fuhr herum und starrte Finlay an. »Ivy wurde als Baby einfach ausgesetzt – bei fremden Leuten?«
»Ja.«
»Von ihren eigenen Eltern?«

»Das wissen wir nicht. Wir wissen nur, dass Ivy sehr krank war und dass Varna und Percival ihr wahrscheinlich das Leben gerettet haben. In dem Bündel waren auch eine Tasche und ein paar Efeuzweige. Am nächsten Morgen steckte Varna die Efeuzweige in die Erde und mit atemberaubender Geschwindigkeit begannen sie sich über die alten Mauern auszubreiten. Es war, als wollten sie einen schützenden Mantel um den Turm legen, in dem Ivy Zuflucht gefunden hatte. Ja, und so kam Ivy zu ihrem Namen!«
»Dann hat Ivy überhaupt keine Eltern mehr?«
»Auch das wissen wir nicht. Es wurden Nachforschungen angestellt, aber nirgendwo schien man ein Baby zu vermissen.«
»Und was haben Varna und Percival mit Ivy gemacht?«, fragte Jeremy und dachte: Rita hätte das Baby sofort im Waisenhaus abgeliefert!
»Eine lange Zeit haben sie gehofft, dass sich Ivys Eltern doch noch melden würden«, sagte Finlay. »Aber dann –«
»Sie haben *gehofft*, dass die Eltern sich melden? Obwohl sie Ivy einfach ausgesetzt hatten?«
»Es ist nicht erwiesen, dass ihre Eltern sie ausgesetzt haben. Und wenn sie es getan haben, hatten sie unter Umständen ihre Gründe dafür.«
»Ihre Gründe?«, rief Jeremy voller Entrüstung.
»Ja. Möglicherweise hatten sie kein Geld und konn-

ten nicht für ihr krankes Kind sorgen. Möglicherweise waren sie selbst krank. Darüber wissen wir nichts. Und deshalb sollten wir uns hüten, ein vorschnelles Urteil zu fällen.«
Jeremy blickte aus dem Fenster und schwieg. Diesmal war er mit dem, was Finlay gesagt hatte, überhaupt nicht einverstanden. In seinen Augen hatten Ivys Eltern eins der schlimmsten Verbrechen begangen, das man sich vorstellen konnte. Ein hilfloses Baby auszusetzen – dafür gab es, wie er fand, keine Entschuldigung!
Während Jeremy noch darüber nachdachte, kam die Kutsche zum Stehen. Der graue Mann in der grauen Uniform öffnete den Kutschenschlag und sie stiegen aus.

Varna und Percival

Finlay ging die steinernen Stufen zum Turm hinauf. Vor der eisenbeschlagenen Tür hielt er inne und drehte sich nach Jeremy um, der am Fuß der Treppe stehen geblieben war.

»Kommst du?«, sagte er.

Langsam stieg Jeremy die Stufen hoch. Er wusste selbst nicht so genau, was es war – aber etwas an dem Turm ließ ihn frösteln. Konnte es der graue Efeu sein, der überall wuchs? Wenn er grün gewesen wäre wie normaler Efeu, hätte der Turm vielleicht wohnlich gewirkt, aber so sah er düster und abweisend aus. Dieser Eindruck wurde noch durch die von grauem Efeu umrankten Fenster verstärkt, die alle vergittert waren. Der Turm glich mehr einem Gefängnis als einem Wohnhaus, dachte er beklommen.

Finlay ergriff den eisernen Türklopfer und klopfte dreimal gegen die massive Tür. Nach einigen Minuten wurde ein Schlüssel ins Schloss gesteckt und mehrmals umgedreht.

Dann ging die Tür einen Spaltbreit auf und eine Männerstimme fragte: »Wer ist da?«

»Ich bin's, Finlay McCain«, sagte Finlay. »Ich bringe einen Jungen mit, den ich Ivy vorstellen möchte.«

Bei dem Wort »Ivy« flog plötzlich die Tür auf und Je-

remy erblickte einen schmächtigen grauen Mann. Er war unrasiert, hatte buschige Augenbrauen und schütteres graues Haar. Auf seiner gebogenen Nase thronte eine Brille, hinter der seine Augen unruhig zwischen Finlay und Jeremy hin und her huschten. Bekleidet war er mit einer grauen Strickjacke, einer grauen Hose und grauen Pantoffeln.
»Ist das der Junge?«, fragte er und zeigte auf Jeremy.
»Ja, das ist Jeremy Golden!«, sagte Finlay.
»Hm, hm«, machte der Mann. Im Gegensatz zu den grauen Menschen in der Stadt war ihm keine Überraschung und erst recht keine Freude anzumerken. »Und was soll der Junge hier?«, fragte er.
»Ich möchte ihn zu Ivy bringen«, sagte Finlay. »Sie wird überglücklich sein, wenn sie ihn sieht!«
»So? Und warum sollte sie das?«
»Fällt dir denn gar nichts an ihm auf?«
Der Mann starrte Jeremy an. »Wie ich sehe, ist er bunt«, sagte er. »Bist du deswegen hergekommen?«
»Ja! Begreifst du denn nicht, was das bedeutet?«, rief Finlay.
»Ich begreife sehr wohl, was das bedeutet«, sagte der Mann. »Es ist trotzdem nicht möglich, dass du Ivy siehst.«
»Und warum nicht?«
»Weil es nicht möglich ist.« Der Mann machte Anstalten, die Tür zu schließen.

»Halt!«, rief Finlay. »Ich gehe erst, wenn ich mit Varna gesprochen habe!«
Der Mann überlegte einen Moment. Dann sagte er: »Warte hier!«, und schlug die Tür zu.
»War das Percival?«, fragte Jeremy.
»Ja. Er bewacht Ivy wie eine Löwenmutter ihr Junges«, sagte Finlay.
»Wie eine Löwen*mutter?*«
»Ich hätte natürlich Löwen*vater* gesagt.« Ein Lächeln spielte um Finlays Mund. »Aber soweit ich weiß, kümmern sich die Löwenväter wenig oder gar nicht um ihre Jungen.«
»Nicht nur die Löwenväter«, murmelte Jeremy leise vor sich hin.
Schweigend warteten sie, bis nach ungefähr zehn Minuten die Tür wieder aufging. Diesmal stand eine graue Frau auf der Schwelle; ein paar Schritte hinter ihr wartete Percival.
»Varna!«, sagte Finlay und verbeugte sich. »Gestatte, dass ich dir Jeremy Golden vorstelle! Er ist der erste Bunte, der nach Greyland gekommen ist und seine Farben nicht verloren hat.«
Varna Moon war einen Kopf größer als ihr Mann. Sie hatte eine auffallend hohe Stirn, eine lange Nase und ein spitzes Kinn. Um ihren Mund lagen tiefe Falten, was ihr einen strengen, missmutigen Ausdruck verlieh. Ihr Haar war zu einem Knoten aufgesteckt. Sie

trug ein graues Faltenkleid, graue Strümpfe und graue Schnürstiefel.

»Ein Bunter, der seine Farben nicht verloren hat?« Varna blickte in Jeremys Richtung. Ihre wässrigen grauen Augen schauten jedoch ein Stück an ihm vorbei, als könnte sie ihn nicht klar erkennen.

»Ja!«, sagte Finlay. »Möglicherweise ist Jeremy Golden der Bunte, von dem es heißt, dass er die Farben nach Greyland zurückbringen wird!«

Varna verzog keine Miene. »Ich verstehe nicht, warum du deswegen mit Ivy sprechen musst.«

Für einen Moment war Finlay sprachlos. »Willst du denn nicht, dass Ivy umgehend die wunderbaren Neuigkeiten erfährt?«, sagte er dann.

»Vor allem will ich nicht, dass du trügerische Hoffnungen bei ihr weckst; Hoffnungen, die doch nur enttäuscht würden«, entgegnete Varna. »Ivy hat in ihrem Leben schon genug durchgemacht und kann keine weiteren Enttäuschungen verkraften.«

»Enttäuschungen? Es ist das erste Mal seit fast dreizehn Jahren, dass wir Grund zur Hoffnung haben!«, erwiderte Finlay. »Und diese Hoffnung willst du Ivy vorenthalten?«

»Ich will nur ihr Bestes«, sagte Varna unbeeindruckt. »Und nun tu mir den Gefallen und geh.«

»Dann lass uns wenigstens für einen kurzen Moment zu Ivy! Es ist auch gar nicht nötig, dass wir mit ihr sprechen. Sie soll nur einen Blick auf Jeremy Golden werfen und seine bunten Farben sehen!« Finlay machte einen Schritt auf Varna zu.

Sie wich zurück und sagte schroff: »Nein! Ivy ist krank und kann niemanden empfangen.«

»Geht jetzt!« Percival stampfte ungeduldig mit dem Fuß auf den Boden. »Geht jetzt!«, sagte er noch einmal.

Finlay nickte Jeremy zu und lief ohne Gruß die Stufen hinunter. Jeremy folgte ihm und hörte, wie die schwere Tür zufiel und der Schlüssel umgedreht wurde.

Auf dem Weg zur Kutsche sprachen sie beide nicht. Erst als sie in den Lederpolstern saßen, sagte Jeremy: »Ich hatte mir Varna und Percival ganz anders vorgestellt.«

»Und wie?«

»Irgendwie viel netter und herzlicher.«

»Nett und herzlich waren sie eigentlich noch nie, außer natürlich zu Ivy.« Finlay wirkte sehr erregt. »Aber diesmal sind sie zu weit gegangen! Sie hätten uns auf jeden Fall erlauben müssen, Ivy zu sehen – und wenn es nur für fünf Minuten gewesen wäre!«

Jeremy nickte zustimmend.

»Und falls Ivy wirklich krank ist, müsste sie erst recht deine bunten Farben sehen«, fuhr Finlay fort. »Umso schneller würde sie wieder gesund! Aber vielleicht wollen sie das gar nicht«, fügte er hinzu.

»Dass Ivy wieder gesund wird?«, sagte Jeremy ungläubig.
Finlay blickte aus dem Fenster der Kutsche. »Nach diesem Erlebnis bin ich nicht mehr so sicher, ob Varna und Percival wirklich nur das Beste für Ivy wollen«, sagte er leise wie zu sich selbst.

Die Drachenfelsen

Mittlerweile hatten sie den Wald hinter sich gelassen und fuhren durch graue Wiesen und Felder. In der Ferne erblickte Jeremy eine Ansammlung riesiger Felsblöcke.

»Das sind die Drachenfelsen«, sagte Finlay.

»Wohnt da Rory Fireball?«, fragte Jeremy aufgeregt.

»Ja, zusammen mit den anderen Drachen.«

»Es sind noch mehr Drachen?«

»Ja. Insgesamt zwanzig.«

»Zwanzig? Und sind alle so freundlich wie Rory?«

»Ganz im Gegenteil. Es sind wilde Drachen!«

»Wilde Drachen?« Jeremy wusste nicht so recht, was er sich darunter vorstellen sollte. »Ist Rory denn kein wilder Drache?«

»Nur zur Hälfte. Rorys Vater, Harvey Fireball, ist ein wilder Drache, aber ihre Mutter Edna stammt aus einer langen Linie von Hausdrachen. Rory wurde bei den Menschen geboren; sie hat sich erst später den wilden Drachen angeschlossen.«

»Sind wilde Drachen gefährlich – ich meine, für Menschen?«, fragte Jeremy.

»Im Allgemeinen nicht«, sagte Finlay. »Sie sind nur äußerst launisch und reizbar. Vor allem, wenn man sie beim Schlafen stört.«

»Wenn man sie beim Schlafen stört?« Jeremy sah zum Himmel hinauf; noch war die graugelbe Sonne nicht untergegangen. »Aber sie schlafen nur nachts, oder?«, vergewisserte er sich.
»Oh nein«, sagte Finlay. »Schlafen ist ihre Lieblingsbeschäftigung, der sie von Sonnenaufgang bis Sonnenuntergang und von Sonnenuntergang bis Sonnenaufgang nachgehen.«
»Aber dann *müssen* wir sie doch beim Schlafen stören«, sagte Jeremy erschrocken.
»Ja, wahrscheinlich«, sagte Finlay.
»Warum rufst du nicht einfach Rory mit deiner Flöte?«, schlug Jeremy vor. »Dann können die anderen – die wilden Drachen – weiterschlafen.«
»Das würde uns nicht viel helfen«, entgegnete Finlay.
»Und wieso nicht?«
»Nach der anstrengenden Ballonfahrt wird Rory bis morgen früh durchschlafen. Außerdem brauchen wir einen Transportdrachen.«
»Und Rory ist kein Transportdrache?«
»Nein. Sie spuckt sehr schön Feuer und sie fliegt auch ganz manierlich. Aber sie kann niemanden durch die Luft transportieren.«
Inzwischen konnte Jeremy mehrere Drachen erkennen, die ausgestreckt auf den Felsen lagen. Mit ihren grauen Schuppen und ihren echsenartigen Köpfen sahen sie Rory Fireball sehr ähnlich, nur waren sie

viel, viel größer. Er spürte nicht das leiseste Verlangen, ihre Bekanntschaft zu machen!
»Wozu brauchen wir den Transportdrachen?«, fragte er.
»Er soll uns oben auf Ivys Turm absetzen«, sagte Finlay. »Von dort aus will ich versuchen unbemerkt in Ivys Zimmer zu kommen.«
Finlays Mut und Entschlossenheit imponierten Jeremy. Aber trotzdem wünschte er, es würde einen einfacheren Weg geben!
»Und wenn wir morgen früh noch mal zum Turm fahren?«, sagte er. »Vielleicht haben Varna und Percival es sich bis dahin anders überlegt und erlauben uns, mit Ivy zu sprechen.«
Finlay schüttelte sehr entschieden den Kopf. »Dann könnte es schon zu spät sein.« Er zeigte aus dem Fenster. »Siehst du den Drachen mit den drei Hörnern auf dem Kopf? Das ist Harvey Fireball, Rorys Vater. Er ist mit Abstand der beste Transportdrache.«
Jeremy sah zu dem Drachen mit den drei Hörnern hinüber, der die Größe eines jungen Elefanten hatte. Er lag auf dem Bauch, hatte einen Arm unter die Schnauze geschoben und schien ganz fest zu schlafen.
»Ist der freundlich?«
»Freundlich? Harvey Fireball ist der reizbarste, übellaunigste Drache von allen. Wenn man ihn beim

Schlafen stört, versengt er die Erde hundert Meter im Umkreis!«

»Aber wir könnten doch auch einen kleineren Drachen nehmen, oder?«

»Ja«, sagte Finlay. »Zum Beispiel Maggie Fireball, Rorys Tante.«

»Die ist sicher freundlicher?«, fragte Jeremy hoffnungsvoll.

»Nicht unbedingt. Aber Maggie hat einen sehr leichten Schlaf. Wenn wir sie wecken, müssen wir nicht fürchten, dass der gesamte Clan wach wird.«

Abrupt kam die Kutsche zum Stehen.

»Den Rest des Wegs gehen wir zu Fuß«, kündigte Finlay an. »Von hier an tun die Pferde keinen Schritt mehr.«

»Werden sie sonst von den Drachen gefressen?«

»Nein. Die Drachen sind Pflanzenfresser.«

Pflanzenfresser! Etwas Schöneres hätte Finlay nicht sagen können!, dachte Jeremy. Doch seine Erleichterung hielt nicht lange vor. Je näher sie den Drachenfelsen kamen, desto lauter pochte sein Herz. Im Umkreis der Felsen war alles verbrannt und verkohlt. Kein Baum, kein Strauch, nicht einmal ein Grashalm hatte überlebt. Obendrein wurde der Schwefelgeruch immer stärker. Das Schlimmste aber waren die Drachen selbst, die ihn und Finlay ohne viel Anstrengung zerquetschen, zertreten oder sonst wie umbringen konnten, wenn ihnen der Sinn danach stand!

Als Finlay und Jeremy die Drachenfelsen fast erreicht hatten, drehte Harvey Fireball sich laut schnaufend auf die Seite. Finlay und Jeremy blieben wie angewurzelt stehen.

»Musst du denn immer solchen Lärm machen?«, schimpfte der Drache, der neben Harvey lag.

»Das ist Maggie!«, flüsterte Finlay. »Dem Himmel sei Dank, nun müssen *wir* sie nicht mehr wecken!«

»Und was machen wir jetzt?«, flüsterte Jeremy. Sie hatten sich noch immer nicht von der Stelle gerührt.

»Wir warten ab, wie Maggies Laune ist. Falls sie schlechte Laune hat, laufen wir einfach zur Kutsche zurück.«

»Laufen?«, sagte Jeremy zweifelnd. »Glaubst du nicht, dass Maggie viel schneller ist als wir?«

»Doch«, gab Finlay ihm recht. »Aber warum sollte sie uns folgen, wenn sie uns sowieso nicht fressen will?«

Vermutlich hatte er das gesagt, um Jeremy zu beruhigen, aber seine Worte hatten genau die gegenteilige Wirkung: Noch besorgter als vorher spähte Jeremy zu Maggie Fireball hinüber. Sie gähnte, stieß etwas Rauch aus, gähnte wieder, stieß noch etwas Rauch aus und gähnte ein drittes Mal. Dann begann sie die Schuppen an ihrem Hinterkopf zu kratzen.

»Dass sie Drachenwäsche macht, ist ein gutes Zeichen«, flüsterte Finlay.
»Ein gutes Zeichen?« Jeremy war keineswegs überzeugt.
»Ja! Wenn sie schlechte Laune hätte, würde sie erst mal zehn Minuten lang Feuer spucken.«
Inzwischen war Maggie Fireball mit ihrer Drachenwäsche bei den Schultern angekommen. Sie gab ein wohliges Grunzen von sich und drehte den Kopf zur Seite, um sich besser kratzen zu können. Plötzlich fiel ihr Blick auf Finlay und Jeremy. Sie ließ den Arm sinken und stieß eine Rauchwolke aus.
»Was wollt ihr?«, rief sie mit einer heiseren, merkwürdig scheppernden Stimme.
»Mit dir sprechen«, sagte Finlay.
»Mit mir sprechen? Und worüber?«, rief sie.
»Wir brauchen deine Hilfe.«
»Und wobei?«
»Das würde ich dir gern persönlich erklären, Maggie«, sagte Finlay und ergänzte: »Ohne dass die anderen Drachen es hören.«
Maggie Fireball verdrehte die Augen. Es sah aus, als würde sie nachdenken. Dann schrie sie völlig unerwartet: »Nein, nein, nein! Unter Drachen gibt es keine Heimlichkeiten!« Sie stieß ein wüstes Gebrüll aus.
Bei diesem Gebrüll schienen sogar die Drachenfelsen zu erzittern, ganz zu schweigen von Finlay und Jere-

my. Und dann geschah das, wovor Jeremy sich am meisten gefürchtet hatte: Die restlichen Drachen erwachten.

»Lauf, Jeremy!«, rief Finlay Jeremy zu, der vor Schreck wie versteinert war. »Lauf!«, wiederholte er und fing nun selbst an zu laufen.

Jeremy rannte auf die Kutsche zu. Aber er kam nicht weit: Dicke Rauchwolken hüllten ihn ein und der Schwefelgeruch wurde so stark, dass er fürchtete zu ersticken. Ein paarmal rang er verzweifelt nach Luft, dann sank er ohnmächtig zu Boden.

Die wilden Drachen

Als Jeremy zu sich kam, umringten ihn zehn oder noch mehr Drachen. Es war der entsetzlichste Anblick, der sich ihm je geboten hatte. Sofort machte er die Augen wieder zu.

Dann sprach er leise ein Stoßgebet: »Lass es nur ein Traum sein! Bitte lass es nur ein Traum sein!«

»Habt ihr das gesehen? Er hat verschiedenfarbige Augen!«, hörte er eine Stimme sagen, die wie Donnergrollen klang.

»Er ist überhaupt schön bunt«, sagte eine zweite Stimme, die sich wie das Brausen der Meeresbrandung anhörte.

»Mir gefällt sein Pullover. Kann ich den haben?«, fragte eine dritte Stimme. Sie klang wie eine rostige Ziehharmonika.

»Nein, *ich* will den Pullover!«, erwiderte eine Stimme, die Jeremy an eine Kuhglocke denken ließ.

»Der Pullover bleibt, wo er ist«, sagte die Donnerstimme.

»Und die Hose?«, fragte die Ziehharmonikastimme.

»Und die Socken? Und die Schuhe?«, rief die Kuhglocken-Stimme.

»Die auch«, sagte die Donnerstimme. »Menschen brauchen Sachen zum Anziehen, schließlich haben sie keine Schuppen wie wir. Das solltet ihr allmählich wissen.«

Während die Drachen redeten, stießen sie ununterbrochen Rauchwolken aus. An dem Rauch und an der Hitze merkte Jeremy, dass er keineswegs träumte. Doch er presste seine Augen nur umso fester zu. Da wurde er in den Oberschenkel gezwickt.

»Au!«, rief er und riss die Augen auf.

Auch beim zweiten Mal war der Anblick der Drachen kein bisschen erfreulicher, musste er feststellen.

»Er hat wirklich verschiedenfarbige Augen«, sagte die Ziehharmonikastimme; sie gehörte einem Drachen mit zwei kleinen Hörnern. Er und der Drache neben ihm hatten etwa die Größe von Rory Fireball; die übrigen Drachen waren doppelt so groß oder noch größer.

»Ein Auge ist blau und eins ist blaugrün«, sagte der zweite kleine Drache, der einen Kinnlappen wie ein Hahn hatte; ihm gehörte die Kuhglockenstimme.

»Nein, grünblau«, sagte der Drache mit den beiden Hörnern.

Der Drache mit dem Kinnlappen fragte: »Darf ich den Menschenjungen als Spielzeug haben? Bitte!«

»Wieso du? Ich will ihn!«, rief der Drache mit den beiden Hörnern. »Es ist langweilig, immer nur mit Steinen zu spielen. Ich will ein lebendiges Spielzeug!«

»Keiner von euch beiden kriegt ihn«, sagte ein großer

Drache mit drei Hörnern; er hatte die Donnerstimme. Schaudernd erkannte Jeremy in ihm Harvey Fireball.
»Ihr Drachenkinder würdet den Menschenjungen ja doch nur kaputt machen, wie alles andere auch, was euch in die Finger fällt.«
»Ja, das würden wir!« Die beiden kleinen Drachen kicherten. »Wir würden ihm den Kopf abreißen, die Hände, die Arme . . .« Und dann zählten sie so ziemlich jedes Körperteil von Jeremy auf, dem bereits vom Zuhören schlecht wurde.
»Na, seht ihr!«, sagte Harvey.
»Der Menschenjunge soll mir den Rücken kratzen!«, rief ein Drache mit einer leicht scheppernden Stimme, die Jeremy bekannt vorkam.
»Später, Maggie«, sagte Harvey. Demnach war es Maggie Fireball!
»Später?«, maulte Maggie. »Aber mein Rücken juckt jetzt!«
»Du bist sicher hungrig!«, wandte sich Harvey an Jeremy.
»Hungrig?« Jeremy hatte tatsächlich schon lange nichts mehr gegessen. Seine letzte Mahlzeit war eine von Ritas Dosensuppen gewesen, mit einem Stück Brot dazu und einem schrumpligen Apfel als Nachtisch. »Ja«, sagte er und entspannte sich ein wenig. Harveys Frage bedeutete zumindest, dass die Drachen ihn bis auf Weiteres am Leben lassen würden.

Jetzt wagte er auch, sich die Drachen etwas genauer anzusehen. Er zählte neunzehn: sieben große, zehn mittelgroße und die beiden kleinen. Rory Fireball entdeckte er nicht; aber Finlay hatte ja gesagt, sie würde bis morgen früh durchschlafen. Finlay selbst sah er auch nicht.

»Wo . . . wo ist Finlay?«, fragte er.

»Hin und weg«, sagte der Drache mit der Meeresbrandungsstimme.

Jeremy erbleichte. »Ihr habt ihn –« Er konnte nicht weitersprechen.

»Seine Beine sind hin und die Leute mit der Kutsche haben ihn weggebracht«, sagte Maggie Fireball.

»Seine Beine sind hin?«

»Durchgebrochen, knacks!«, sagte der kleine Drache mit dem Kinnlappen und kicherte.

»Und wohin haben ihn die Leute mit der Kutsche gebracht?«

Maggie schnaufte ungeduldig. »Wohin, wohin . . . ins Krankenhaus, vermute ich.«

»Und –«, begann Jeremy und brach dann ab. Und warum haben sie mich nicht mitgenommen?, wollte er fragen. Aber mit einer solchen Frage würde er die Drachen nur wütend machen und so schwieg er lieber.

»Was: und?«, fauchte Maggie Fireball.

Er räusperte sich. »Und wann kommt Finlay wieder?«

»Nicht so bald.«
Jeremy presste die Lippen zusammen. Wäre er bloß nicht ohnmächtig geworden! Dann hätte er es bestimmt noch bis zur Kutsche geschafft und wäre jetzt bei Finlay!
»Und was möchtest du essen?«, fragte Harvey Fireball.
»Was ihr – äh – habt«, sagte Jeremy.
»Warum stellst du nicht ein kleines Menü für den Menschenjungen zusammen, Misty?«, sagte Harvey zu einem großen Drachen, der auffallend kleine Flügel hatte.
»Sicher.« Misty entfernte sich.
»Kann mir der Menschenjunge wenigstens so lange den Rücken kratzen, bis sein Essen da ist?«, fragte Maggie unzufrieden.
»Mich soll er auch kratzen!«, rief ein Drache, der eine Stimme wie ein Wasserfall hatte. »In meiner Schwanzspitze juckt es schlimmer als zehntausend Ameisen.«
»Und mir juckt der Bauch!« – »Mir juckt es hinter den Ohren!« – »Ich will unterm Kinn gekrault werden!« – »Mir juckt es unter den Füßen!«, riefen mehrere Drachen durcheinander.
»Maggie war die Erste, die gefragt hat. Bei ihr soll der Menschenjunge anfangen«, bestimmte Harvey.
Maggie schnaufte triumphierend und kehrte Jeremy

ihr ziemlich ausladendes, schuppengepanzertes Hinterteil zu. Jeremy hatte die ganze Zeit auf dem Boden gesessen, aber nun stand er zögernd auf. Im Stehen reichte er Maggie bis zum Hals.
»Fang an, Menschenjunge!« Ein erwartungsvolles Zittern lief durch Maggies Körper.
Vorsichtig näherte Jeremy sich ihrem breiten Rücken und strich mit seiner Hand über die Schuppen. Sie waren sehr hart und glatt und hatten scharfe Kanten.
»Was ist?«, brummte Maggie. »Ich merke gar nichts!«
Jeremy kratzte stärker.
»Du musst *unter* die Schuppen fassen«, flüsterte der kleine Drache mit den zwei Hörnern ihm zu.
Jeremy befolgte den Rat – und blieb prompt mit seinen Fingern zwischen den Schuppen stecken. Er zog und zerrte, doch es dauerte ein paar Minuten, bis er seine Hand wieder freibekam.
»Uuh, das war gut«, seufzte Maggie.
Aber nicht für meine Hand!, dachte Jeremy und betrachtete seine geschwollenen, rot angelaufenen Finger.
»So, und jetzt bin ich dran!«, verkündete der Drache mit der Wasserfallstimme.
»Immer sachte, Mitch«, fauchte Maggie. »Der Menschenjunge ist noch nicht mit mir fertig!«
»Jetzt soll der Junge erst mal essen«, sagte Harvey.
In dem Moment kam Misty mit einem Tablett aus Baumrinde zurück. Offenbar war sie auf eine Wiese

gegangen und hatte alles eingesammelt, was da wuchs: Gräser, Moose, Flechten und Wurzeln.
»Ich hoffe, du lässt noch ein bisschen für uns übrig«, sagte der Drache mit der Wasserfallstimme, wobei ihm ein langer Speichelfaden aus dem Maul lief.
Von mir aus alles!, dachte Jeremy. Aber er wusste natürlich, dass er etwas essen musste, wenn er die Drachen nicht verärgern wollte. Zaghaft schob er ein Blatt in den Mund, das wie Löwenzahn aussah. Es schmeckte nicht allzu schlecht, nur etwas bitter, und so nahm er ein zweites, dann ein drittes und viertes. Danach hatte er das Gefühl, als wäre sein Magen mit einem Band zugeschnürt.
»Die besten Sachen lässt er liegen!«, kicherte der Drache mit der Wasserfallstimme.
»Darf ich den Stinkenden Nieswurz haben, wenn er ihn nicht will?«, bettelte der eine kleine Drache.
»Nein, ich will den Stinkenden Nieswurz!«, rief der andere.
»Und ich möchte die Disteln!«, rief der Drache mit der Wasserfallstimme.
»Das Essen ist für den Menschenjungen. Er muss sich stärken!«, entgegnete Harvey Fireball.
Jeremy hüstelte. »Der Löwenzahn war wirklich sehr . . . ähm . . . frisch. Aber ich hatte schon ein reichliches Mittagessen und deshalb möchte ich lieber nichts mehr essen.«

»Wisst ihr, was ich glaube?«, rief ein mittelgroßer Drache und blickte wichtigtuerisch in die Runde. »Ich glaube, der Menschenjunge mag unser Essen nicht. Und das ist eine Beleidigung unserer Gastfreundschaft!«
»Jawohl, das ist es!« – »Es ist sehr unhöflich!« – »Eine Unverschämtheit ist das!«, stimmten die anderen Drachen zu und machten ihrer Empörung mit Johlen, Zischen und Fauchen Luft. Es klang wie ein ganzes Orchester, bei dem jeder falsch spielt. Als die Drachen endlich still waren, klangen Jeremy noch immer die Ohren.
»Mit der Zeit wird sich der Menschenjunge schon an unser Essen gewöhnen«, sagte Harvey.
Jeremy erschrak. »Mit der Zeit? Ich soll länger bei euch bleiben?«
»Was denkst du denn?« Maggie stieß eine Rauchwolke aus. »Einen begnadeten Rückenkratzer wie dich lässt man doch nicht freiwillig ziehen! Von nun an wirst du jeden Tag meine Schuppen kratzen!«
»Meine auch!«, rief der Drache mit der Wasserfallstimme.
»Aber erst, wenn er mit *mir* fertig ist«, schnaufte Maggie.
Allmählich wurde Jeremys Befürchtung, die Drachen könnten es auf sein Leben abgesehen haben, von einer neuen Sorge abgelöst: dass sie ihn nie wieder

weglassen würden! Und die Vorstellung, bis an den Rest seiner Tage auf Löwenzahn herumzukauen, während er den wilden Drachen die Schuppen kratzte, fand er nicht sehr vergnüglich.

»Also, die Sache ist die ...« Er musste das Kunststück fertigbringen, die Gefühle der Drachen nicht zu verletzen und ihnen gleichzeitig klarzumachen, dass ihn andere, sehr viel wichtigere Aufgaben erwarteten.

»Ja?«, fragte Harvey.

»Ich würde wirklich gern bei euch bleiben ...« Er räusperte sich. »Aber Finlay hat gesagt, ich könnte derjenige sein, der die bunten Farben nach Greyland zurückbringt!«

Einen Augenblick lang herrschte verdutztes Schweigen. Dann fingen die Drachen an wiehernd zu lachen.

»Die bunten Farben bringt keiner nach Greyland zurück«, sagte Harvey Fireball, als er sich beruhigt hatte. »Diese Hoffnung haben wir schon vor langer Zeit begraben.«

Jeremy schüttelte energisch den Kopf. »Finlay hat gesagt, zum ersten Mal seit dreizehn Jahren besteht wieder Grund zur Hoffnung. Und deswegen muss ich mit Ivy sprechen!«

»Er will mit Ivy sprechen ...« Aufs Neue lachten die Drachen.

»Weißt du denn nicht, dass Ivy seit Jahren in ihrem

Turm sitzt und dass niemand zu ihr gelassen wird?«, fragte der Drache mit der Wasserfallstimme.
»Doch. Aber Finlay hat gesagt, wir könnten uns einen Transportdrachen nehmen und oben auf dem Turm landen. Und dann könnten wir uns heimlich in Ivys Zimmer schleichen und mit ihr sprechen.«
»Und an welchen Transportdrachen dachte er da?«, fragte Harvey.
»An dich!«, antwortete Jeremy und blickte ihm fest in die Augen.
Harvey wirkte geschmeichelt. »Ich bin in der Tat der beste Transportdrache weit und breit«, sagte er. »Aber das verpflichtet auch. Und schon aus diesem Grund kann ich mich nicht für aussichtslose Unternehmungen hergeben. Vor allem nicht, wenn ich ganz schrecklich . . .«, er riss sein riesiges Maul auf und gähnte, ». . . müde bin!«
»Aber versteht ihr denn nicht: Ich muss mit Ivy sprechen!«, beschwor Jeremy die Drachen.
»Nein, das verstehen wir nicht«, sagte Maggie Fireball und gähnte nun ebenfalls.
Das Gähnen schien ansteckend zu sein, denn plötzlich sah sich Jeremy von lauter gähnenden Drachen umgeben.
»Aber ich *muss* mit Ivy sprechen!«, appellierte er noch einmal an die Drachen. »Ihr müsst mir einfach helfen!«

Doch nur schläfriges »Uuah« und »Aarh« war die Antwort.
»Wenn ihr Jeremy nicht helfen wollt, helfe ich ihm!«, ließ sich da eine Stimme vernehmen, die wie ein Gong klang.
»Rory!«, rief Jeremy. Sie war es wirklich!
»Gar nichts wirst du tun, Rory«, sagte Harvey Fireball. Das unerwartete Auftauchen von Rory schien ihn wieder munter gemacht zu haben. »Als dein Vater verbiete ich dir, etwas derartig Sinnloses, Dummes und obendrein Gefährliches zu tun!«
Rory stellte sich kerzengerade hin. »Du kannst mir viel verbieten«, sagte sie. »Aber meinem Freund Jeremy Golden zu helfen, kannst du mir nicht verbieten!«
Harvey fehlten die Worte. Schließlich schnaubte er: »Wer seinem Vater nicht gehorchen will, hat bei uns nichts mehr verloren. Na los, nimm den Menschenjungen auf den Rücken und flieg!«
»Nicht so hastig, Harvey!«, sagte Maggie. »Wir hatten uns geeinigt, dass der Menschenjunge hierbleiben soll, damit er mir jeden Tag die Schuppen kratzen kann!«
»Mir soll er auch die Schuppen kratzen!«, rief der Drache mit der Wasserfallstimme und brachte seine Unzufriedenheit mit einer gewaltigen Rauchwolke zum Ausdruck. Ein paar andere Drachen folgten sei-

nem Beispiel und dann war alles in dicken Rauch eingehüllt.
In dem Rauch stand plötzlich Rory neben Jeremy. »Steig auf!«, sagte sie.
»Aber –« Jeremy hatte Finlays Worte nicht vergessen, Rory könne keinen auf ihrem Rücken transportieren.
»Beeil dich!«, sagte Rory Fireball. »Sonst kommst du überhaupt nie mehr hier weg!«

Die Efeuranke

Rory bewegte ihre fledermausartigen Flügel schwungvoll auf und nieder.

»Wir starten!«, rief sie Jeremy zu.

Zögernd stieg er auf ihren Rücken. Mit den Flügeln schlagend lief die Drachin ein paar Schritte, dann stieß sie sich vom Boden ab.

Aber wie Jeremy schon befürchtet hatte, war er viel zu groß und zu schwer für Rory und so kugelten sie zunächst nur durch die Luft. Unter ihnen kreischten, zeterten und johlten die wilden Drachen. Doch ihr Geschrei wurde immer leiser, je weiter Rory und Jeremy sich von den Drachenfelsen entfernten.

Nach einer Weile gelang es Rory Fireball, ruhiger und in einer geraden Bahn zu fliegen und Jeremy fing sogar an, das Fliegen zu genießen. Aber bald ließen Rorys Kräfte nach. Nun ähnelte ihr Flug eher dem Taumeln eines Nachtfalters, der sich die Flügel an einer Flamme verbrannt hat. Endlich tauchte vor ihnen der Efeuturm auf.

»Wir sind gleich da!«, rief Jeremy.

»Ich weiß«, keuchte Rory.

Wenig später landeten sie auf der mit Efeu überwucherten Plattform des Turms. Rory war so erschöpft, dass sie nicht wartete, bis Jeremy abgestiegen war, sondern ihn einfach von ihrem Rücken warf. Er fiel ziemlich unsanft auf sein Hinterteil. Trotzdem lobte er sie, als er wieder auf seinen Füßen stand. »Du bist wirklich ganz toll geflogen, Rory!«

»Findest du?«

»Ja!«, sagte er. »Für das allererste Mal war es sensationell.«

»Zuerst hatte ich Angst, dass wir eine Bruchlandung machen«, gestand Rory. »Aber dann hab ich an das gedacht, was Finlay gesagt hat, als er mit der Kutsche weggefahren ist. Und da musste ich einfach durchhalten.«

Jeremy horchte auf. »Du hast noch mal mit Finlay gesprochen?«

»Ja. Ich bin wach geworden, weil meine Verwandten solchen Lärm gemacht haben. Und dann hab ich gesehen, wie Harvey und ein paar andere Feuer hinter euch hergeschickt haben und wie dich die Wand aus Feuer einfach umgeworfen hat. Finlay wollte dir helfen, aber er ist gestolpert und hingefallen. Er hat laut geschrien und die beiden Männer sind gekommen und haben ihn in die Kutsche getragen. Dich wollten sie auch noch holen, aber meine Verwandten hatten dich in der Zwischenzeit schon zu den Drachenfelsen gebracht. Da sind die beiden Männer mit Finlay weggefahren. Ich bin hinter ihnen hergeflogen und Finlay hat mir aus der Kutsche zugerufen: ›Jetzt musst *du* dich um Jeremy kümmern, Rory!‹«

Jeremy schluckte ein paarmal. Dass andere sich für ihn verantwortlich fühlten, hatte er noch nicht sehr oft erlebt.

»Aber nun wird es Zeit, dass du mit Ivy sprichst!«, sagte Rory.

»Du kommst nicht mit?«, sagte er betroffen.

»Nein. Ich gehe nicht in die Häuser der Menschen. – Nicht mehr«, fügte Rory hinzu.

Jeremy blickte sich um und entdeckte zwischen dem Efeu eine steinerne Treppe, die in den Turm führte. Zaghaft betrat er die oberste Stufe.

»Aber du wartest auf mich, oder?«, sagte er.

»Ja.« Mit einem müden Schnaufer legte Rory sich auf die Seite und schloss die Augen.

Jeremy atmete noch einmal tief durch und dann stieg er langsam Stufe um Stufe nach unten. Den Blick hielt er dabei auf eine einzelne graue Efeuranke gerichtet, die so dick wie sein Daumen war und sich in die Tiefe schlängelte, als wollte sie ihm den Weg weisen.

Je weiter Jeremy kam, desto finsterer wurde es. Auf einmal endeten die Stufen vor einer Eisentür, unter der ein schwacher Lichtschimmer zu erkennen war. Jeremy ergriff die Türklinke und drückte sie herunter. Doch die Tür öffnete sich nicht.

Im ersten Moment war Jeremy sogar erleichtert. Nun

konnte er mit gutem Gewissen wieder nach oben gehen und Rory von der versperrten Tür berichten! Und dann würden sie sich gemeinsam auf die Suche nach Finlay McCain machen und dann – »Nein!«, sagte er an diesem Punkt seiner Überlegungen laut. Finlay hatte ihn nicht nach Greyland gebracht, damit er bereits vor dem ersten Hindernis aufgab!

Aber was sollte er jetzt tun? Ihm fiel ein, dass seine Mutter einmal beim Aufschließen der Wohnungstür gesagt hatte: »Siehst du, Jeremy? Ich habe einen goldenen Schlüssel!« Auf seine Frage, was sie damit meinte, hatte sie geantwortet: »Ein goldener Schlüssel öffnet alle Türen. Und bei uns ist jeder Schlüssel ein goldener, weil wir ›Golden‹ heißen.«

Aufgeregt durchsuchte Jeremy seine Hosentaschen. Er fand tatsächlich einen Schlüssel, doch es war nur der kurze, leicht verbogene Schlüssel, der zu dem Speichenschloss an seinem alten Fahrrad gehörte. Ohne große Erwartung steckte er ihn in das Schloss – und das Unglaubliche geschah: Geräuschlos schwang die Tür auf und Jeremy blickte in eine Halle, die dahinter lag. Sie wurde von einer Lampe an der Decke erhellt, die ein graues Licht verbreitete. Drei Türen gingen von der Halle ab.

Bestimmt führte eine dieser Türen in Ivys Zimmer – aber welche?

Irgendwo erklang leise Musik, waren gedämpfte

Stimmen zu hören. Auf Zehenspitzen betrat Jeremy die Halle und ging von Tür zu Tür. Doch entweder waren die Türen zu dick oder die Geräusche waren zu schwach; jedenfalls konnte er nicht erkennen, woher die Musik und die Stimmen kamen.
Auf einmal sah er die daumendicke Efeuranke, die ihm schon im Treppenhaus den Weg gezeigt hatte. Sie wuchs quer über den grauen Steinfußboden und verschwand unter der mittleren Tür. Nun hatte Jeremy überhaupt keinen Zweifel mehr, dass hinter dieser Tür Ivys Zimmer war!
Aber wie sollte er sich Ivy bemerkbar machen, ohne dass man es in den anderen Zimmern hörte?, überlegte er.
Da wurde plötzlich die mittlere Tür geöffnet und ein Mädchen, so groß wie er, schaute um die Ecke.

Ivy

Überrascht starrte Jeremy das Mädchen an. Hatten Varna und Percival noch eine zweite Tochter, die sie hier im Efeuturm versteckten und von deren Existenz nicht einmal Finlay etwas ahnte? Eine Ähnlichkeit zwischen den dreien konnte Jeremy allerdings nicht feststellen. Das Mädchen hatte ein ebenmäßiges Gesicht, mandelförmige graue Augen und dichtes, stark gekräuseltes graues Haar, das ihm bis zur Schulter reichte. Es trug einen grauen Pullover und eine graue Hose.

Das Mädchen starrte Jeremy nicht minder überrascht an. Dann sagte es: »Du bist bunt!«

»Äh – ja«, sagte er.

»Wer bist du?«

»Jeremy. Jeremy Golden.« Er räusperte sich. »Entschuldige, dass ich hier einfach so reingeschlichen bin. Aber ich muss mit Ivy sprechen! Weißt du, wo ich sie finden kann?«

Bei dem Namen »Ivy« zuckte das Mädchen zusammen. Wortlos zog es Jeremy ins Zimmer und schloss die Tür hinter ihnen.

»Setz dich!« Es zeigte auf einen grauen Sessel.

Nachdem Jeremy Platz genommen hatte, blickte er sich verstohlen im Zimmer um. In einem Regal an der

Wand waren Puppen und Plüschtiere so sorgfältig aufgereiht, als wären sie Ausstellungsstücke und kein Spielzeug. Am Fenster stand eine Staffelei mit einer leeren grauen Leinwand. Auf dem Schreibtisch lagen Malblöcke und Stifte, aber nichts deutete darauf hin, dass das Mädchen sie in jüngster Zeit benutzt hatte.

Alles machte einen fast übertrieben ordentlichen Eindruck – mit Ausnahme des Koffers auf dem Bett, in dem Kleidung, Wäsche und Schuhe durcheinander lagen.

»Willst du verreisen?«, fragte Jeremy.

»Ja, mit meinen Eltern«, sagte das Mädchen.

»Und wann?«

»Morgen früh.«

»Morgen früh . . .«, murmelte Jeremy. Anscheinend hatte Finlay recht gehabt, als er auf seinen Vorschlag, am nächsten Morgen noch einmal mit Varna und Percival zu sprechen, erwidert hatte, dann könnte es schon zu spät ein. »Und wohin wollt ihr verreisen?«

»Ich weiß nicht – irgendwohin.« Das Mädchen musterte ihn. »Wie kommt es, dass du bunt bist?«

»Ich schätze, ich bin bunt, weil ich nicht grau geworden bin.« Eine bessere Antwort war Jeremy nicht eingefallen.

»Und warum bist du nicht grau geworden?«

»Das weiß ich nicht. Finlay McCain hat gesagt, ich

könnte derjenige sein, der die bunten Farben nach Greyland zurückbringt. Und deswegen wollte er unbedingt zu Ivy. Aber Varna und Percival –« Er stockte; fast hätte er etwas Unhöfliches über die beiden gesagt. »Varna und Percival sind deine Eltern, oder?«
»Ja. Was war mit ihnen?«, fragte das Mädchen.
»Sie wollten uns nicht zu Ivy lassen. Da ist Finlay mit mir zu den Drachenfelsen gefahren, um sich einen Transportdrachen zu nehmen, der uns oben auf dem Turm absetzen sollte. Aber dann –« Bei der Erinnerung an die Wand aus Feuer und an Finlays Unfall versagte ihm die Stimme.
»Was dann?«, fragte das Mädchen.
»Dann hat sich Finlay ein Bein gebrochen oder auch beide Beine und die Männer haben ihn mit der Kutsche weggebracht. Und dann bin ich allein hierher gekommen. Nein, nicht allein, Rory Fireball hat mich hergebracht. – Ja, und jetzt ist es ungeheuer wichtig, dass Ivy meine bunten Farben sieht!«, fügte er hinzu.
Ein Lächeln huschte um die Lippen des Mädchens. Es war das erste Mal, dass sich ihre Miene aufhellte.
»Ivy hat deine bunten Farben schon gesehen.«
»Und wie?«, fragte Jeremy.
»Sie sieht deine bunten Farben noch immer«, sagte das Mädchen.
Jeremy stutzte. Dann wurde er rot. »*Du* bist Ivy?«
»Ja.«

»Aber Finlay hat mir nicht gesagt –«
»Was hat Finlay dir nicht gesagt?«
»Dass du . . . ein Kind bist.«
»Ich bin kein Kind«, sagte Ivy ruhig. »Ich habe nur aufgehört zu wachsen, als die bunten Farben verschwunden sind. Älter bin ich trotzdem geworden.«
In Jeremys Schläfen pochte es. Sollte er Ivy glauben? Was sie da erzählt hatte, klang allzu fantastisch! Und dennoch . . . Ivy wirkte viel ernster und reifer als die elf- und zwölfjährigen Mädchen, die er kannte.
»Wie alt bist du denn?«, fragte er vorsichtig.
»Sechsundzwanzig.«
»Aber dann bist du ja älter als Rita!«
»Und wer ist Rita?«, fragte Ivy.
»Meine Stiefmutter«, sagte Jeremy.
»Du hast eine Stiefmutter?«
»Ja. Und eine Stiefschwester.«
»Lebt deine richtige Mutter noch?«
»Nein. Sie ist vor zwei Jahren gestorben.«
»Meine richtige Mutter ist auch tot. Zumindest sagen meine Eltern das.« Ivy nahm einen grauen Pullover aus dem Koffer, betrachtete ihn kritisch von beiden Seiten und warf ihn aufs Bett. »Aber manchmal denke ich, dass sie noch lebt und irgendwo auf mich wartet.«
»Sie würde sich doch bestimmt melden, wenn sie noch am Leben wäre, oder?«, meinte Jeremy.

»Vielleicht hat sie sich ja gemeldet.« Ivy ergriff einen zweiten grauen Pullover und warf ihn zu dem ersten. »Vielleicht haben mir meine Eltern bloß nichts davon gesagt.«

»Das würden sie tun?«, sagte Jeremy betroffen.

Ivy zog eine graue Hose aus dem Koffer. »Meine Eltern wollen einfach nicht begreifen, dass ich inzwischen erwachsen bin!«, sagte sie auf einmal ganz hitzig. »In ihren Augen bin ich immer noch ein kleines Kind, das sie beschützen müssen!«

Jeremy schwieg. Eigentlich fand er es sehr schön, wenn Eltern ihre Kinder beschützen wollten. Solche Eltern hatte er sich jedenfalls immer gewünscht.

»Meine Eltern haben auch überhaupt kein Zutrauen zu mir«, fuhr Ivy erregt fort. »Wenn ich ausgehen möchte, heißt es: ›Das ist viel zu anstrengend für dich‹ oder ›Das ist viel zu gefährlich‹. Und sie reden so lange auf mich ein, bis ich nachgebe.«

»Zu Finlay haben sie gesagt, dass du krank bist«, bemerkte Jeremy.

»Ich war krank.« Ivy faltete die graue Hose und legte sie in den Koffer zurück. »Als meine goldene Palette gestohlen wurde, konnte ich nicht mehr malen und war lange Zeit sehr krank. Aber jetzt geht es mir wieder besser.«

»Und warum haben uns deine Eltern dann nicht zu dir gelassen?«, fragte Jeremy.

Ivy zögerte einen Augenblick, bevor sie antwortete: »Weil sie Angst haben.«
»Angst? Wovor?«
»Sie haben Angst, mich zu verlieren. Wenn du derjenige bist, der die bunten Farben zurückbringt, dann wird sich alles, alles ändern!« Ivy ging zum Schreibtisch und zog die unterste Schublade auf. Sie holte eine Umhängetasche aus grauem Leder heraus, die schon recht alt und abgenutzt aussah. »Die Tasche ist die einzige Erinnerung, die ich an meine richtige Mutter habe. Sie lag in dem Bündel, in dem mich meine Eltern gefunden haben.« Ivy strich über das fleckige Leder.
Nach einer Pause sagte sie: »Mit den Sachen in dieser Tasche hat es etwas sehr Seltsames auf sich.«
»Und was?«, fragte Jeremy.
Ivy gab keine Antwort, aber sie sah ihn sonderbar prüfend an, als wollte sie ergründen, ob sie ihm trauen könne oder nicht.
»Und was hat es mit den Sachen auf sich?«, fragte er, nun schon etwas ungeduldiger.
Wieder musterte Ivy ihn stumm. »Sie haben magische Kräfte«, sagte sie schließlich.
»Magische Kräfte?«
»Ja!« Ivy öffnete den Metallbügel, aber nur so weit, dass sie ihre Hand in die Tasche schieben konnte.
Jeremy war ein wenig enttäuscht, weil er erwartet

hatte, dass sie den Inhalt der Tasche auf dem Tisch ausleeren würde.

Nach kurzem Suchen reichte sie Jeremy eine Uhr, die an einer langen Kette hing, und schloss den Bügel wieder. »Hier! Ich möchte, dass du prüfst, ob sie geht!«

»Warum prüfst du es nicht selbst?«, erwiderte er.

»Du sollst es prüfen«, sagte sie, ohne eine Begründung abzugeben.

Jeremy nahm die Uhr. Sie hatte die Größe einer alten Taschenuhr und alles an ihr war grau: das Uhrgehäuse, das Rädchen zum Aufziehen, das Zifferblatt, die Zahlen und die beiden Zeiger.

Ivy beobachtete ihn. »Geht sie?«

Jeremy hielt die Uhr in das Licht, das vom Fenster kam. »Auf der Uhr ist es neun. Aber so spät kann es noch nicht sein.« Er warf einen Blick auf seine Armbanduhr. Doch die war allem Anschein nach stehen geblieben, denn sie zeigte drei Uhr an; etwa um die Zeit mussten er und Finlay McCain zu Rory Fireball in den Ballon gestiegen sein.

»Tickt sie?«, fragte Ivy.

Jeremy hielt die Uhr an sein Ohr und hörte ein gleichmäßiges, metallisch klingendes Ticken. »Ja!«

Als er sich die Uhr noch einmal ansah, bemerkte er, dass ihre Zeiger rückwärts liefen – gegen den Uhrzeigersinn! –, bis sie bei fünf Minuten vor sechs stehen blieben.

»Ich wusste es!«, rief Ivy.
»Was wusstest du?«, fragte Jeremy.
»In der Nacht, als die Farben verschwunden sind, ist die Uhr stehen geblieben und seitdem hat sie kein Uhrmacher reparieren können. Aber die Uhr war überhaupt nicht kaputt; sie hat nur darauf gewartet, dass in Greyland eine neue Zeit anbricht!«
»Hast du gesehen, dass die Zeiger rückwärts laufen?«, sagte Jeremy.
»Sie laufen nicht rückwärts«, erwiderte Ivy.
»Aber eben sind die Zeiger rückwärts gelaufen!«
»Das hat die Uhr nur gemacht, um Zeit zu sparen.«
»Um Zeit zu sparen?«, sagte Jeremy verblüfft.
Für sich betrachtet, stimmte es: Von neun kam man schneller auf fünf Minuten vor sechs, wenn man die Zeiger linksherum statt rechtsherum drehte. Aber er konnte sich nicht vorstellen, dass eine Uhr in der Lage sein sollte, selbstständig zu entscheiden, ob sie vorwärts oder rückwärts laufen wollte.
»Du glaubst, die *Uhr* hat das gemacht?«
»Ich hab dir doch gesagt: Die Sachen in der Tasche meiner Mutter haben magische Kräfte! Die Uhr kann viel mehr, als nur die Zeit anzeigen.« Ivy hängte sich die Uhrkette um den Hals. Dann begann sie alles, was im Koffer war, auf das Bett zu werfen. »Und ich werde *nicht* mit meinen Eltern verreisen!«, verkündete sie, als der Koffer leer war.

»Ich werde mit dem goldenen Vogel davonfliegen!«
»Mit welchem goldenen Vogel?«
»Mit dir, Jeremy Golden!«
»Mit mir?«, sagte er, ohne zu verstehen.
»Ja! Jetzt ist mir auch klar geworden, warum ich jede Nacht von dem goldenen Vogel mit den Menschenaugen geträumt habe. Der Traum sollte mir sagen, dass wir beide, du und ich, auf die Suche nach der goldenen Palette gehen werden!«
»Aber ich bin kein –«, setzte Jeremy an.
Da klopfte es und eine Frauenstimme rief: »Ivy? Kommst du zum Essen?«
Ehe Jeremy sich verstecken konnte, ging die Tür auf und Varna trat ins Zimmer. Doch sie schien ihn gar nicht zu sehen, denn ihre grauen Augen schweiften ruhelos zwischen dem Bett und dem Fenster hin und her. Jeremy war so erleichtert, dass er sich um ein Haar durch einen lauten Seufzer verraten hätte.
»Ist dein Koffer fertig, Ivy?«, fragte sie.
»Ja.« Ivy machte ihm ein Zeichen, auf sie zu warten, dann verließ sie mit Varna das Zimmer.

Reisevorbereitungen

Ziemlich durcheinander ging Jeremy im Zimmer auf und ab. Konnte Ivy tatsächlich eine Frau von sechsundzwanzig Jahren sein, mit dem Körper eines elf- oder zwölfjährigen Mädchens? Und war sie dann eine Art Zwitter – halb Frau, halb Mädchen? Er fand es äußerst verwirrend und wusste nicht, was er davon halten sollte. Aber eins wusste er: Auf keinen Fall wollte er sich gemeinsam mit Ivy auf die Suche nach der goldenen Palette machen! Wenn sie ihn darum bitten sollte, würde er anbieten, allein auf die Suche zu gehen – aber nicht mit ihr zusammen!

Als Jeremy diesen Beschluss gefasst hatte, wurde er wieder ruhiger. Er nahm sich ein Buch, setzte sich in den Sessel und schlug es auf. Doch die Buchstaben waren so grau wie das Papier und schon bald bekam er Kopfschmerzen.

Er schloss die Augen und dachte an Rory Fireball. Bei der Erinnerung an ihren halsbrecherischen Flug hierher fiel ihm ein, dass Rory immer nur einen auf ihrem Rücken transportieren konnte. Ja, und daran würde auch Ivy nichts ändern können, selbst wenn es nicht in ihre Pläne passte!

Jeremy musste eingeschlafen sein, denn auf einmal weckte ihn Ivys Stimme: »Hast du Hunger?«

Er blinzelte. Draußen vor dem Fenster war es dunkel, aber im Zimmer brannte Licht. Ivy hatte einige Speisen auf den Schreibtisch gestellt, die trotz ihrer grauen Farbe recht appetitlich aussahen: mit Käse belegtes Baguette, kleine Kuchen und Teigtaschen, eine Banane und eine Mandarine.

»Zum Nachtisch gibt es Crème brulée«, sagte Ivy. »Du magst doch Crème brulée?«

»Sicher.« Jeremy fing an zu essen. Er merkte erst jetzt, wie hungrig er war. Und alles schmeckte ihm ungewöhnlich gut, viel besser als bei Rita.

»Mehr kann ich wirklich nicht essen!«, sagte er schließlich mit einem leisen Stöhnen.

»Den Rest legen wir zu unserem Reiseproviant«, erklärte Ivy.

Nach dem leckeren Essen schämte Jeremy sich fast, sie enttäuschen zu müssen. »Also, was Rory Fireball betrifft –«, begann er. »Sie kann nur einen von uns auf ihrem Rücken transportieren. Ja, und deshalb wollte ich vorschlagen, dass –«

»Ich weiß«, unterbrach Ivy ihn. »Ich hab schon mit ihr gesprochen.«

»Du hast was?«

»Ich war auf dem Turm und hab mit Rory gesprochen«, sagte Ivy, als wäre es die selbstverständlichste Sache der Welt. »Sie ist gleich losgeflogen, um den Ballon zu holen.«

Jeremy machte ein ziemlich dümmliches Gesicht.
»Ich hab auch schon alles für unsere Reise vorbereitet!« Ivy zeigte auf zwei Rucksäcke und einen geflochtenen Weidenkorb vor dem Bett; daneben stand die graue Umhängetasche. »Für dich hab ich ein paar Sachen zum Anziehen eingepackt.«
»Für mich?«
»Ja. Aber keine Mädchenkleidung«, versicherte sie.
Jeremy wurde rot, doch das bemerkte Ivy zum Glück nicht, weil sie ans Fenster getreten war.
»Jetzt müssen wir nur noch warten, bis Rory zurückkommt!«, sagte sie und trommelte ungeduldig mit den Fingern gegen das Glas.
Er räusperte sich. »Ich glaube, es wäre besser, wenn ich allein nach der goldenen Palette suchen würde.«
Ivy drehte sich zu ihm um. »Und warum?«
»Es ist nicht persönlich gemeint«, sagte er. »Aber wenn sich Jungen und Mädchen zusammentun, kommt nichts Gutes dabei heraus.«
»Ich bin kein Mädchen«, erwiderte Ivy.
»Dann eben Jungen und Frauen«, sagte Jeremy. »Jungen und Mädchen und Jungen und Frauen sind einfach zu verschieden.«
Ivy hatte die Augenbrauen in die Höhe gezogen. Es war schwer zu entscheiden, ob sie sich über ihn lustig machte oder ob sie wütend war.

»Das ist der größte Schwachsinn, den ich in den letzten zwanzig Jahren gehört habe!«, sagte sie.
Jeremy zuckte leicht gekränkt mit den Schultern. »Ich hab nun mal meine Erfahrungen mit Frauen . . . und Mädchen.«
Ivy drehte sich wieder zum Fenster um. »Ohne mich findest du die goldene Palette nie«, sagte sie. »Und ohne die goldene Palette ist es völlig unmöglich, die bunten Farben nach Greyland zurückzubringen.«
»Davon hat mir Finlay aber nichts gesagt«, erwiderte Jeremy.
»Weil er nichts davon weiß«, sagte Ivy. »Finlay ist nicht so allwissend, wie du glaubst.«
»Aber du bist allwissend, was?«, zischte Jeremy. Es ärgerte ihn, dass sie so abfällig über Finlay sprach.
»Jedenfalls weiß ich mehr als Finlay über die bunten Farben und wie man sie zurückholen kann.«
»Und warum hast du es dann nicht längst gemacht?«
»Weil ich jemanden brauche, der mir dabei hilft«, sagte Ivy. »Und bilde dir bloß nicht ein, dass ich Frauenhasser wie dich mag«, fügte sie schnippisch hinzu. »Wenn ich könnte, würde *ich* mich ganz allein auf die Suche nach der goldenen Palette machen!«
Jeremy sagte nichts; die Anschuldigung, ein »Frauenhasser« zu sein, musste er erst mal verdauen.
»Aber wenn du mir nicht helfen willst, kann Rory

dich gern dahin zurückbringen, wo du hergekommen bist!«, sagte Ivy und blickte ihn finster an.

Diese Drohung verfehlte ihre Wirkung nicht. Sogleich sah Jeremy vor seinem inneren Auge Bilder von einem kasernenartigen Gebäude mit vergitterten Fenstern, umgeben von meterhohem Stacheldraht, von prügelnden Erziehern, von Gemeinschaftsschlafsälen und Einzelzellen, in die besonders schwer erziehbare Jungen zur »Besserung« gesperrt wurden.

»Nein!«, rief er. »Ich will nicht zurück!«

In diesem Augenblick hörten beide das Geräusch von Rorys Feuerstößen.

»Schnell!«, sagte Ivy. »Wir müssen nach oben auf den Turm!«

Sie setzte sich einen Rucksack auf und ergriff den Korb und die graue Tasche. Jeremy nahm den anderen Rucksack und dann rannte er hinter Ivy her.

Wer nicht zurückkann, kann nur nach vorn

Als sie die Plattform erreichten, sahen sie den grauen Ballon, in dessen Gondel Rory Fireball stand. Doch zu ihrem Schrecken entfernte sich der Ballon immer weiter vom Turm.

»Rory! Hierher!«, rief Ivy und winkte mit den Armen.

»Ich versuch's ja!« Rory stieß einen Feuerstoß aus, aber das Ergebnis war, dass der Ballon noch weiter abgetrieben wurde.

In der Stille, die folgte, hörten sie plötzlich Stimmen und Schritte, die die steinernen Stufen hochkamen.

Ivy schrie auf. »Meine Eltern!«

Da begann es in den Baumkronen zu rauschen, eine Windbö packte den Ballon und trieb ihn direkt auf die Plattform zu. Ivy, die auf die Zinnen des Turms gestiegen war, zögerte keinen Augenblick und sprang, als der Abstand zwischen dem Ballon und dem Turm auf wenige Meter zusammengeschrumpft war. Mit ihrem Gepäck landete sie sicher in der Gondel.

»Los, Jeremy!«, rief sie.

Jeremy stand da, die Haare gesträubt, und starrte in den Abgrund vor ihm. Er war immer ganz schlecht im Weitspringen gewesen, der Schlechteste in der Klasse, und nun trug er obendrein noch einen Rucksack. Wie tief würde er fallen, wenn er fiel? Dreißig Meter? Vierzig? Und konnte man einen solchen Sturz überleben?

»Ivy!«, ertönte da die schrille Stimme von Varna. »Komm sofort zurück! Ich befehle es dir!«

»Du schaffst es, Jeremy!«, rief Rory Fireball. »Spring!«

Mit dem Mut der Verzweiflung machte Jeremy einen gewaltigen Satz – und spürte die Seile des Ballons unter seinen Fingern. Als Nächstes merkte er, wie Ivy ihn an den Beinen in die Gondel zog.

»Du begehst einen entsetzlichen Fehler, Ivy!«, jammerte Varna.

»Aber noch ist es nicht zu spät!«, rief Percival. »Lass dich am Boden absetzen und komm zu uns zurück!«

»Ich kann nicht«, erwiderte Ivy. »Ich muss die goldene Palette finden.«

»Der bunte Junge wird dich ins Unglück stürzen, glaub mir!«, rief Varna. »Die Mächte, die im Besitz der goldenen Palette sind, werden euch wie Käfer zertreten und wir werden uns niemals wiedersehen!«

»Lebt wohl«, sagte Ivy. »Und vielen Dank für alles.«

»Ivy!«, schluchzte Varna.

»Ivy!«, schrie Percival.

Rory stieß einen gewaltigen Feuerstoß aus und der Ballon verschwand in den Wolken.

Ivy wischte sich ein paar Tränen ab. Dann sagte sie

mit entschlossener Stimme: »Wer nicht zurückkann, kann nur nach vorn.«
Sie griff nach der Uhr und drehte an dem Rädchen. Jeremy sah, wie das Zifferblatt aufleuchtete.
Ivy zeigte mit dem Arm nach rechts. »Wir müssen dorthin«, sagte sie.
Eine Weile fuhren sie schweigend durch die Wolken. Hin und wieder sah Ivy auf ihre Uhr, doch kein einziges Mal korrigierte sie den Kurs. Jeremy erinnerte sich, wie gründlich Finlay McCain seine Karte studiert hatte, wie er Rory alle fünf Minuten neue Anweisungen gegeben und wie Rory dementsprechend ihre Feuerstöße dosiert hatte. Je länger sie dahintrieben, desto mehr wuchs in ihm der Verdacht, dass Ivy auch nicht wusste, wohin sie unterwegs waren, und dass die Uhr ihrer Mutter eine ganz normale alte Uhr war, die sie nur benutzte, um sich eine geheimnisvolle Aura zu verleihen. Und so schienen sich die Minuten zu Stunden zu dehnen, in denen nichts passierte.
Endlich unterbrach Rory das Schweigen: »Ich muss bald eine Pause machen.«
»Kannst du noch eine halbe Stunde durchhalten?«, fragte Ivy.
»Ich weiß nicht . . .«, sagte Rory matt.
»Wir sind noch immer über dem Meer!«, sagte Ivy.
»Über dem Meer?«, rief Jeremy erschrocken. »Über welchem Meer?«, fragte er dann.

»Über dem Meer der verlorenen Seelen«, antwortete Ivy.

Schaudernd hörte Jeremy, wie irgendwo unter ihnen etwas platschend ins Wasser eintauchte. »Ich . . . ich kann nicht schwimmen«, stammelte er.

»Das hättest du besser lernen sollen«, sagte Ivy.

»Ich hab's ja versucht, aber der Bademeister –« Er brach ab.

Weder Ivy noch Rory fragte, was es mit dem Bademeister auf sich hatte. Aber jetzt spielte es ohnehin keine Rolle mehr, warum Jeremy damals nicht mehr zu dem Schwimmkurs gegangen war.

Die nächsten Minuten verstrichen mit quälender Langsamkeit. Ihr Ballon verlor ständig an Höhe. Rory war inzwischen so entkräftet, dass sie nur noch dünne graue Rauchfahnen ausstieß, die das Sinken des Ballons nicht mehr aufhalten konnten. Jeremy spähte in die Tiefe. Er sah etwas blinken und blitzen: das Meer der verlorenen Seelen!

»Ich will nicht ertrinken!«, rief er und begann an den Seilen des Ballons zu rütteln.

Da stieß Rory einen letzten verzweifelten Feuerstoß aus. Der Ballon gewann wieder an Höhe und wurde von einer Windströmung erfasst. Und dann, nach weiteren quälenden Minuten, tauchte ein breiter Küstenstreifen unter ihnen auf. Sanft glitt der Ballon zu Boden und landete.

II.

No Man's Land

Die Nacht am Strand

Sie kletterten aus der Gondel und schauten sich um. Am Himmel waren kein Mond und keine Sterne zu sehen, aber der feine Sand zu ihren Fußen schimmerte hell. Jeremy betrachtete die grauen Steine und Muscheln, die das Wasser an den Strand gespült hatte. Im Seetang entdeckte er sogar einen grauen Seestern.

»Sind wir noch immer in Greyland?«, fragte er.

»Nein«, sagte Ivy. »In Greyland gibt es kein Meer.«

»Aber alles sieht grau aus!«

»Hast du vergessen, dass Nacht ist?«, entgegnete sie. »Nachts sieht alles grau aus!«

»Dann weißt du auch nicht, wo wir sind?«, fragte Jeremy.

»Wir müssen anfangen, unser Nachtlager herzurichten«, sagte Ivy. Sie nahm ihren Rucksack ab und stellte ihn in den Sand, wo schon der Weidenkorb stand.

Jeremy legte seinen Rucksack dazu. »Also weißt du auch nicht, wo wir sind!«

»Nein. Aber ich werde es bald wissen.«

»Wahrscheinlich wartest du darauf, dass deine magische Uhr es dir sagt, oder?«, fragte er spöttisch.

Doch Ivy ließ sich nicht provozieren. »Wir müssen

anfangen, unser Nachtlager herzurichten«, wiederholte sie.
Rory war inzwischen so müde, dass sie sich nicht mehr auf den Beinen halten konnte. Sie legte sich in den Sand und schob ihren Kopf unter die Flügel. Gleich darauf war sie eingeschlafen, was ihr ziemlich lautes Schnarchen verriet.
Ivy und Jeremy breiteten die Ballonhülle aus. Als sie damit fertig waren, aßen sie kleine Kuchen und tranken süßen Tee, doch ohne ein Wort zu wechseln. Jeremy hätte gern etwas Versöhnliches gesagt, aber er wusste nicht, wie er anfangen sollte.
Endlich sagte Ivy: »Du kannst jetzt schlafen gehen.«
»Schläfst du nicht?«, fragte er.
»Später.« Ivy hatte den Blick auf das Meer der verlorenen Seelen gerichtet.
»Gute Nacht!« Jeremy kroch unter die Seidenhülle des Ballons.
»Gute Nacht. Und träum etwas Schönes«, sagte sie.
»Du auch«, sagte er.
»Das hat noch Zeit«, erwiderte sie. »Erwachsene brauchen nicht so viel Schlaf.«
»Aber schöne Träume brauchen sie auch«, sagte Jeremy.
Ivy gab keine Antwort.
Jeremy streckte sich auf den Pullovern aus, die als weiche Unterlage dienten. Kurz darauf schlief er.

Irgendwann in der Nacht wachte er auf. Verwirrt sah er sich um ... er war allein ... Ivy war entweder überhaupt noch nicht schlafen gegangen oder sie war schon wieder aufgestanden ...
Er lüftete die Ballonhülle ein wenig und spähte nach draußen. Doch er entdeckte nur eine schuppengepanzerte Gestalt, die auf der Seite lag und ganz fest schlief: Rory Fireball!
Auf Zehenspitzen schlich er nach draußen. Und dann sah er Ivy. Sie saß am Wasser und blickte in die leise heranrollenden Wellen. Vor ihr in der Luft schwebte ein Stöckchen, das seltsame Bewegungen machte, als würde es etwas in den Sand schreiben. Zögernd ging er näher. Nun landete das Stöckchen in Ivys Schoß und plötzlich erkannte Jeremy, was es war: ein Pinsel. Ivy hob den Pinsel auf und legte ihn in die graue Tasche, die neben ihr stand.
Dann drehte sie sich zu Jeremy um und fragte ohne jedes Anzeichen von Überraschung: »Kannst du lesen, was da steht?«
Mit den Augen folgte Jeremy ihrem ausgestreckten Finger und erkannte im nassen Sand eine Reihe von Buchstaben. Mit einiger Mühe entzifferte er die Schrift: NO MAN'S LAND!
»So heißt die Insel, auf der wir sind«, sagte Ivy.
»Und woher weißt du, dass die Insel so heißt?«
»Der Pinsel hat es geschrieben.«

Offenbar gehörte der Pinsel zu den magischen Dingen, die Ivy von ihrer Mutter geerbt hatte – von ihrer richtigen Mutter!, dachte Jeremy.
»Glaubst du, wir finden hier in No Man's Land die goldene Palette?«, fragte er.
»Mancher hat schon das Ziel vor Augen und fragt immer noch nach dem Weg«, entgegnete sie – ziemlich von oben herab!, wie Jeremy fand.
Wortlos ging er zum Ballon zurück und kroch unter die Seidenhülle, an Rory Fireball vorbei, die im Schlaf leise stöhnte.

Kein männliches Wesen in No Man's Land!

Im Morgengrauen wurde Jeremy ein zweites Mal von Stimmen geweckt.
»Wir bestehen darauf, unter den Ballon zu gucken!«, hörte er eine herrische Frauenstimme sagen.
»Aber ich habe euch doch gesagt: Wir sind drei harmlose Freundinnen, die zusammen eine Ballonfahrt gemacht haben und dabei irrtümlich bei euch gelandet sind.« Das war Ivys Stimme. »Sobald es richtig hell geworden ist, fliegen wir weiter.«
Jeremy hielt den Atem an. Etwas sehr Bedrohliches schien dort draußen vor sich zu gehen – und es hatte allem Anschein nach mit ihm und dem Ballon zu tun.
»Ihr werdet uns nicht daran hindern, unter den Ballon zu gucken!«, sagte die Frauenstimme. »Ihr seid hier widerrechtlich gelandet und ihr müsst euch unseren Gesetzen unterwerfen. Und unser oberstes Gesetz lautet: *Kein männliches Wesen in No Man's Land!*«
»Keine Männer in No Man's Land!« – »Keine Männer und keine Jungen in No Man's Land!« – »Nieder mit allen Männern und Jungen!«, ertönten kriegerische Rufe.
Jeremy erschrak bis ins Mark.
»Ihr könnt völlig beruhigt sein«, hörte er Ivy sagen. »Unsere Freundin ist *kein* männliches Wesen.«

»Wir verlangen, dass ihr sofort die Ballonhülle entfernt, damit wir sehen, wer sich darunter verbirgt!«, forderte die herrische Frauenstimme.
»Aber unsere Freundin schläft!«, sagte Ivy.
»Dann weckt sie!«, verlangte die Frauenstimme.
Jeremy fing an zu zittern. Nie und nimmer würde sich die Frau mit der herrischen Stimme täuschen lassen und ihn für die *Freundin* von Ivy und Rory halten! Auch wenn er klein und zierlich war und halblange Haare hatte – mit einem Mädchen hatte ihn noch nie jemand verwechselt! Sein Blick fiel auf die beiden Rucksäcke und da hatte er eine Idee, die der reinen Verzweiflung entsprang ...
Kurz darauf hob Ivy die Ballonhülle ein Stück an und sagte: »Entschuldige, wenn wir dich stören, Jessica. Aber hier sind einige Bewohnerinnen von No Man's Land, die nicht glauben wollen, dass du ein Mädchen bist.«
Der ungewohnte Name *Jessica* ließ Jeremy zusammenzucken. Doch gleich darauf musste er grinsen – trotz der prekären Lage, in der er sich befand. Dass Ivy seinen Namen einfach abgeändert hatte, zeugte von einer bewundernswerten Geistesgegenwart!
Er kam unter der Ballonhülle hervor und murmelte gespielt schlaftrunken: »Was ist?«
Es war noch nicht vollständig hell, aber im Dämmerlicht konnte er bereits erste, sehr blasse Farben erken-

nen. Sie hatten Greyland also tatsächlich verlassen! Ein erstauntes »Oh . . .« ging durch die Gruppe der Frauen, die Ivy umringten. Jeremy hoffte, dass er nicht allzu schlimm aussah, aber der graue Rock mit dem elastischen Gummiband in der Taille war das einzige *mädchenhafte* Kleidungsstück gewesen, das er in der Eile gefunden hatte. Weil ihm die Zeit gefehlt hatte, seine Jeans auszuziehen, hatte er den Rock einfach über die Hose gestreift.

Eine Frau mit langen strohgelben Locken fing an zu kichern.

»Sei still, Judith!«, fuhr die Frau mit der energischen Stimme sie an.

Die Frau mit den Locken verstummte und schlug schuldbewusst die Augen nieder. Jeremy blickte sich um – und gab einen erstickten Schrei von sich: Er sah Rory mit gefesselten Armen und Beinen im Sand liegen. Auch um ihr Maul war ein Tau gebunden.

»Dasselbe wird dir passieren, wenn du nicht die bist, für die du dich ausgibst«, sagte die Frau mit der energischen Stimme.

Verstohlen musterte Jeremy sie und die anderen Frauen. Ihre Kleidung bestand aus dreiviertellangen Blusen, eng anliegenden Hosen und kniehohen Stulpenstiefeln. Einige Frauen hielten Harpunen und Lanzen in den Händen, andere Bogen und Pfeile. Ihre Gesichter waren von der Sonne gegerbt und alle hat-

ten lange, offene Haare. Die Mienen der Frauen waren stolz und abweisend.
»Und du bist ein Mädchen?«, wandte sich die Frau mit der herrischen Stimme an Jeremy.
Sie war deutlich größer als die anderen und hatte eine sichelförmige Narbe auf der linken Wange. Aus ihrem Verhalten schloss er, dass sie die Anführerin war.
»Antworte!«, herrschte sie Jeremy an.
Jeremy sah zu Ivy hinüber, die leicht mit dem Kopf nickte; offenbar wollte sie ihm Mut machen.
»Ich bin ein . . .«, er schluckte, »Mädchen«, sagte er dann.
»Und das sollen wir dir glauben?« Die Frau schien ihn mit ihrem Blick förmlich aufzuspießen.
»Ja!«
»Ich frage dich noch einmal«, sagte sie. »Bist du ein Mädchen oder ein Junge? Überlege gut, bevor du ant wortest! Wenn du uns jetzt die Wahrheit sagst, wird deine Strafe weniger hart ausfallen. Aber wenn du uns zum zweiten Mal belügst, werden wir kein Mitleid mit dir kennen!«
Hinter Jeremys Stirn arbeitete es fieberhaft. Konnte er Ivy bloßstellen, die behauptet hatte, er sei Jessica, ihre »Freundin«? Nein, er hatte gar keine Wahl.
»Ich bin ein Mädchen«, sagte er.
»Du hast es nicht anders gewollt.« Die Anführerin spuckte verächtlich in den Sand. »Bibiana?«, rief sie.

Eine kräftige Frau mit breiten, schaufelartigen Händen trat vor und sagte: »Ja?«
»Ich möchte, dass du die Inspektion vornimmst!«
»Ja, Cassandra.« Bibiana verneigte sich dienstbeflissen. Dann sagte sie barsch zu Jeremy: »Los, beweg dich!«
»Und wohin?«, fragte er misstrauisch.
»Frag nicht so viel!«, fauchte sie.
Schicksalsergeben trottete er hinter Bibiana her. Sie ging zu den Felsen und suchte sich einen Platz, der vom Strand her nicht einsehbar war.
Dann verlangte sie: »Nun zeig es mir!«
Jeremy bekam einen roten Kopf, aber noch gab er nicht auf. »Was?«, tat er ahnungslos.
»Du sollst mir zeigen, dass du ein Mädchen bist!«
»Das ist privat!«, wehrte er sich.
Bibiana funkelte ihn hasserfüllt an. »Wenn du ein Mädchen bist, wie du behauptest, wird es dir nichts ausmachen, das vor einer erwachsenen Frau zu beweisen!«
»Doch, es macht mir etwas aus«, sagte Jeremy. »Wie ich unter meinen Sachen aussehe, geht niemanden etwas an!«
»Schluss mit dem Gerede. Wir werden jetzt zusammen deinen Rock ausziehen und danach die Hose und –«
»Nein!«, schrie Jeremy. »Nein!«, schrie er noch einmal, als Bibiana den Rock über seinen Kopf zog.

Sie schwenkte den Rock wie eine Siegestrophäe durch die Luft, bevor sie ihn über die Felsen warf.
»Und nun die Hose!«, sagte sie und machte sich an seinem obersten Hosenknopf zu schaffen.
Jeremy stieß ihre riesigen Hände weg. »Nicht die Hose!«, schrie er.
Bibiana stemmte die Hände in die Hüften und starrte ihn Unheil verkündend an. »Und warum nicht?«
»Weil . . .« Jeremy war puterrot geworden. »Weil ich gelogen habe. Ich . . . ich bin ein Junge.«
In Bibianas Augen trat ein gefährliches Glitzern. Er glaubte schon, dass sie ihn schlagen würde, aber dann ergriff sie seinen rechten Arm und verdrehte ihn so, dass er sich vor Schmerzen krümmte. In dieser entwürdigenden Haltung brachte sie ihn zu ihrer Anführerin zurück.
»Und was hat die Inspektion ergeben?«, fragte Cassandra.
»Das, was wir alle befürchtet haben«, antwortete Bibiana und verdrehte Jeremys Arm noch etwas mehr.
Er biss sich auf die Zunge, um nicht laut aufzuschreien.
»Sie tun ihm ja weh!«, rief Ivy. »Lassen Sie ihn sofort los!«
»Damit er wegrennt, wie?« Bibiana lachte höhnisch.
Zwei Frauen kamen dazu, bogen Jeremys Arme auf den Rücken und fesselten sie mit Stricken.

»Sollen wir dem Jungen auch den Mund verschließen?«, fragte die kleinere der beiden Frauen.
»Das wird nicht nötig sein, Seraphina«, antwortete Cassandra. »Er ist ja kein Drache. Oder kannst du Feuer spucken?«, wandte sie sich mit einem abschätzigen Lächeln an Jeremy.
»Nein«, knurrte er.
»Wenn du beim zweiten Mal die Wahrheit gesagt hättest, wäre deine Strafe verhältnismäßig milde ausgefallen«, sagte sie in unechter Liebenswürdigkeit. »Aber nun bleibt mir keine Wahl, nun muss ich die Höchststrafe über dich verhängen.«
»Er hat Ihnen doch gar nichts getan!«, rief Ivy. »Erstens wussten wir nicht, dass Jungen und Männer in No Man's Land keinen Zutritt haben, zweitens sind wir nur durch eine unglückliche Windströmung hier gelandet und drittens wollen wir –«
»Genug!«, schnitt Cassandra ihr das Wort ab. »Seraphina und Eulalia, ihr bringt ihn auf die Klippen, zu den Gorilla-Möwen!«, befahl sie den beiden Frauen.
Da ging über dem Meer die Sonne auf und plötzlich war alles in strahlendes Licht getaucht.
Ivy stieß einen Schrei aus. »Meine Augen ... ich kann nichts mehr sehen!«
Jeremy erstarrte. »Ivy!«, rief er.
Seraphina und Eulalia packten Jeremy und zerrten und stießen ihn zum Wasser hinunter. Er versuchte

sich zu wehren, aber gegen die vereinten Kräfte der Frauen kam er nicht an. Als es ihm endlich gelang, sich umzudrehen, sah er, wie Ivy und Rory Fireball abgeführt wurden. Die beiden waren noch immer von Kopf bis Fuß grau und inmitten der bunt gekleideten Frauen stachen ihre grauen Farben besonders heraus. Dann waren sie hinter einer Düne verschwunden.

Auf dem Meer der verlorenen Seelen

Nach einer Weile erreichten sie einen Steg, an dem ein kleines Boot mit einem Außenbordmotor lag. Auf die grün angestrichene Bordwand hatte jemand mit roter Farbe *Proud Venus* geschrieben. In banger Vorahnung blieb Jeremy stehen.

»Was ist?«, sagte Eulalia und gab ihm mit dem stumpfen Ende ihrer Lanze einen Stoß zwischen die Schulterblätter. »Beweg dich!«

»Wollen wir etwa mit dem Boot fahren?«, fragte er.

»Allerdings!« Eulalia stieß ihn noch einmal.

»Aber ich kann nicht schwimmen!«, sagte er.

»*Du* sollst ja auch nicht schwimmen, sondern das Boot«, sagte Seraphina.

Beide Frauen lachten und stießen Jeremy mit ihren Lanzen vor sich her.

Auf dem Steg befahl Eulalia: »Setz dich nach vorn!«

Jeremys Hände waren noch immer auf dem Rücken gefesselt und so hatte er einige Schwierigkeiten, ins Boot zu steigen. Mehrmals schwankte das Boot bedenklich, aber schließlich kam er im Bug an und setzte sich auf die schmale Holzbank. Seraphina machte die Seile los und nahm in der Mitte des Bootes Platz. Eulalia versuchte den Motor anzulassen, was ihr erst nach mehreren Fehlstarts gelang. Dann fuhren sie unter lautem Tuckern aufs Wasser hinaus. Jeremy musterte die beiden Frauen, aber von ihren ausdruckslosen Gesichtern konnte er nicht ablesen, was sie mit ihm vorhatten. Ins Wasser werfen würden sie ihn wohl nicht, dachte er. Immerhin hatte ihre Anführerin gesagt, sie sollten ihn auf die »Klippen« bringen. Mit den Augen suchte er den Horizont ab, doch er entdeckte keine Klippen. Die spiegelnde Wasserfläche schien sich endlos zu dehnen.

»Ist es noch weit?«, fragte er.

»Du willst wohl zurückschwimmen, wie?« Seraphina kicherte; ihr Kichern klang wie das Meckern einer Ziege.

»Nein! Ich kann überhaupt nicht schwimmen, das hab ich Ihnen schon gesagt!«, erwiderte Jeremy zornig, weil sie ihn zu allem Überfluss auch noch verspotteten.

»Du würdest es auch nicht schaffen«, sagte Seraphina. »Noch keiner hat es geschafft, von den Möwenklippen nach No Man's Land zurückzuschwimmen.«

»Halt den Mund, Seraphina!«, zischte Eulalia.

»Wieso?«, sagte Seraphina gekränkt. »Der Junge kann doch ruhig wissen, dass alle kühnen Schwimmer vor ihm von den Haien gefressen wurden!«

»Du bist mal wieder viel zu schwatzhaft!«, sagte Eulalia. »Unser Auftrag lautet, den Jungen auf die Möwenklippen zu bringen – aber nicht, ihm von seinen Vorgängern zu erzählen.«

»Sie haben schon früher welche auf die Möwenklippen gebracht?«, fragte Jeremy, in der Hoffnung, mehr zu erfahren.

»Nicht welche – Männer!«, sagte Eulalia verächtlich.

»Und sind die alle noch auf den Möwenklippen?«

Wieder lachten beide Frauen. »Ihre Knochen vielleicht«, sagte Eulalia und Seraphina ergänzte: »Ihre Gerippe bleichen jetzt in der Sonne!«

Jeremy presste die Lippen zusammen – unsicher, ob die beiden Frauen die Wahrheit sagten oder ihm nur Angst machen wollten. Da tauchten über ihnen sechs Möwen auf und umkreisten das Boot mit schrillem »Gag-gag«. Es waren die größten Möwen, die er jemals gesehen hatte. Das mussten die Gorilla-Möwen sein! Voller Angst zog er den Kopf ein.

»Verschwindet, ihr weißen Teufel!«, schrie Seraphina und stieß mit ihrer Lanze nach den Möwen.

»Lasst *uns* in Ruhe, ihr Mörderbande!«, schrie Eulalia. »Seht ihr nicht, dass euer Möwenfutter vorn im Boot sitzt?« Auch sie stieß mit ihrer Lanze nach den Möwen.

Eine Weile verfolgten die Möwen noch das Boot, dann flogen sie mit heiserem »Gag-gag« davon. Schaudernd fragte Jeremy sich, welches wohl das schlimmere Schicksal wäre: sein Leben im Meer der verlorenen Seelen zu beenden oder auf den Klippen dieser Monstermöwen. Möglicherweise wäre der Tod durch Ertrinken barmherziger, denn er würde schmerzlos und ziemlich rasch kommen. Die Gorilla-Möwen dagegen würden stundenlang auf ihm herumhacken, bevor er –

»Wir sind da!«, unterbrach Eulalia seine Gedanken.

Unvermittelt hielt das Boot.

Jeremy fuhr herum und sah zwei- oder dreihundert Meter entfernt eine Felsengruppe aus dem Meer ragen.

»Sind das die Möwenklippen?«, fragte er mit rauer Stimme.

»Ja«, sagte Eulalia. »Und nun raus mit dir!«

»Hier, mitten im Wasser?«, sagte er entsetzt.

»Ja! Du kannst ans Ufer waten.«

Jeremy spähte über den Bootsrand. Das Meer hatte eine trübe grüngraue Farbe; es war unmöglich, seine Tiefe einzuschätzen. »Aber das Wasser ist bestimmt viel zu tief!«

»Das ist dein Problem«, erwiderte Eulalia ungerührt.

»Können Sie mir dann wenigstens die Fesseln abnehmen?«, bat er.

»Nein!«, sagte sie. »Unsere Aufgabe ist es, dich auf die Möwenklippen zu bringen, sonst nichts.«

»Aber wir sind noch gar nicht *auf* den Möwenklippen!«, versuchte Jeremy das drohende Unheil abzuwenden oder es zumindest noch ein wenig hinauszuzögern. »Wir sind erst *vor* den Klippen!«

»Du bist ein kleiner Klugscheißer, was?« Eulalia lachte derb. Dann packte sie ihn und warf ihn über Bord.

Jeremy tauchte unter. Er trat mit den Beinen wild um sich – und auf einmal spürte er Grund unter seinen Füßen. Das Wasser reichte ihm nur bis zur Brust! Prustend tauchte er wieder auf, hustete und spuckte und schüttelte sich das Wasser aus dem Haar. Er sah, wie das Boot mit den Frauen in Richtung No Man's Land davonfuhr. Beklommen blickte er zu den Möwenklippen hinüber; von dort kam lautes Vogelgeschrei. Vermutlich machten die Gorilla-Möwen schon Pläne, wie sie sich auf ihn stürzen und ihn mit ihren scharfen Schnäbeln zerhacken wollten!

Vielleicht wäre es doch besser zu ertrinken!, schoss es Jeremy durch den Kopf. Er musste einfach nur tiefer ins Wasser gehen, um irgendwann auf der anderen Seite, bei seiner Mutter, anzukommen . . .

Aber wenn er immer tiefer ins Wasser ging und ertrank, würde er Ivy und Rory Fireball nie wiedersehen. Und dann würde sie keiner aus der Gefangenschaft der brutalen Frauen von No Man's Land befreien!

Ihm fiel ein, was Ivy oben auf dem Efeuturm gesagt

hatte: »Wer nicht zurückkann, kann nur nach vorn«, und mit dem Entschluss, noch lange nicht aufzugeben, kämpfte er sich durch das Wasser voran.

Pekka

Endlich erreichte Jeremy die Klippen. Er ließ sich am Fuß einer großen Felsenplatte nieder, die ihn einigermaßen vor Blicken aus der Luft schützte. Seine Beine fühlten sich wie Gummi an und jeder einzelne Muskel schmerzte. Er streckte sich aus und schloss seine Augen, die vom Salzwasser, von der Sonne und der Spiegelung auf dem Wasser brannten.

»Einen schönen guten Tag!«, hörte er auf einmal eine merkwürdige Stimme sagen. Sie klang wie eingerostet.

Er öffnete die Augen – und schrie auf: Vor ihm stand eine Möwe!

Bei seinem Schrei wich die Möwe zurück und sagte: »Keine Angst, ich will dir nichts tun.«

Im ersten Moment war Jeremy ziemlich fassungslos, weil er ihre Sprache verstehen konnte. Aber dann erinnerte er sich, dass er ja auch die Unterhaltung der grauen Vögel in Greyland verstanden hatte. Die Möwe reckte sich und schlug ein paar Mal mit den Flügeln. Anders als die Monstermöwen mit ihren schneeweißen Köpfen und Bäuchen war diese Möwe braun gescheckt. Außerdem war sie erheblich kleiner.

»Wer bist du?«, fragte Jeremy.

»Ich bin eine Jungmöwe«, sagte sie und hüpfte neugierig näher. »Und wer bist du? Ein Jungmann?«
»So könnte man es nennen«, sagte er in dem Versuch, höflich zu sein. »Aber richtig heißt es Junge.«
Die Möwe gab ein »Tschirp-tschirp« von sich; möglicherweise war es ihre Art zu lachen.
»Hast du auch einen Namen?«, fragte Jeremy. Die Möwe machte einen recht friedfertigen Eindruck, fand er, und je früher er anfing, Verbündete zu gewinnen, desto besser.
»Oh ja! Ich bin Pekka!«, sagte die Möwe.
»Ich bin Jeremy«, stellte er sich vor. »Jeremy Golden!«
»Und was bedeutet Golden?«
»Es ist mein –« Jeremy zögerte einen Moment. »Mein Familienname«, sagte er dann.
»Und wer gehört zu deiner Familie?«, fragte Pekka.
Jeremy seufzte leise, bevor er antwortete: »Mein Vater, meine Mutter – aber die lebt nicht mehr –, meine Stiefmutter, meine –«
»Deine Mutter lebt nicht mehr?«, fiel ihm Pekka ins Wort.
Er nickte. »Sie ist gestorben.«
»Wurde sie erschossen?«
»Nein. Sie ist gestorben – wie, weiß ich nicht.«
»Meine Mutter wurde erschossen.« Pekka legte den Kopf in den Nacken und stieß ein lang gezogenes

»Tschierk-tschierk!« aus; es klang wie eine Möwen-Totenklage. »Von den barbarischen Frauen in No Man's Land«, fügte sie nach einer Pause hinzu. »Sie hassen Möwen!«
»Nicht nur Möwen«, sagte Jeremy. »Männer und Jungen hassen sie mindestens genauso.« Er drehte sich um, damit Pekka die Stricke an seinen Handgelenken sah. »Zuerst haben sie mich gefesselt und dann haben sie mich ins Meer geworfen.«
»Mit gefesselten Händen?«, rief Pekka.
»Ja. Es hätte ihnen überhaupt nichts ausgemacht, wenn ich ertrunken wäre. Sie haben mich auch nur auf die Möwenklippen gebracht, damit ich –« Jeremy brach ab; es war bestimmt nicht klug, in Pekkas Gegenwart etwas Negatives über ihre Mit-Möwen zu sagen, dachte er.
»Damit du was?«, fragte sie.
»Damit ich mich ganz allein durchschlagen muss«, sagte er. »Wahrscheinlich denken die Frauen, dass ich sowieso in drei oder vier Tagen verhungert und verdurstet bin.«
»Darüber musst du dir keine Sorgen machen. Ich kann für dich Fische fangen. Und Trinkwasser gibt es auch. Allerdings –« Pekka sprach nicht weiter.
»Ja?«, fragte Jeremy.
Pekka lief ein paar Schritte und blickte sich ängstlich nach allen Richtungen um. »Es ist in der Brutkolo-

nie«, sagte sie dann flüsternd, als würde sie damit ein streng gehütetes Geheimnis preisgeben.
»In welcher Brutkolonie?«
»Das ist der Ort, wo die Nester und die Eier und die Möwenbabys sind. Die Brutkolonie wird äußerst streng bewacht. Wer sich ihr unberechtigt nähert, wird sofort getötet!«
Jeremy erschauerte. »Ist das den Männern passiert?«
»Welchen Männern?«
»Die, deren Knochen jetzt in der Sonne bleichen.«
»Davon weiß ich nichts«, sagte Pekka. »Ich musste die Brutkolonie verlassen, als ich drei Monate alt war. Das ist bei allen Jungmöwen so. Wir dürfen erst zurückkommen, wenn wir selbst Babys haben können.«
»Dann lebst du jetzt allein?«
»Oh nein. Wir sind sieben Jungmöwen. Aber die anderen sind etwas schüchtern, jedenfalls was Jungmänner, äh – Jungen betrifft.« Wieder machte Pekka ihr »Tschirp-tschirp«, das wie Möwenlachen klang. »Möchtest du sie trotzdem kennenlernen?«
Jeremy zögerte. »Ich will dich nicht beleidigen. Aber eigentlich muss ich so schnell wie möglich wieder nach No Man's Land zurück und meine Freunde Ivy und Rory Fireball befreien.«
Als er das gesagt hatte, hielt er überrascht inne. Das Wort *Freunde* war ihm seit der Zeit mit Connor nicht

mehr über die Lippen gekommen. Aber es stimmte, dachte er dann: Ivy und Rory *waren* seine Freunde!

»Haben die barbarischen Frauen sie gefangen?«, fragte Pekka.

»Ja«, sagte Jeremy. »Sie haben Ivy und Rory weggebracht und ich weiß nicht, was aus ihnen geworden ist. Doch –« Plötzlich hatte er einen Kloß im Hals. »Ivy ist blind geworden!«

»Blind?«, wiederholte Pekka betroffen.

»Ja. Und deshalb ist es doppelt wichtig, dass wir so schnell wie möglich die goldene Palette finden!«

»Und wozu braucht ihr die?«

»Mit der goldenen Palette wollen wir die bunten Farben nach Greyland zurückbringen. In Greyland ist nämlich alles grau.«

Pekka legte den Kopf schief. »Du meinst, in Greyland ist der Himmel nicht blau? Und die Sonne nicht feuerrot, wenn sie im Meer versinkt? Und einen Regenbogen gibt es auch nicht?«

»Genau das meine ich.«

»Also, das würde mir aber nicht gefallen!«, stellte Pekka klar.

»Und den Menschen in Greyland gefällt es auch nicht«, sagte Jeremy. »Deshalb haben wir uns ja auf die Reise gemacht, Ivy und Rory und ich.«

»Vielleicht kommen wir Jungmöwen zusammen auf ein paar gute Ideen, wie wir dir helfen können«, sagte

Pekka nach kurzem Überlegen. »Die anderen mögen zwar etwas schüchtern sein, aber dumm sind sie nicht. Und bestimmt schaffen wir es auch, dich von deinen scheußlichen Fesseln zu befreien!«

Die Jungmöwen

Die braun gescheckten Jungmöwen drängten sich ängstlich aneinander, als Jeremy hinter Pekka die kleine Bucht betrat, in der sie sich für gewöhnlich aufhielten. Aber Pekka beruhigte sie und sagte, Jeremy sei der netteste Menschenjunge, den sie je getroffen hätte. Dass er auch der allererste Menschenjunge war, den sie getroffen hatte, verschwieg sie vorsorglich.

»Und was will der Menschenjunge hier?«, fragte eine Möwe mit flauschigem Gefieder, die etwas größer als die übrigen war. Verglichen mit den Gorilla-Möwen, die das Boot attackiert hatten, war sie allerdings immer noch beruhigend klein.

»Wir sollen ihm helfen«, sagte Pekka.

»Helfen? Und wobei?«, fragte die flauschige Möwe.

Jeremy räusperte sich. »Erstens sollt ihr mir helfen die Fesseln loszuwerden. Und zweitens würde ich gern wissen, wie ich wieder nach No Man's Land kommen kann.«

»Wieso spricht er unsere Sprache?«, fragte eine Möwe.

»Weil er Jeremy Golden heißt«, sagte Pekka.

Diese Erklärung war simpel, aber sie schien den Jungmöwen einzuleuchten. Sie flüsterten miteinander und wirkten auf einmal gar nicht mehr ängstlich.

»Sprechen alle Menschen, die Jeremy Golden heißen, die Vogelsprache?«, wandte sich die flauschige Möwe an Jeremy.

»Nein, nur dieser eine«, sagte Pekka, bevor Jeremy antworten konnte. »Es ist eine besondere Ehre, dass er uns besucht!«

Wie auf ein Stichwort verbeugten sich die sieben Jungmöwen vor Jeremy und stellten sich nacheinander vor: »Ich bin Leikka!« – »Ich bin Kikka!« – »Tusska!« – »Tschakko!« – »Sekkas!« – »Meiska!« – »Lukoss!«

Jeremy versuchte sich die Namen einzuprägen, aber er war sicher, dass es ihm nicht gelingen würde, die Möwen auseinanderzuhalten – bis auf Pekka, mit der er inzwischen recht vertraut war, und die flauschige Möwe, die sich als »Tschakko« vorgestellt hatte.

»Und jetzt wollen wir uns über die Fesseln hermachen«, sagte Pekka. »Am besten legst du deine Hände auf einen harten Untergrund, Jeremy Golden!«

Jeremy sah sich um. Als er einen großen Stein entdeckte, ging er dorthin, kniete sich mit dem Rücken zum Stein in den Sand und legte seine gefesselten Hände auf den Stein. Sogleich kamen die Jungmöwen geflogen und hackten mit ihren Schnäbeln auf die Stricke ein. Es dauerte eine Weile, weil sie achtgeben mussten, nicht daneben zu hacken, aber endlich hatten sie es doch geschafft. Jeremy bedankte sich.

Noch ein wenig ungläubig, dass er die Fesseln tatsächlich losgeworden war, betrachtete er seine Handgelenke. Die Stricke hatten sich tief eingeschnitten und an mehreren Stellen war die Haut abgeschürft und blutig; doch bis auf ein Brennen spürte er keine Schmerzen. Ohne Schwierigkeiten konnte er seine Hände bewegen.

Auf Pekkas Drängen berieten sie nun, wie sie Jeremy helfen könnten. Zu erleben, dass sich acht Jungmöwen seinetwegen die Köpfe zerbrachen, berührte Jeremy ganz eigenartig. Leider war das, was sie zu berichten hatten, wenig ermutigend. Menschen gab es auf den Möwenklippen nicht, erfuhr Jeremy, auch keine Schiffe oder Boote, nicht einmal Holz, aus dem er sich ein Floß hätte bauen können. Flugzeuge oder Hubschrauber schienen die Möwenklippen nicht zu überfliegen und nach No Man's Land zu schwimmen war ausgeschlossen, selbst wenn Jeremy es lernen und ein hervorragender Schwimmer werden würde.

»Ich weiß was!«, rief da Tschakko.

»Und was?«, fragte Pekka.

»Jeremy Golden muss einen großen Fisch finden, der ihn auf seinem Rücken nach No Man's Land trägt!«, sagte Tschakko.

»Solche großen Fische gibt es nicht«, entgegnete eine Möwe.

»Doch, Haifische«, sagte eine andere Möwe. »Aber die würden ihn auffressen.«
Jeremy schauderte.
»Jeremy Golden kann ja warten, bis das Geisterschiff erscheint«, sagte noch eine andere Möwe.
»Es gibt hier ein Geisterschiff?«, sagte Jeremy halb erschrocken, halb hoffnungsvoll.
Die Jungmöwen wechselten betretene Blicke.
»Ja«, sagte schließlich eine.
»Glaubt ihr, es würde mich mitnehmen?«
»Vielleicht . . .«
Pekka sagte: »Du würdest deine Freunde aber nie wiedersehen. Wer seinen Fuß auf das Geisterschiff setzt, muss bis in alle Ewigkeit an Bord bleiben. Das gilt sogar für uns Möwen.«
»Dann hat Jeremy Golden nur eine Chance . . .«, sagte Tschakko bedeutungsvoll und schlug mit den Flügeln.
»Und welche?«, fragten die anderen im Chor.
»Kriska muss ihn nach No Man's Land fliegen!«
»Nein!« – »Nicht Kriska!« – »Alle anderen, bloß nicht Kriska!«, riefen die Jungmöwen.
»Aber keine andere Möwe ist kräftig genug«, sagte Tschakko. »Nur Kriska!«
»Und wer ist Kriska?«, fragte Jeremy beklommen.
»Die größte und stärkste unter den Gorilla-Möwen«, antwortete Tschakko.

»Und die grausamste und gewalttätigste«, sagte Pekka und schüttelte ihr Gefieder.
»Seid ihr auch Gorilla-Möwen?«, fragte Jeremy. »Ich wollte sagen: Gorilla-*Jung*möwen«, verbesserte er sich rasch, als die acht Jungmöwen entrüstet keckerten.
»Ganz bestimmt nicht! Wir sind Bernsteinmöwen«, sagte Pekka würdevoll.
»Heißt ihr so wegen eurer bernsteingelben Augen?«, fragte Jeremy.
»Ja.«
»Und was ist das Besondere an den Gorilla-Möwen?«, wollte Jeremy wissen.
»Sie sind entsetzlich streitsüchtig.« – »Sie beanspruchen die besten Brutplätze.« – »Sie gehen an unsere Nester und fressen die Eier.« – »Sie töten unsere Babys, wenn sie sich auf ihr Gebiet verirren.« – »Sie sind eingebildet und hochmütig«, zählten die Jungmöwen auf.
»Und Kriska ist die Schlimmste«, sagte Tschakko.
»Vor allem, wenn sie brütet«, sagte Pekka. »Dann ist sie der Horror der Möwenklippen!«
»Der Horror der Möwenklippen?«, wiederholte Jeremy. Das klang nicht sehr einladend!
»Der absolute Horror«, sagte Pekka düster. »Kriska legt nur alle zwei Jahre ein Ei und jedes Mal glaubt sie, dass aus ihrem Ei eine Super-Gorilla-Möwe schlüpfen wird. Leider war sie beim Brüten noch kein einziges

Mal erfolgreich. Immer ist ihr Baby gestorben, bevor es schlüpfen konnte. Aber das hat Kriska nur umso fanatischer gemacht. Inzwischen erlaubt sie nicht mal mehr, dass Hassko sie ablöst.«

»Wer ist Hassko?«

»Der Vater ihrer Möwenbabys.«

»Dabei wechseln sich alle Möweneltern beim Brüten ab«, sagte Tschakko.

»Wenn Kriska ständig auf ihrem Nest sitzt, kann sie doch gar nicht so gefährlich sein!«, meinte Jeremy.

»Sie verlässt ihr Nest schon«, sagte Pekka. »Aber wenn das passiert, ist der Teufel los!«

»Ja, dann ist der Teufel los«, echoten die sieben Jungmöwen.

Jeremy überlief es kalt. »Und hat Kriska dieses Jahr ein Ei?«, fragte er.

»Ja.« Pekka senkte betrübt den Schnabel. »Und deswegen wird sie dich auch nie nach No Man's Land fliegen. Es wäre schon sehr, sehr unwahrscheinlich, wenn sie kein Ei hätte. Aber so . . .«

Jeremy schwieg eine Weile und blickte hinaus aufs Meer der verlorenen Seelen. Irgendwo dort draußen lag No Man's Land, wo Ivy und Rory gefangen waren. Die beiden brauchten seine Hilfe!

»Wenn Kriska die Einzige ist, die mich nach No Man's Land bringen kann, *muss* ich mit ihr sprechen!«, sagte er.

»Kriska wird dir die Augen aushacken!« – »Sie wird dich in tausend Stücke zerreißen!« – »Sie wird so lange zustoßen, bis du wie ein Sieb aussiehst!«, riefen die Jungmöwen.

»Trotzdem«, sagte Jeremy und sah Pekka an. »Bringst du mich zu ihr?«

»Ungern«, antwortete sie. »Sehr, sehr ungern.«

Die Brutkolonie

Ohne Jeremy hätte Pekka einfach ihre Flügel ausgebreitet, aber nun musste sie zu Fuß gehen, was sehr ungewohnt für sie war. Sie kam auch nicht sehr schnell voran. Jeremy folgte ihr und versuchte sich den Weg einzuprägen für den Fall, dass er später zu den Jungmöwen zurückkehren wollte. Alles sah ziemlich gleich aus: graubraune, vom Seewasser abgeschliffene Felsen, kleine Sträucher und Büsche, die sich mit den wenigen Erdkrumen begnügen mussten, die der Wind herantrug, Seetang, Muscheln, Steine, Federn und sonnengebleichte Knochen, die zu Jeremys Erleichterung aber nicht wie Menschenknochen aussahen.

Nach einer Weile blieb Pekka stehen und sagte: »Willst du es dir nicht doch noch mal überlegen? Vielleicht kommt irgendwann einmal ein richtiges Schiff vorbei und nimmt dich mit!«

Er schüttelte den Kopf. »Irgendwann ist mir viel, viel zu spät!«

»Aber in die Brutkolonie zu gehen ist –« Pekka stoppte mitten im Satz.

»Was?«

»Wie Selbstmord«, sagte sie.

»Das weiß ich«, antwortete Jeremy.

Pekka sah ihn nachdenklich an. »Du bist sehr mutig, Jeremy Golden«, sagte sie dann.
Er räusperte sich verlegen. »Es bleibt mir ja nichts anderes übrig, oder?«
»Wahrscheinlich nicht«, sagte Pekka.
Sie setzten ihren Weg fort. Die Klippen stiegen nun steil an und für Pekka wurde das Gehen immer schwieriger.
»Macht es dir etwas aus, wenn ich das nächste Stück *fliege?*«, fragte sie.
»Nein«, sagte Jeremy.
Er sah zu, wie sich Pekka in die Luft erhob, dann begann er den mühsamen Aufstieg. Als er endlich bei Pekka ankam, waren ihm fast alle Fingernägel abgebrochen und er hatte sich den rechten Fußknöchel verstaucht.
»Das ist die Brutkolonie!« Pekka zeigte auf den höchsten Punkt der Möwenklippen.
Alles dort schien aus weißen Möwenleibern zu bestehen.
Es mussten Hunderte, vielleicht sogar Tausende sein und der Lärm, den sie machten, war fast nicht zu ertragen.
»Geh jetzt, wenn du wirklich zu Kriska willst!«, sagte Pekka.
»Du kommst nicht mit?«, fragte Jeremy betroffen.
»Nein. Mit dem braunen Gefieder der Jungmöwen

würde ich nicht lange überleben. Aber du kannst es schaffen, Jeremy Golden – wenn du unterwegs nirgendwo stehen bleibst und dich auf keine Diskussionen einlässt. Sag immer nur: ›Ich will zu Kriska.‹ Die Möwen werden alles unternehmen, um dich aufzuhalten. Aber wenn du genau das tust, was ich dir gesagt habe, werden sie dich durchlassen.«

»Und wo finde ich Kriska?«

»Zuerst musst du die Brutkolonie durchqueren«, sagte Pekka. »Kriskas Nest liegt ganz für sich am Rand des Kliffs. Wenn du die Brutkolonie durchquert hast, kommst du auf einen Grenzstreifen, der von Gorilla-Wächtermöwen patrouilliert wird. Sie sind die gefährlichsten unter den Gorilla-Möwen, ausgenommen natürlich Kriska selbst. Und nun geh!«

Jeremy ging los. Mit jedem Schritt wuchs seine Angst, aber das wollte er sich auf keinen Fall anmerken lassen. Sein Vater hatte ihm einmal gesagt, dass die meisten Tiere nur dann angriffen, wenn jemand Angst zeigte. Tatsächlich wichen die ersten Möwen erschrocken zur Seite, als er zwischen ihren Nestern hindurchging, und attackierten ihn nicht.

»Ein Eindringling!« – »Ein Fremder!« – »Ein Mensch!«, riefen sie sich gegenseitig zu. Es waren Bernsteinmöwen, denn sie hatten bernsteingelbe Augen wie Pekka.

»Was willst du hier, Fremder?«, rief eine von ihnen Jeremy zu.
»Ich will zu Kriska«, sagte er, ohne anzuhalten.
»Er spricht die Vogelsprache!«, rief die Möwe und eine zweite fragte: »Wie kommt es, dass du die Vogelsprache sprichst, Fremdling?«
»Ich will zu Kriska«, sagte er.
Im Vorbeigehen wunderte er sich, wie dicht die Nester der Bernsteinmöwen beieinanderlagen; sie berührten sich fast, ja manche waren Wand an Wand gebaut. Ständig musste er lange Schritte machen, damit er in keins der Nester trat. Auf einmal erhob sich eine Schar Bernsteinmöwen und begann ihn zu umkreisen; dabei schlugen sie wild mit den Flügeln und stießen ein ohrenzerreißendes Geschrei aus. Aber auch jetzt blieb Jeremy nicht stehen, sondern wehrte die Möwen im Weitergehen mit den Händen ab. Eine nach der anderen kehrte auf ihr Nest zurück.
»Du läufst in deinen sicheren Tod, Menschenjunge«, meldete sich eine Möwe zu Wort.
»Kehr um!« – »Lauf zurück, bevor es zu spät ist!« – »Wirf dein Leben nicht weg!«, ertönten nun von allen Seiten die Rufe der Bernsteinmöwen. Wie es schien, hatten sie ihre Taktik geändert und wollten ihn verjagen, indem sie ihn einschüchterten.
Doch Jeremy sagte immer wieder aufs Neue: »Ich will zu Kriska.«

Er kam nun in die Brutkolonie der Gorilla-Möwen. Sie erwarteten ihn mit drohend gereckten Hälsen. »Noch ein Schritt und wir zerfleischen dich!« – »Wir füttern unsere Babys mit dir, Menschenjunge!« – »Ich hol mir deine Augen!« – »Ich hol mir dein Herz!« – »Ich hol mir deine Zunge!« – »Ich hol mir deine Leber!«
Jeremy tat, als würden ihre Drohungen wie Wasser von ihm abperlen. »Ich will zu Kriska«, sagte er nur. Die Erwähnung von Kriska schien die Gorilla-Möwen aus dem Konzept zu bringen. Sie schlugen mit ihren Flügeln, kreischten missfällig und trompeteten zornig. Plötzlich stürzten sich fünf oder sechs Gorilla-Möwen auf Jeremy und hackten mit ihren Schnäbeln nach ihm. Er fing an zu laufen. In einiger Entfernung sah er ein Nest, das ganz für sich lag und auf dem die größte Möwe thronte, die er jemals erblickt hatte. Offenbar war er jetzt in dem Grenzstreifen, von dem Pekka gesprochen hatte. Dann mussten die Möwen, die ihn gerade attackiert hatten, die gefürchteten Gorilla-Wächtermöwen sein!
»Ich will zu Kriska!«, schrie er.
In diesem Augenblick kam eine Gorilla-Wächtermöwe im Sturzflug aus der Luft herunter und hackte ihn in die Stirn. Die Wunde fing sofort an zu bluten. Eine zweite Gorilla-Wächtermöwe hackte ihn in den Hinterkopf und er spürte, wie das Blut warm und klebrig seinen Nacken hinunterlief.

Jeremy schlug um sich. »Ich will zu Kriska!«, schrie er noch einmal.

»Lasst ihn!«, rief da eine laute, heisere Stimme. Die Gorilla-Wächtermöwen ließen von ihm ab. »Komm her!«, befahl Kriska.

Kriska

Jeremy wischte sich das Blut aus den Augen und ging langsam auf das riesige Nest zu. Kriska verfolgte jede seiner Bewegungen; sie musterte sogar seinen rechten Fuß, den er beim Gehen etwas vorsichtiger aufsetzte. Jeremy dachte an Pekkas Worte: »Sie verlässt ihr Nest schon. Aber wenn das passiert, ist der Teufel los«, und so wertete er es als gutes Zeichen, dass Kriska sitzen blieb.

»Weiter nicht!«, fuhr sie ihn an, als er sich ihrem Nest bis auf zwei oder drei Schritte genähert hatte.

Jeremy blieb stehen. Sogar im Sitzen wirkte Kriska erschreckend groß. Er schätzte, dass sie doppelt so groß wie die übrigen Gorilla-Möwen war. Am bedrohlichsten fand er ihren mächtigen gelben, an der Spitze gebogenen Schnabel, mit dem sie ihn mühelos in Stücke reißen konnte. Ihr Gefieder war weiß, auf den Flügeln und am Rücken grau. Grau waren auch ihre Augen, mit denen sie ihn fixierte, ohne zu blinzeln. Er versuchte ihrem Blick standzuhalten, doch nach kurzer Zeit musste er die Augen abwenden. Als er Kriska wieder ansah, merkte er, dass es hinter ihm in der Brutkolonie gruselig still geworden war.

»Eins musst du mir erklären . . .« Kriska sprach langsam und betonte jede Silbe.

»Ja?«, sagte er. Dass sie ihn ansprach, nahm er als weiteres gutes Zeichen. Sie hätte ihn ja auch gleich auf der Stelle töten können, denn schließlich war er eine Bedrohung für sie, ihr Nest und ihr Ei!

»Wie kommt es, dass ein hübscher, gesunder Menschenjunge in sein eigenes Verderben rennt?«, fragte sie jetzt.

»Das kann ich dir leider nicht sagen«, antwortete er und gab sich Mühe, ruhig und gelassen zu wirken.

Diese Antwort hatte Kriska offenbar nicht erwartet.

»Willst du dich über mich lustig machen?«, fauchte sie.

»Keineswegs«, sagte er. »Aber ich versteh auch nicht, warum ein Menschenjunge, wie du ihn gerade beschrieben hast, in sein eigenes Verderben rennen sollte.«

»Du *willst* dich über mich lustig machen!« Kriska richtete sich auf und schlug mit ihren Flügeln. Für einen Moment sah es so aus, als würde sie von ihrem Nest herunterkommen, aber dann setzte sie sich wieder.

»Ganz bestimmt nicht!«, versicherte Jeremy. »Ich wollte nur sagen, dass ich keine Absicht habe, in mein Verderben zu rennen, im Gegenteil. Mein Leben war mir noch nie so wichtig.«

»Und warum das?«, zischte sie.

»Weil ich meine Freunde Ivy und Rory Fireball befreien muss. Sie wurden von den Frauen in No Man's Land gefangen. Wenn ich sie befreit habe, wollen wir zusammen die bunten Farben nach Greyland zurückbringen.«

Kriska gab eine Folge von schrillen Tönen von sich, die in einem lang gezogenen, spitzen Schrei endete, der Jeremy durch und durch ging. »Du bist ulkig, Menschenjunge«, sagte sie dann. »Und weißt du, was am ulkigsten an dir ist?«

»Nein, was?«

»Dass *du* nicht vor Angst zitterst wie alle anderen, die mir gegenüberstehen!«

Innerlich tat Jeremy das natürlich. Aber er sagte betont forsch: »Ich hab keine Angst vor dir.«

Erschreckte, ungläubige Ausrufe ertönten in der Brutkolonie.

Auch Kriska wirkte schockiert. Dann fragte sie: »Und warum hast du keine Angst vor mir, Menschenjunge?«

»Ich hab keine Angst vor dir, weil –« Jeremy holte noch einmal tief Luft. Ihm war klar, dass er schweres Geschütz auffahren musste, wenn er sein Leben retten wollte. »Weil ich weiß, dass du die beste Mutter auf der ganzen Welt bist!«, sagte er und blickte ihr fest in die grauen, boshaft funkelnden Augen.

Kriska war sprachlos und auch die anderen Möwen gaben keinen Ton von sich.

Nach einer Pause, die Jeremy schrecklich lang vorkam, nickte Kriska und sagte sichtlich geschmeichelt: »Das bin ich in der Tat. Aber ich weiß nicht, was das mit *dir* zu tun haben sollte, Menschenjunge.« Zum ersten Mal klang ihre Stimme beinahe freundlich.

»Es hat mit mir zu tun, weil ich keine Mutter mehr habe«, sagte Jeremy. »Meine Mutter ist gestorben. Danach hat mein Vater wieder geheiratet, aber meine Stiefmutter hasst mich. Und als ich gehört habe, dass du die beste, fürsorglichste Mutter auf der ganzen Welt bist, *musste* ich dich einfach kennenlernen.«

Diesmal ließ sich Kriska keine Gefühlsregung anmerken. »Und wer hat dir erzählt, dass ich die beste, fürsorglichste Mutter auf der ganzen Welt bin?«

»Pekka.«

»Wer ist Pekka?«

»Eine Jungmöwe. Sie und die anderen Jungmöwen haben nur voller Hochachtung von dir gesprochen.«

»Das will ich hoffen!« Kriska zupfte an ihrem Gefieder. »Soll ich dir etwas verraten, Menschenjunge?«

»Was?«, fragte Jeremy und unwillkürlich zitterte seine Stimme.

»Du tust mir leid!«, sagte sie. »Ohne Mutter . . . was soll da aus dir werden?«

Jeremys Herzschlag beschleunigte sich. »Leidtun

muss ich dir nicht«, sagte er. »Ich komm ganz gut zurecht. Aber du könntest mir einen Gefallen tun – einen riesengroßen Gefallen.«

»Und was für ein Gefallen wäre das?«

»Ich hab mir gedacht – also, ich hab mir gedacht, dass du mich vielleicht nach No Man's Land bringen kannst!«

Ein vielstimmiger Aufschrei ging durch die Brutkolonie.

Kriska erhob sich und schlug erregt mit den Flügeln. »Wie stellst du dir das vor, Menschenjunge?«, rief sie. »Erst schmeichelst du mir und sagst, ich sei die beste und fürsorglichste Mutter auf der ganzen Welt! Und dann verlangst du von mir, dass ich mein schutzloses Ei im Stich lasse?«

Mit drohend gesenktem Schnabel kam sie von ihrem Nest herunter. Verzweifelt überlegte Jeremy, was er sagen könnte, damit sie auf ihr Nest zurückkehrte.

Plötzlich trat eine majestätisch aussehende Gorilla-Möwe vor.

»Du musst unser Ei doch gar nicht im Stich lassen, Kriska«, sagte die Möwe. »Wenn du den Menschenjungen nach No Man's Land bringst, kann ich weiterbrüten.«

Offenbar war es Hassko, der Vater von Kriskas Möwenbaby!

Mit erstaunlicher Schnelligkeit setzte sich Kriska wie-

der auf ihr Nest; wahrscheinlich fürchtete sie, dass Hassko sie schon jetzt ablösen wollte.
»Ich werd's mir überlegen«, zischte sie.
Jeremy hätte gern gefragt, wie lange sie dazu brauchen würde. Aber er wollte sein Glück nicht überstrapazieren und so schwieg er lieber und machte ein paar vorsichtige Schritte vom Nest weg.
Da rief Kriska: »Halt!«
Er blieb stehen. »Ja?«
»Bis ich über dein Schicksal entschieden habe, wirst du dich bei uns nützlich machen!«, verkündete sie.
»Und wie?«, fragte er.
»Du wirst zu Jakka gehen und ihr beim Brüten helfen!«
»Was?« Jeremy traute seinen Ohren nicht.
»Jawohl!«, sagte sie und war nun wieder ganz die alte Kriska. »Eine gute Mutter oder ein guter Vater zu sein, muss man lernen. Also wirst du besser früher als später damit anfangen. Und jetzt geh mir aus den Augen, Menschenjunge!«
Jeremy drehte sich um. Auf einmal standen zwei Gorilla-Möwen vor ihm.
»Wir bringen dich zu Jakka!«, sagte die größere der beiden.

Jakka

Wie vor den Kopf geschlagen ging Jeremy hinter den beiden her. Einer Gorilla-Möwe beim Brüten zu helfen . . . das war das Ungeheuerlichste, was jemals von ihm verlangt worden war!
Und wie sollte er es überhaupt anstellen, beim Brüten zu helfen?, dachte er und blickte an sich herunter. Er hatte keine Federn und erst recht keine Flügel, die er über das Nest breiten konnte. Allenfalls könnte er seinen Pullover und seine Hose auf das Nest legen, sobald die getrocknet waren. Außerdem war er viel, viel zu schwer! Wenn er sich auf das Ei setzte, würde es unter Garantie zerbrechen und dann stand er als Mörder da, was auf den Möwenklippen bestimmt mit sofortigem Tod durch Zerhacken bestraft wurde. Falls er aber nicht beim Brüten half, würden sie ihn vermutlich auch umbringen . . . als Brutdienstverweigerer oder dergleichen!
Vor einem nicht besonders ordentlichen Nest, auf dem eine zerzaust aussehende Gorilla-Möwe saß, hielten seine beiden Führer an.
»Das ist Jakka«, sagte die größere Möwe zu Jeremy. Zu der zerzausten Möwe sagte sie: »Kriska schickt dir diesen Menschenjungen, damit er dir beim Brüten hilft.«

»Aber ich hatte um eine *Möwe* gebeten«, sagte Jakka.
»Das eine ist, worum man bittet. Das andere ist, was man bekommt«, erwiderte die größere Möwe. Dann drehte sie sich um und stolzierte davon. Die kleinere folgte ihr.
»Und du willst mir wirklich beim Brüten helfen?«, wandte sich Jakka an Jeremy. Sie hatte graue Augen wie Kriska, aber sie war viel kleiner und dünner. Ja, sie sah aus, als würde sie nicht genug zu essen bekommen.
Er räusperte sich. »Ich will's versuchen«, sagte er. »Aber ich hab gar keine Erfahrung. Wir Menschen bauen keine Nester. Wir legen auch keine Eier und brüten tun wir auch nicht.«
»Ich weiß«, sagte Jakka. »Ich hab eine Weile auf dem Festland gelebt. In der Nähe war eine Klinik und da hab ich durch die Fenster so manches mit angesehen!« Sie kicherte.
Auf einmal rief sie wütend: »Steckt eure Schnäbel in eure eigenen Geschäfte!«
Jeremy erschrak, aber dann begriff er, dass Jakka damit die Gorilla-Möwen in den umliegenden Nestern meinte.
»Ist schon gut.« – »Reg dich nicht auf.« – »Mach dir nicht in die Federn, Jakka«, murrten die Möwen.
»Wie kommt es, dass du unsere Sprache sprichst?« Jakka versuchte ihre Stimme zu dämpfen, aber bei

dem Lärmpegel in der Brutkolonie musste sie fast schreien.

»Das weiß ich nicht«, antwortete Jeremy. »Pekka sagt, es ist, weil ich Jeremy Golden heiße.«

»Jeremy Golden? Das ist aber ein schöner Name!«

»Findest du?« Jeremy errötete leicht. Früher hatte er die Jungen beneidet, die Allerweltsnamen wie Tim Smith oder Tom Ross trugen. Aber seit er zu Finlay McCain und Rory Fireball in den Ballon gestiegen war, wurde ihm sein ausgefallener Name immer lieber.

»Es ist ein sehr schöner Name«, sagte Jakka. »Fast so schön wie Flosska!«

»Heißt dein Möwenmann so?«, fragte Jeremy.

»Er hieß so. Die Frauen in No Man's Land haben ihn erschossen.« Wie vorhin Pekka legte Jakka ihren Kopf in den Nacken und stieß eine Möwen-Totenklage aus.

Jeremy bekam eine Gänsehaut. »Dafür werden die Frauen in No Man's Land bezahlen!«, sagte er grimmig. »Sie haben Flosska erschossen und Pekkas Mutter und jetzt halten sie meine besten Freunde, Ivy und Rory Fireball, gefangen!«

»Glaubst du, sie werden deine Freunde erschießen?«, fragte Jakka.

Jeremy zuckte zusammen. Darüber hatte er noch gar nicht nachgedacht.

Dann schüttelte er sehr entschieden den Kopf. »Bestimmt nicht! Ivy und Rory sind schließlich keine Jungen oder Männer!« Und keine Möwen, fügte er in Gedanken hinzu, aber das sagte er nicht laut.

»Die Frauen in No Man's Land haben Flosska erschossen, als ich gerade meine Eier gelegt hatte«, sagte Jakka. »Seitdem muss ich mich völlig alleine durchschlagen.«

»Stimmt gar nicht«, rief eine Nachbarmöwe. »Ich werfe ein Auge auf deine Eier, wenn du nicht da bist.«

»Entschuldige, Flikka«, bat Jakka. »Das hatte ich vergessen. – Aber es hat niemand außer mir auf den Eiern gesessen«, sagte sie zu Jeremy. »Ich bin auch nur ganz selten weggeflogen. Ja, es ist hart, seine Eier ohne Partner auszubrüten.« Sie gab einen Laut von sich, der wie ein Seufzer klang.

»Ich kann mich zwar nicht *auf* deine Eier setzen«, sagte Jeremy und musterte das Nest. Es war aus Zweigen, Gräsern und einigen undefinierbaren Fundstücken lose zusammengesteckt. »Aber ich kann deine Eier bewachen. Und ich fürchte mich vor niemandem, nicht mal vor Kriska!«

Jakka bewegte alarmiert die Flügel. »Lass das bloß keinen hören«, flüsterte sie und warf besorgte Blicke in die Runde.

»Wieso?«, erwiderte Jeremy. »Kriska weiß, dass ich

keine Angst vor ihr habe. Ich habe es ihr selbst gesagt.«
»Und dann lebst du noch?«, sagte Jakka ungläubig.
»Ja«, sagte Jeremy gespielt gleichmütig.
»Hat Kriska dir das Loch in die Stirn gehackt?«, fragte Jakka nach einer Pause und sah ihn mitfühlend an.
»Nein. Das war eine von den Wächtermöwen.« Vorsichtig berührte Jeremy seine Stirn. Die Wunde hatte aufgehört zu bluten, aber sie tat ziemlich weh. Er betastete seinen Hinterkopf; die Wunde dort schmerzte fast gar nicht. Wahrscheinlich war sie weniger tief, weil ihn sein Haar geschützt hatte.
»Warum fliegst du nicht zum Fischefangen?«, sagte er. »Ich werde solange auf deine Eier aufpassen.«
»Meinst du wirklich?« Jakka rückte auf dem Nest hin und her. Nun sah Jeremy, dass sie wirklich sehr mager war. »Es wird bestimmt nicht lange dauern«, versicherte sie.
»Lass dir ruhig Zeit«, antwortete Jeremy.
»Danke!«, sagte sie und flog eilig davon.

Die Möweneier

Als Jakka fort war und Jeremy ihre beiden Eier in dem mit Moos ausgepolsterten Nest betrachtete, wurde ihm die ganze Absurdität seiner Lage bewusst. Wenn die Situation nicht so ernst gewesen wäre, hätte er vermutlich sogar gelacht: er, ein elfjähriger Junge, als Brutpartner einer Gorilla-Möwe! Doch ihm war nicht nach Lachen zumute.

Er presste die Lippen zusammen und sah sich um. Die Gorilla-Möwen in den umliegenden Nestern spähten neugierig, aber nicht unbedingt feindselig zu ihm herüber. Möglicherweise fanden sie die Situation weniger absurd als er selbst. Vielleicht sollte er einfach so tun, als wäre nichts Besonderes dabei, wenn er Jakka half, ihre Eier auszubrüten?, ging es ihm durch den Kopf. Und hatte er nicht irgendwo gelesen, wenn man eine Situation nicht ändern konnte, sollte man seine Einstellung zu ihr ändern? Am besten versuchte er in die Rolle einer Möwe zu schlüpfen und wie sie zu denken und zu fühlen!

Aber was tat eine Möwe mit ihren Eiern?, überlegte er.

»Warum drehst du nicht vorsichtig die Eier um«, sagte da Flikka. »Das macht jede Gorilla-Möwe mindestens einmal am Tag.«

Jeremy kniete sich hin. Jakkas Eier hatten als Grundfarbe ein mattes Weißgelb, aber jedes besaß seine ganz besondere, individuelle Zeichnung: Das eine war mit braunen Pünktchen übersät, das andere hatte verhältnismäßig große braune und graue Tupfer.
Als er behutsam das erste Ei umdrehte, drang plötzlich ein zartes Wispern an sein Ohr.
Er beugte sich tiefer über das Ei und dann hörte er ein helles Stimmchen sagen: »Noch fünf Tage träume ich.«
Ihm blieb vor Schreck der Mund offen stehen. War es denkbar, dass er durch die Eischale hindurch die Stimme des Möwenbabys gehört hatte?
Er nahm das zweite Ei und drehte es behutsam um.
Auch diesmal hörte er ein feines Stimmchen.
»Noch sechs Tage träume ich«, wisperte es.
»Das gibt es nicht!«, sagte er.
»Was?«, fragte Flikka.
»Die Möwenbabys . . . sie sprechen!«
»Natürlich sprechen sie«, antwortete Flikka. »Es versteht aber niemand, was sie sagen.«
»Doch, ich!«
»Du?« Flikka machte ihren Hals noch etwas länger.
»Und was sagen sie?«
»Sie sagen, wann sie ausschlüpfen werden!«
»Wann sie ausschlüpfen werden?«, wiederholte Flikka. »Das hast du gehört?«

»Ja! Das Baby in dem Ei mit den Pünktchen hat gesagt: ›Noch fünf Tage träume ich‹, und das in dem Ei mit den Tupfern hat gesagt: ›Noch sechs Tage träume ich.‹«

»Der Menschenjunge kann verstehen, was die Babys sagen!«, rief Flikka den anderen Gorilla-Möwen zu.

Instinktiv beugte Jeremy sich vor und legte seine Arme schützend über das Nest.

»Auf dich kann man sich wirklich verlassen«, sagte da eine Stimme links von ihm, und als er sich umdrehte, erblickte er Jakka.

»Du bist schon zurück?«, sagte er.

»Ich hatte Glück und hab gleich einen großen Fisch gefangen.« Jakka setzte sich wieder auf ihre Eier. »Aber was ist mit den anderen los?«, fragte sie und sah zu den Gorilla-Möwen in den Nachbarnestern hinüber, die aufgeregt miteinander flüsterten.

»Ich hab ihnen erzählt, was deine Möwenbabys gesagt haben«, antwortete Jeremy.

»Meine Möwenbabys?«

»Ja!« Und dann berichtete Jeremy ihr, was die beiden Stimmchen in den Eiern gesagt hatten.

»Aber das ist wundervoll!«, rief Jakka. »In fünf, nein, in sechs Tagen werde ich meine Babys sehen!« Sie gab ein lautes, glückliches Trompeten von sich. »Du kannst dir nicht vorstellen, wie sehr ich mich darauf freue, Jeremy Golden!«

In diesem Augenblick erschien eine Gorilla-Möwe vor dem Nest und fragte: »Würdest du mir den Gefallen tun und in *meine* Eier hineinhorchen, Menschenjunge?«
»In meine auch!« – »Komm zuerst zu meinem Nest, Menschenjunge!«, riefen zwei andere Möwen.
»Nein, hierher!« – »Komm zu mir!« – »Komm zu meinem Nest, Menschenjunge!« Aus allen Richtungen verlangten die Gorilla-Möwen nun nach Jeremy.
Unsicher sah er Jakka an. »Ich muss dir doch beim Brüten helfen, oder?«
Jakka bewegte ein wenig ratlos die Flügel. »Aber wenn dich die anderen so bitten . . .«
Auf einmal hatte Jeremy eine Idee. »Wie viele Eier hast du?«, rief er Flikka zu.
»Zwei!«, antwortete Flikka stolz. »Du kannst gleich herkommen und mir sagen, wann meine Babys ausschlüpfen!«
»Ja, und danach werde ich deine Eier in Jakkas Nest bringen«, sagte Jeremy. »Dann könnt ihr euch abwechseln!«
»Wie – abwechseln?«, fragte Flikka.
»Beim Brüten«, antwortete Jakka; offenbar hatte sie die schnellere Auffassungsgabe. »Wenn Jeremy Golden deine und meine Eier in ein gemeinsames Nest legt, können wir uns beim Brüten abwechseln!«
Flikka dachte nach. »Ach so«, sagte sie dann. »Wa-

rum bringst du Jakkas Eier nicht in *mein* Nest?«, schlug sie nach einer weiteren Pause vor. »Rukkus wird sich wohl kaum auf ein fremdes Nest setzen.«
Jeremy vermutete, dass Rukkus der Vater von Flikkas Möwenbabys war; gesehen hatte er ihn aber noch nicht.
»Danke, Flikka!«, sagte Jakka.
Und so legte Jeremy zuerst das Ei mit den Pünktchen und danach das mit den Tupfern ganz vorsichtig zu Flikkas Eiern, die bläulich weiß waren und überhaupt keine Punkte oder Tupfer hatten. Anschließend drehte er Flikkas Eier um und horchte auf die feinen Stimmchen in ihrem Innern.
Das erste Stimmchen wisperte: »Ich träume noch sieben Tage«, das zweite: »Ich träume noch acht Tage.«
Wie eben Jakka gab Flikka ein lautes, glückliches Trompeten von sich, als sie erfuhr, wann ihre Babys ausschlüpfen würden. Dann setzte sie sich auf die vier Eier und Jakka flog davon, um sich noch ein paar Fische zu fangen.
Jeremy wanderte währenddessen von einem Gorilla-Möwennest zum nächsten. Und wann immer er behutsam ein Ei wendete, sagte ihm das Möwenbaby unter der Eischale, wie lange es noch träumen würde. Aber nachdem er hundert oder noch mehr Eier umgedreht und den zarten Stimmchen gelauscht hatte, wurde ihm seltsam schwindlig im Kopf. Er vertröste-

te die Möwen, bei denen er noch nicht gewesen war, auf den folgenden Tag und kehrte zu Flikkas Nest zurück.
Jakka erwartete ihn bereits und zeigte mit dem Schnabel auf ein paar Fischstücke, die sie neben dem Nest auf einen Stein gelegt hatte.
»Ich hab die Fische schon für dich klein gemacht«, sagte sie.
»Die sind für mich?« Jeremy spürte, wie sich seine Kehle zusammenschnürte.
Aber dann sagte er sich, dass er gar keinen Grund hatte, sich zu ekeln. Erstens wollte er wie eine Möwe denken und fühlen, zweitens war er total ausgehungert und drittens hatte ihn sein Vater früher hin und wieder zum Sushi-Essen mitgenommen – und Sushi war auch nichts anderes als roher Fisch!
Zögernd steckte er die Fischstückchen in den Mund und stellte sich vor, wieder in dem Sushi-Lokal zu sitzen, und auf einmal schmeckte ihm der Fisch beinahe gut. Nach dem Essen bekam er allerdings schrecklichen Durst. Er erinnerte sich, dass Pekka gesagt hatte, es gäbe in der Brutkolonie frisches Trinkwasser.
»Weißt du, wo hier das Trinkwasser ist?«, fragte er.
»Ja. Du musst –«, begann Jakka, als eine besonders große Gorilla-Möwe vor dem Nest erschien und ohne jede Vorrede zu Jeremy sagte: »Kriska will dich sprechen!«

Die Möwe sah aus wie die größere der beiden, die ihn am Morgen zu Jakka gebracht hatten, dachte Jeremy.
»Und worüber will Kriska mit mir sprechen?«, fragte er.
Es war natürlich möglich, dass sie beschlossen hatte, ihn nach No Man's Land zu bringen; glauben konnte er es allerdings nicht.
»Das wirst du erfahren, wenn du da bist«, antwortete die Möwe. »Und jetzt komm!«
Jeremy wollte gehen, aber Jakka rief: »Warte!«
»Ja?«, sagte Jeremy.
»Nicht du«, sagte Jakka. »Ich meinte die Wächtermöwe!«
»Was ist?«, zischte die große Möwe.
»Es wäre schön, wenn du Jeremy Golden auf dem Weg zu Kriska die Quelle zeigen könntest«, sagte Jakka. »Er hat Durst. Außerdem muss er die Wunde auf seiner Stirn auswaschen.«
Die Möwe gab keine Antwort. Wahrscheinlich hielt sie es für unter ihrer Würde, Aufträge von einer gewöhnlichen Gorilla-Möwe entgegenzunehmen.
»Komm!«, sagte sie barsch zu Jeremy.
Er verabschiedete sich von Jakka und folgte der Wächtermöwe.

Kriskas Ei

Die große Möwe führte Jeremy zu einer Felsspalte, aus der in einem dünnen Rinnsal klares Wasser floss. Jeremy hockte sich hin und trank. Das Wasser schmeckte angenehm kühl und frisch. Als er seinen Durst gestillt hatte, bestrich er die Ränder der Wunde vorsichtig mit etwas Wasser. Auswaschen wollte er sie lieber nicht, weil er keine Medikamente zum Desinfizieren und auch kein Verbandszeug hatte.

»Bist du fertig?«, fragte die Möwe ungeduldig.

»Ja«, sagte Jeremy.

Diesmal ließen ihn die Gorilla-Möwen passieren, ohne anzugreifen. Kriska, die größte von allen, saß auf ihrem Nest und sah ihm finster entgegen. In gebührendem Abstand von ihrem Nest warteten Hassko und eine Truppe von Wächtermöwen.

Jeremy blieb an derselben Stelle wie am Morgen stehen und sagte: »Du willst mich sprechen?«

»Allerdings!« Sie senkte drohend ihren Schnabel. »Was bist du: ein Betrüger oder ein Zauberer?«

»Weder noch«, antwortete Jeremy.

»Versuch nicht, mich anzulügen!«, zischte sie. »Wer wie du behauptet, die Stimmen der Möwenbabys durch die Eischalen zu hören, muss entweder ein Betrüger sein – oder ein Zauberer!«

»Ich will euch ganz bestimmt nicht betrügen«, sagte Jeremy. »Und was das Zaubern betrifft –« Er räusperte sich. »Weißt du, was ich täte, wenn ich zaubern könnte?«
»Nein, was?«
»Dann würde ich mir ein Paar Flügel zaubern und nach No Man's Land fliegen, um meine Freunde zu befreien!«
»Also bist du doch ein Betrüger«, fauchte Kriska. »Noch nie – hörst du: noch nie! – hat eine Möwe verstanden, was die Möwenbabys in den Eiern gesprochen haben!«
»Ich bin aber keine . . . Möwe«, sagte Jeremy.
»Das sehe ich selbst! Und warum sollst ausgerechnet du, ein Mensch, verstehen, was unsere Babys sprechen?«
»Es hat mich ja selbst überrascht«, sagte Jeremy. »Aber als ich Jakkas Ei mit den vielen Pünktchen umgedreht hab, hat ein Stimmchen im Ei geflüstert: ›Noch fünf Tage träume ich.‹ Und bei Jakkas anderem Ei war es genauso, nur hat das Baby geflüstert: ›Noch sechs Tage träume ich.‹ Und die anderen Möwenbabys haben mir auch gesagt, wann sie ausschlüpfen werden. Warum das so ist, weiß ich nicht.«
Wie es schien, hatte Jeremy mit seinem Bericht eine empfindsame Saite bei Kriska zum Klingen gebracht. Sie drehte ihren Kopf von links nach rechts und von

rechts nach links und sagte mit gerührter Stimme: »›Noch fünf Tage träume ich‹ . . . wie entzückend! Glaubst du, du könntest mein Möwenbaby auch –« Sie brach ab. »Aber dann muss ich mein Ei im Stich lassen, oder?«, rief sie und riss entsetzt die Augen auf.

»Überhaupt nicht!«, sagte Jeremy. »Du musst nur für einen kurzen Moment von deinem Nest herunterkommen. Wenn ich gehört habe, wann dein Baby ausschlüpfen wird, kannst du dich sofort wieder aufs Nest setzen.«

»Hm, hm«, machte Kriska. »Das klingt eigentlich völlig ungefährlich«, murmelte sie, wohl mehr zu sich selbst gewandt. »Ich bleibe außerdem direkt neben dem Nest stehen. – Na gut«, sagte sie gleich darauf laut und gebieterisch. »Ich werde mein Ei für einen kurzen Moment allein lassen – für einen sehr kurzen Moment!«

Sie erhob sich und stieg vom Nest herunter. Mehrere Möwen schrien auf und auch Jeremy erschrak. Nun war genau das eingetreten, wovor Pekka ihn gewarnt hatte! Doch zu seiner Erleichterung blieb Kriska friedlich neben dem Nest stehen, allerdings ohne den Blick von ihrem Ei zu wenden.

»Worauf wartest du noch, Menschenjunge?«, fuhr sie ihn an.

»Auf äh – gar nichts«, sagte Jeremy.

Er trat nun auch an das Nest heran. Ein riesiges weißes, mit grauen Schlangenlinien überzogenes Ei lag darin. Jeremy ging auf die Knie und berührte es mit äußerster Vorsicht – ja, fast traute er sich nicht, es überhaupt anzufassen. Alle Möwen schwiegen still, sogar Kriska.

Und dann hob Jeremy das Ei behutsam hoch und wollte es umdrehen – als plötzlich ein Stimmchen im Ei wisperte: »Leg mich nicht wieder hin.«

Jeremy war so perplex, dass er, ohne zu überlegen, das Ei ins Nest zurücklegte.

»Nicht«, hörte er das Stimmchen flehen.

»Was ist?«, rief Kriska. »Warum hast du mein Ei nicht umgedreht?«

»Ich wollte es ja . . .«

»Aber?«

»Aber das Baby –« Jeremy brach ab.

Die Bitte des Babys, es nicht wieder hinzulegen, konnte nur eins bedeuten: Irgendetwas war mit dem Baby nicht in Ordnung. Und er wollte nicht derjenige sein, der Kriska diese Botschaft überbrachte und sich damit ihren Zorn zuzog.

»Nun red schon!«, fuhr sie ihn an.

»Das Baby hat gesagt –« Jeremys Stimme zitterte. »Es hat gesagt: ›Leg mich nicht wieder hin.‹«

Kriska schlug mit den Flügeln. »Was soll das heißen?«

»Das weiß ich nicht.«
»Dann frag das Baby!«, rief sie schrill.
»Fragen?«
»Na los!«
Jeremy nahm das Ei ein zweites Mal behutsam in die Hände.
Zunächst blieb das Stimmchen stumm, doch als er das Ei vorsichtig umdrehte, wisperte es: »Stell das Ei aufrecht hin. Wenn es liegt, muss ich sterben.«
Da stellte Jeremy das Ei aufrecht ins Nest, mit der stumpfen Seite nach unten.
»Wozu machst du das?«, fragte Kriska schneidend.
»Andersherum«, wisperte das Stimmchen.
Jeremy stellte das Ei auf die spitze Seite und hielt es mit den Händen fest, damit es nicht umfiel.
»So ist es gut«, wisperte das Stimmchen aus dem Ei.
Und dann, nach einer Pause, seufzte es: »Noch drei Tage träume ich.«
»Das Baby wird in drei Tagen ausschlüpfen!«, rief Jeremy.
Doch Kriska schien ihn gar nicht gehört zu haben.
»Leg das Ei sofort wieder richtig hin!«, kreischte sie.
Jeremy versuchte ganz ruhig zu bleiben. »Nein, das werde ich nicht. Wenn das Ei liegt, muss dein Baby sterben.«
»Sterben?«, schrie Kriska und trompetete schrill.

»Sterben«, bestätigte Jeremy. »Aber wenn das Ei so stehen bleibt, wird dein Baby in drei Tagen gesund und munter ausschlüpfen.«
Kriska wirkte ziemlich durcheinander. Rat suchend blickte sie Hassko an. »Was meinst du?«
»Wir sollten es versuchen«, sagte er. »Vielleicht sind die anderen Babys gestorben, weil die Eier gelegen und nicht gestanden haben.«
»Aber alle Gorilla-Möweneier *liegen* im Nest!«, erwiderte Kriska.
»Schon«, gab Hassko ihr recht. »Aber dein Ei ist ja auch kein normales Gorilla-Möwenei.«
Kriska lief unschlüssig vor ihrem Nest hin und her. »Soll der Menschenjunge etwa die ganze Zeit neben meinem Nest stehen und das Ei festhalten, damit es nicht umkippt?«, rief sie.
»Nein«, sagte Hassko. »Wir müssen das Nest ein bisschen auspolstern, dann bleibt es von selbst aufrecht stehen.«
»Meinetwegen«, zischte Kriska und warf Jeremy einen düsteren Blick zu. »Du kannst gehen.«
»Jetzt gleich?«, freute er sich.
»Nein! Wenn wir das Nest hergerichtet haben.«
Und so kam es, dass Jeremy noch eine Weile Kriskas Ei festhalten musste, während die Gorilla-Wächtermöwen eifrig Stopfmaterial herbeitrugen. Die Stimme des Babys im Ei hörte er aber nicht mehr.

Endlich waren die Möwen fertig und Jeremy machte sich auf den Weg zu Jakka.

»Wenn mein Baby in drei Tagen nicht wie versprochen gesund und munter aus dem Ei schlüpft, wirst du dafür mit deinem Leben bezahlen!«, rief ihm Kriska anstelle eines Dankes hinterher.

Das Möwenbaby

Die nächsten beiden Tage verbrachte Jeremy in einer Art Betäubung. Solange es hell war, durchstreifte er die Brutkolonie, drehte Möweneier um und horchte auf das, was die zarten Stimmchen in den Eiern wisperten. Zwischendurch aß er Fische, die Jakka und Flikka für ihn fingen, und trank Wasser aus der Felsspalte. Wenn es dunkel geworden war und die Möwen schliefen, ging er ans Meer der verlorenen Seelen und streckte sich im Sand aus. Dann lag er stundenlang mit weit geöffneten Augen da, blickte in den Sternenhimmel und dachte an Ivy und Rory. Und jedes Mal, wenn er eine Sternschnuppe sah, sprach er leise denselben Wunsch aus: dass sie schon bald wieder vereint sein mögen. Am dritten Tag herrschte in der Brutkolonie eine äußerst angespannte Stimmung. Inzwischen hatte es sich herumgesprochen, dass dies der Geburtstag von Kriskas Baby sein sollte – falls das Baby überlebt hatte –, und die Möwen waren ängstlich und nervös.

Jeremy war der Nervöseste von allen, denn schließlich stand sein Leben auf dem Spiel. Planlos wanderte er zwischen den Nestern hin und her und versuchte nicht darüber nachzudenken, wann und wie Kris-

ka ihre Drohung wahrmachen würde. Aber es gab nicht viel, was ihn hätte ablenken können.
Als die Sonne hinter den Klippen verschwunden war, erhob sich dort, wo Kriskas Nest lag, erregtes Gezeter und Gekreisch und Wächtermöwen schossen mit heiserem »Gag-gag!« durch die Luft.
Jeremy machte sich auf das Schlimmste gefasst, und als die große Wächtermöwe mit würdevollen Schritten auf das Nest von Flikka zukam, glaubte er, seine letzte Stunde wäre angebrochen.
Aber dann sagte die Wächtermöwe mit fast zuvorkommender Stimme: »Hassko möchte, dass du das Baby begrüßt.«
»Begrüßen? Das Baby lebt?«
»Oh ja!«
Wie auf Wolken ging Jeremy durch die Brutkolonie bis zu Kriskas Nest.
Hassko lief ihm entgegen und sagte: »Wir sind dir ja so dankbar!«
»Kriska auch?«, sagte Jeremy zweifelnd.
Sie stand vor ihrem Nest, über dessen Rand etwas Bräunliches guckte. Mehr konnte Jeremy von dem Baby nicht erkennen, weil Kriska ihm die Sicht versperrte.
»Kriska ist dir ganz besonders dankbar«, sagte Hassko. »Sie kann es bloß nicht so zeigen.«
In der Tat war Kriska keine Spur von Dankbarkeit an-

zumerken. »Was willst du hier, Menschenjunge?«, fauchte sie Jeremy an.
»Gar nichts«, antwortete er hastig.
»*Ich* hab ihn holen lassen«, sagte Hassko.
»*Du* hast den Menschenjungen holen lassen?« Kriskas Augen blitzten zornig.
»Ja«, sagte Hassko. »Immerhin schulden wir ihm großen Dank. Und als Ausdruck unseres Dankes möchte ich, dass du der Pate unseres Babys wirst!«, wandte er sich an Jeremy.
Jeremy errötete bis unter die Haarspitzen.
»So ein Unsinn!«, ereiferte sich Kriska. »Es gibt Hunderte von Gorilla-Möwen, die diese Ehre verdient haben. Warum sollten wir ausgerechnet den Menschenjungen nehmen?«
»Warum? Weil der Menschenjunge unserem Baby das Leben gerettet hat!«, sagte Hassko. Dass er Vater geworden war, schien ihm ein ganz neues Selbstbewusstsein verliehen zu haben.
»Welcher Menschenjunge?«, fragte da das Baby und lugte über den Nestrand.
»Hier! Das ist der Menschenjunge!« Hassko gab Jeremy einen sanften Stoß mit dem Schnabel. »Geh ruhig hin und mach dich mit ihr bekannt«, flüsterte er.
»Mit ihr?«
»Mit unserer Tochter!«
»Und Kriska?«, fragte Jeremy.

»Keine Sorge, sie wird dir nichts tun«, sagte Hassko.
Mit Herzklopfen näherte Jeremy sich dem Nest. Kriska schlug mit den Flügeln und stieß schrille Schreie aus, um ihn zu vertreiben, aber er ging mutig weiter. Überrascht ließ Kriska die Flügel wieder sinken. Sie machte auch keinen Versuch, ihn zu attackieren.
Und dann stand Jeremy Kriskas und Hasskos Tochter gegenüber. Für ein Möwenbaby war sie fast beängstigend groß, ungefähr so groß wie Pekka, die immerhin schon eine Jungmöwe war, wenngleich eine Bernsteinmöwe. Und wie Pekka hatte sie braunes Gefieder; ihr Gefieder war aber ganz zart und flauschig. Sie sah wie ein riesengroßes Wollknäuel aus. Auch ihr runder Kopf, auf dem ein paar dunkle Tupfer waren, besaß noch nicht viel Ähnlichkeit mit einem Möwenkopf.
Mit ihren grauen Augen musterte sie Jeremy neugierig.
»Wie heißt du?«, fragte sie.
Ihre Stimme klang schon recht kräftig, jedenfalls viel kräftiger als durch die Eischale hindurch. Aber als sie Jeremy angefleht hatte, das Ei aufrecht hinzustellen, war sie ja auch in ernsthaften Schwierigkeiten gewesen.
»Jeremy«, antwortete er. »Jeremy Golden.«
»Und was ist das: ein Pate?«, wollte sie wissen.
Jeremy zögerte. Er hatte eine Patin, die ihm zu jedem Geburtstag eine Glückwunschkarte und etwas Geld schickte. Zu Besuch kam sie nie. Jeremy hatte sie

überhaupt nur ein einziges Mal gesehen, als er ganz klein gewesen war, und daran konnte er sich nicht mehr erinnern.

»Ein Pate ist jemand, der sich um das Patenkind kümmert ... um sein Wohlergehen ... um seine Geburtstage ... um seine Ausbildung ...«, zählte er etwas mühsam auf.

»Da seht ihr es: Der Menschenjunge wäre eine völlige Fehlbesetzung!«, rief Kriska. »Wie soll er sich wohl um Krissis Ausbildung kümmern! Soll er ihr vielleicht etwas vorfliegen? Oder ihr zeigen, wie man Fische fängt oder ein Nest baut?«

»Krissi?«, sagte Hassko. »Ich wusste gar nicht, dass wir uns schon auf einen Namen geeinigt haben.«

»Haben wir auch nicht«, zischte Kriska. »Aber wie das Baby heißen soll, bestimme ich!«

»Meinetwegen«, sagte Hassko. »Krissi ist ja auch ein schöner Name. Aber Jeremy Golden wird ihr Pate!«

»Nein, eine Gorilla-Möwe wird ihr Pate!«, widersprach Kriska.

»Das kannst du nicht bestimmen«, sagte Hassko verblüffend selbstsicher, wie Jeremy fand. »Oder hast du die Hilferufe des Babys verstanden, als es noch im Ei lag?«

Kriska blickte betreten zur Seite. »Nein«, musste sie zugeben.

»Und die Hilferufe der anderen vier Babys, die wir

davor hatten, hast du auch nicht verstanden«, fuhr Hassko fort. »Du hast also allen Grund, Jeremy Golden deine Dankbarkeit zu zeigen und ihn zu bitten, Pate zu werden!«

Kriska riss entrüstet den Schnabel auf. »Ich, Kriska, soll ihn *bitten?*«

»Ja, das sollst du!«, sagte Hassko.

»Bitten!«, sagte nun auch das Baby.

Kriska spreizte die Flügel, senkte den Schnabel, rollte mit den Augen und dann fragte sie mit unechter Freundlichkeit: »Würdest du – bitte – unser Pate werden, Menschenjunge?«

»Das würde ich sehr gern«, sagte Jeremy. »Aber ich muss so schnell wie möglich nach No Man's Land und meine Freunde befreien!« Die letzten Worte sprach er mit besonderem Nachdruck. Doch Kriska glättete geschäftig ihre Brustfedern und tat, als wüsste sie nicht, warum er das sagte. »Und dann müssen wir uns auf die Suche nach der goldenen Palette machen«, fuhr Jeremy fort. »Ja, und deshalb wäre ich bestimmt kein guter Pate für euer Baby.«

»Hab ich's doch gewusst!«, triumphierte Kriska. »Also nehmen wir eine von den Gorilla-Möwen!«

In diesem Augenblick hüpfte Krissi aus dem Nest und lief, wenn auch etwas tapsig, ein paarmal um Jeremy herum, der sich wunderte, wie weit entwickelt sie schon war.

»Nicht!«, schrie Kriska auf. »Zurück ins Nest, Krissi! Oder willst du, dass ein Unglück passiert?«
Das Baby gehorchte und kletterte ins Nest zurück.
»Du könntest zur Abwechslung mal etwas Nützliches tun!«, sagte Kriska in scharfem Ton zu Hassko.
»Und was?«, fragte er.
»Ein paar Fische für unsere Tochter fangen! Oder glaubst du, Möwenbabys leben nur von Seeluft und Mutterliebe?«
»Nein«, sagte Hassko schuldbewusst und flog davon, während sich Kriska so auf das Nest setzte, dass sie das Möwenbaby mit ihren Flügeln zudeckte.
»Verschwinde endlich!«, fauchte sie Jeremy an. »Du hast hier nichts mehr zu suchen, Menschenjunge!«
Jeremy drehte sich um und ging mit schnellen Schritten davon.

Was man versprochen hat

Eine Weile wanderte Jeremy ziellos auf den Klippen umher. Eigentlich hätte er froh und glücklich sein müssen: Das Baby war gesund und munter aus dem Ei geschlüpft und Kriska hatte keinen Anlass gehabt, ihre Drohung wahr zu machen.

Doch der Gedanke an Ivy und Rory stimmte ihn traurig.

Seinem Ziel, die beiden zu befreien, war er kein Stück näher gekommen, eher im Gegenteil. Solange das Baby noch nicht geschlüpft war, hätte er Kriska vielleicht dazu bewegen können, ihr Ei für ein paar Stunden Hassko zu überlassen und ihn nach No Man's Land zu fliegen. Aber nun, da Kriska zum ersten Mal wirklich Mutter geworden war, würde sie ihr Baby bestimmt nicht eine Sekunde aus den Augen lassen!

Auf einmal landete eine Bernsteinmöwe neben ihm. Es war Pekka.

»Ich wüsste vielleicht ein Mittel, um Kriska zu zwingen, dich nach No Man's Land zu bringen«, sagte sie, als hätte sie den Grund für seine Niedergeschlagenheit erraten.

»Und was für ein Mittel soll das sein?«, fragte er.

Pekka sah sich um, doch sie waren ganz allein.

»Es hat mit Kriskas Ei zu tun oder besser gesagt: mit

den Schalen«, verriet sie dann. »Sie haben außergewöhnliche Kräfte!«
»Außergewöhnliche Kräfte? Die Eierschalen?«, wunderte sich Jeremy.
»Ja! Wer im Besitz der Eierschalen ist, bekommt Macht über Kriska. Deshalb sollte Hassko die Eierschalen auch gleich ins Meer werfen, nachdem das Baby geschlüpft war. Aber er hat sie im Sand verscharrt, das hab ich mit meinen eigenen Augen gesehen!«
»Tatsächlich?«, sagte Jeremy. Konnte es an den Eierschalen liegen, dass Hassko plötzlich so selbstbewusst geworden war?, überlegte er. »Und wo hat er sie verscharrt?«
»Ich bring dich hin«, sagte Pekka.
Sie führte Jeremy zu einer Stelle zwischen den Felsen; dort wuchsen auf einem schmalen Sandstreifen ein paar Büschel Seegras. Sorgfältig durchkämmte Jeremy mit den Fingern den Sand und förderte nacheinander drei Eierschalen ans Tageslicht. Sie hatten graue Schlangenlinien und waren erstaunlich dick und hart. Aber Kriskas Ei hatte ja auch ein außergewöhnlich großes und kräftiges Möwenbaby beherbergt!
»Und jetzt hast *du* Macht über Kriska!«, hörte er Pekka sagen.
Jeremys Herz klopfte schneller. Er steckte die Eier-

schalen in seine rechte Hosentasche. Dann bedankte er sich bei Pekka und machte sich auf den Weg in die Brutkolonie. Zu seiner eigenen Verwunderung war er überhaupt nicht mehr mutlos und deprimiert. Ob das schon die Wirkung der Eierschalen war?

In der Brutkolonie herrschte noch größere Unruhe als sonst. Die Möwen schrien und kreischten in den höchsten Tönen und Jeremy fürchtete schon, Kriskas Baby könnte etwas zugestoßen sein. Bei dieser Vorstellung sträubten sich ihm die Haare.
Kurz bevor er den Grenzstreifen erreicht hatte, der Kriskas Nest von der Brutkolonie trennte, wurde das Gezeter fast unerträglich laut. Er sah, dass sich eine Schar Gorilla-Möwen um ein Nest drängte, das am äußersten Rand der Brutkolonie lag. Als er sich diesem Nest näherte, flogen die dort versammelten Möwen erschreckt auf. Nur zwei Gorilla-Möwen blieben stehen. Und nun erkannte Jeremy auch den Grund für die Unruhe der Möwen: Im Nest lagen zwei tote Möwenbabys. Sie hatten tiefe Hiebwunden, aus denen dunkelrotes Blut sickerte. Ihr flauschiges Babygefieder war ganz nass von all dem Blut und ihre kurzen Schnäbel standen offen, als würden sie um Hilfe schreien. Aber sie waren für immer verstummt.
»Was ist passiert?«, fragte er.
»Kriska«, sagte die größere der beiden Möwen.

»Kriska hat eure Babys umgebracht?«
»Ja«, sagte die kleinere Möwe. »Unsere Babys wollten mit Kriskas Baby spielen und da –« Sie verstummte.
»Kriska hat eure Babys umgebracht, nur weil sie mit ihrem Baby *spielen* wollten?«
»Ja.« Die kleinere Möwe stieß das heisere »Tschierk-tschierk« aus, das Jeremy schon kannte: Es war die Totenklage der Möwen. Die größere Möwe fiel mit ein.
Betroffen ging Jeremy weiter. Auch wenn er innerlich vor Wut und Abscheu kochte – äußerlich versuchte er ganz ruhig zu bleiben. Jetzt kam ihm Kriska erst recht wie ein Monster vor. Aber dieses Monster war die Einzige, die ihm helfen konnte, nach No Man's Land zu kommen!
Kriska saß auf ihrem Nest, umgeben von vier Wächtermöwen. Zwischen ihren Flügeln schaute ein großer brauner Babykopf hervor. Von Hassko war weit und breit nichts zu sehen.
»Was willst du hier?«, fragte sie, als Jeremy näher kam.
Er hatte die rechte Hand in die Hosentasche geschoben, sodass er mit den Fingerspitzen die Eierschalen berührte.
»Dich an dein Versprechen erinnern«, antwortete er.
»Tsa-tsa«, sagte Kriska. Sie machte einen sonderbar verwirrten Eindruck. »Und was hab ich versprochen?«

»Mich nach No Man's Land zu fliegen.« Genau genommen hatte Kriska nur versprochen, darüber nachzudenken. Aber Jeremy bezweifelte, dass sie sich an den Wortlaut ihres Versprechens erinnern konnte.

»So? Hab ich das?«, sagte sie.

»Ja!«, behauptete Jeremy.

»Was man versprochen hat, muss man auch halten, nicht wahr, Mama?«, krähte das Baby.

»Doch, ja.« Kriska zupfte an ihren Brustfedern. »Und wann willst du nach No Man's Land?«, fragte sie.

»Am besten noch heute«, sagte Jeremy.

In diesem Augenblick landete Hassko vor dem Nest. Das Baby pickte gegen seinen Schnabel, woraufhin er einen wenig appetitlich aussehenden Fischbrei ausspuckte. Doch dem Baby schien der Brei zu schmecken, denn es verschlang ihn gierig.

»Können wir dir mit irgendetwas behilflich sein, Jeremy Golden?«, fragte Hassko.

»Ja«, sagte Jeremy. »Ich muss so schnell wie möglich nach No Man's Land!«

»Mama hat versprochen, ihn hinzufliegen!«, rief das Baby.

»Aber erst heute Nacht«, sagte Kriska.

Hassko starrte Kriska an und konnte nicht glauben, was er soeben gehört hatte.

»Darf ich mitkommen?«, fragte das Baby.

Zum ersten Mal erwachte in Kriska etwas von ihrer alten Heftigkeit. »Nein!«, rief sie und schlug mit den Flügeln. »Du wirst brav bei Papa im Nest bleiben, bis ich zurückkomme!«
Die Eierschalen mussten wirklich außergewöhnliche Kräfte besitzen!, dachte Jeremy.
»So, und jetzt wird geschlafen«, sagte Kriska und schob das Baby unter ihre Flügel.
»Soll ich dann später wiederkommen?«, fragte Jeremy.
»Nein. Wir werden uns am Strand treffen, wenn die Nacht am schwärzesten ist«, sagte Kriska.
Jeremy hätte gern gewusst, wann das sein würde. Aber diese Auskunft konnte Kriska ihm wahrscheinlich auch nicht geben, dachte er.
Und so sagte er nur: »Dann bis nachher.«
»Bis nachher, Menschenjunge«, antwortete Kriska.
»Alles Gute, Jeremy Golden!«, wünschte Hassko und sogar das Baby steckte seinen Kopf noch einmal unter Kriskas Gefieder hervor und krähte: »Auf Wiedersehn!«
»Auf Wiedersehn«, sagte Jeremy.
Aber das war, wie jeder wusste, nur eine Höflichkeitsformel und ganz bestimmt kein Versprechen!

Jetzt sind wir quitt!

Inzwischen war die Sonne schon halb im Meer versunken und Jeremy fand es höchste Zeit, sich von allen Gorilla-Möwen zu verabschieden, die nett und hilfsbereit gewesen waren.

Als er Flikkas Nest erreichte, saß zu seiner Überraschung ein Baby darin. Jeremy hatte ganz vergessen, dass heute der Geburtstag von Jakkas erstem Baby sein sollte! Jakkas Baby hatte das gleiche braune Gefieder, die gleichen grauen Augen wie Kriskas Baby. Es war aber viel kleiner und auch die Anordnung der dunklen Flecken auf seinem Kopf, an denen eine Möwenmutter ihr Baby erkennt, war anders.

»Das Baby soll Jeremy heißen«, verriet Jakka. »Dann hab ich immer eine Erinnerung an dich, wenn du eines Tages nicht mehr bei uns bist, Jeremy Golden!«

Mit einem leichten Schuldgefühl gestand Jeremy, dass Kriska ihn noch in derselben Nacht nach No Man's Land fliegen würde.

Für einen Moment wirkte Jakka enttäuscht, aber dann sagte sie: »Ja, ich weiß, du musst deine Freunde befreien.«

Er nickte. »Warum nennst du dein Baby nicht Flosska?«, schlug er vor. »Das ist ein viel besserer Möwenname als Jeremy.«

»Aber wenn es zwei Jungen sind, sollen sie Flosska und Jeremy heißen!«, sagte Jakka.
»Und wenn es ein Mädchen ist?«, fragte Flikka und reckte ihren Schnabel.
»Dann nenne ich es Flikka, weil du mir so wunderbar geholfen hast«, antwortete Jakka.
Flikka gab ein zufriedenes »Krirk-krirk« von sich.
»Und passt gut auf, dass eure Babys nicht zu Kriskas Nest laufen, um mit ihrem Baby zu spielen!«, warnte Jeremy sie.
»Das werden wir!«, versprachen Jakka und Flikka im Chor.
Nachdem er sich verabschiedet hatte, ging Jeremy an den Strand und setzte sich auf einen Stein direkt am Wasser. Das Meer der verlorenen Seelen lag wie geschmolzenes Silber unter dem mit Sternen übersäten Himmel. Er horchte auf die vertrauten Rufe der Möwen, die immer vereinzelter wurden, bis sie ganz erstarben. Dann war es so still, dass Jeremy glaubte, seinen eigenen Herzschlag zu hören. Seine Gedanken wanderten nach No Man's Land und Furcht überkam ihn. Bislang hatte er immer nur darüber nachgedacht, auf welche Weise er nach No Man's Land kommen sollte – aber nie, was passieren würde, wenn er erst mal dort war. Wie um alles in der Welt sollte er Ivy und Rory in einem ihm völlig fremden Land aufspüren, das zudem noch von grausamen, männerhassen-

den Frauen beherrscht wurde? Und eins wusste Jeremy: Falls ihn die Frauen entdeckten, würden sie ihn kein zweites Mal auf die Möwenklippen bringen!
An dieser Stelle wurden seine Überlegungen von einer etwas rostig klingenden Stimme unterbrochen: »Hast du mit Kriska gesprochen, Jeremy Golden?«
»Bist du das, Pekka?« Jeremy drehte den Kopf herum. Mit ihrem braunen Gefieder und ihrem dunklen Kopf konnte er die Jungmöwe in der Dunkelheit kaum erkennen.
»Ja!« Pekka machte ihr »Tschirp-tschirp«, das wie Lachen klang.
»Stell dir vor: Kriska hat zugestimmt, mich noch heute Nacht nach No Man's Land zu fliegen«, berichtete Jeremy.
»Dann muss ich den anderen sofort Bescheid sagen!«, rief Pekka.
»Soll ich mich von ihnen auch noch verabschieden?«
»Verabschieden? Nein! Wir kommen mit nach No Man's Land und helfen dir, deine Freunde zu finden!«
Jeremy erschrak. » Habt ihr denn keine Angst vor Kriska?«
»Doch«, sagte Pekka. »Aber sie muss ja nicht merken, dass wir euch folgen. – Und wir lassen dich auf keinen Fall allein«, fügte sie hinzu. »Wie sollst du deine Freunde wohl finden, wenn dir niemand hilft?«

»Einfach wird es nicht«, sagte Jeremy.
»Dann ist es abgemacht?«, fragte Pekka.
»Ich weiß nicht, ob ich das annehmen kann«, sagte er. »Immerhin setzt ihr euer Leben aufs Spiel!«
»Das lass nur unsere Sorge sein«, entgegnete Pekka. »Aber du hast nichts dagegen, wenn wir mitkommen?«
»Natürlich nicht! Und vielen –«, *Dank* wollte er sagen, doch da hörte er aus der Richtung der Brutkolonie ein Geräusch, das wie Flügelschlagen klang, und dann war Pekka verschwunden.
Gleich darauf landete eine riesige Gorilla-Möwe auf den Klippen über ihm.
»Bist du fertig, Menschenjunge?«, fragte Kriska.
»Ja«, sagte Jeremy und tastete nach den Eierschalen in seiner Hosentasche. Vor dem Nachthimmel wirkte Kriska noch imposanter, noch furchterregender. Er kletterte die Klippen hoch. »Hast du schon öfter Menschen transportiert?«, fragte er, als er bei Kriska angekommen war.
»Wo denkst du hin – nein!«, wies sie diese Unterstellung von sich.
»Aber du bist sicher, dass du mich tragen kannst?«
»Absolut sicher!« Sie breitete ihre Flügel aus. »Und nun steig auf!«, befahl sie.
Zögernd setzte er sich auf Kriskas Rücken, zwischen ihre Flügel.

»Mach dich nicht so breit«, fuhr sie ihn an. »Wenn ich meine Flügel nicht bewegen kann, kommen wir nie nach No Man's Land!«
»Ich kann mich nicht anders hinsetzen«, verteidigte sich Jeremy. »Ich bin schließlich keine Möwe.«
Kriska sagte nichts. Aber nun begann sie ihre mächtigen Flügel auf und nieder zu bewegen – so kraftvoll, dass Jeremy die Luft zwischen ihren Federn sausen hörte. Dann stieß sie sich von den Klippen ab – und flog! Jeremy wurde ganz flau im Magen. Er hielt sich an Kriskas Hals fest und drückte seine Knie und Fußknöchel in ihre Seiten. Ihr Federkleid war viel glatter als Rorys Schuppenpanzer und er hatte Mühe, nicht ins Rutschen zu geraten. Aber wenigstens flog Kriska ruhig und gleichmäßig, trotz der ungewohnten Last auf ihrem Rücken. Schaudernd sah Jeremy unter sich die dunkle Fläche des Wassers. Als er eine segelartige Flosse erkannte, die das Wasser zerteilte, schrie er leise auf und drückte sich noch fester gegen Kriskas Körper.
Nach einer Weile schien sie Land erspäht zu haben, denn sie fragte: »Wo soll ich dich absetzen?«
»Vielleicht siehst du irgendwo einen grauen Ballon?«, sagte er mit Herzklopfen.
»Einen grauen Ballon?«, wiederholte sie.
»Ja! Mit dem Ballon sind wir nach No Man's Land gekommen, Ivy, Rory und ich. Die Ballonhülle liegt bestimmt noch am Strand.«

Kriska verringerte ihre Flughöhe und nun glitten sie so niedrig über dem Wasser dahin, dass Jeremy es mit der ausgestreckten Hand hätte berühren können. Und dann endlich war unter ihnen kein Wasser mehr, sondern feiner, grau schimmernder Sand.
»Da drüben ist ein Bootssteg«, meldete Kriska.
Als sie näher kamen, entdeckte Jeremy ein Boot mit einem Außenbordmotor, das am Steg festgemacht war.
»Das muss das Boot sein, mit dem mich die Frauen zu den Möwenklippen gebracht haben!«, rief er. Es war allerdings zu dunkel, um den Namen auf der Bordwand zu entziffern. »Dann kann der Ballon auch nicht weit sein!«
Und wirklich entdeckten sie kurz darauf die Seidenhülle, die wie eine große, fremdartige Blume im Sand lag.
Kriska landete neben dem Ballon und schüttelte Jeremy einfach von ihrem Rücken herunter.
»Jetzt sind wir quitt!«, schnarrte sie. »Und setz niemals wieder einen Fuß auf die Möwenklippen! Das nächste Mal lasse ich dich nicht mit dem Leben davonkommen!«
Sie bewegte ihre mächtigen Flügel und dann hatte die Dunkelheit sie verschluckt.

Rauchzeichen

Kurze Zeit später landeten drei Bernsteinmöwen neben Jeremy. »Ist alles gut gegangen?«, fragte Pekka.

»Ja«, sagte Jeremy. »Bei euch auch?«

»Wir sind nur zu dritt, Tschakko, Leikka und ich. Die anderen wollten lieber auf den Möwenklippen bleiben. Na ja –« Pekka seufzte. »Drei sind immer noch besser als gar keiner, oder?«

Jeremy nickte. Um die etwas betreten dreinblickenden Jungmöwen aufzumuntern, versuchte er einen Witz zu machen: »Wir werden den Vogel schon schaukeln!«

»Welchen Vogel?«, fragte Tschakko.

»Das sagen wir Menschen so. Es bedeutet: Wir werden es schon schaffen.«

»Klar werden wir es schaffen!«, sagte Pekka. »Immerhin haben wir die schwierigste Aufgabe bereits hinter uns!«

»Und was war das?«, fragte Leikka.

»Wir sind Kriska gefolgt, ohne dass sie es gemerkt hat, Leikka«, antwortete Pekka.

»Das sind wir!« Leikka nickte stolz.

»Und nun müssen wir besprechen, wie es weitergehen soll«, sagte Pekka.

»Ja, das müssen wir«, stimmten Tschakko und Leikka zu.
Doch zunächst einmal versanken alle in tiefes Nachdenken. Pekka wanderte hin und her, Tschakko blickte aufs Meer der verlorenen Seelen und Leikka putzte ihr Gefieder. Jeremy nahm etwas Sand und ließ ihn von seiner rechten in seine linke Hand laufen – und umgekehrt.
Schließlich ergriff Pekka das Wort. »Als Erstes müssen wir uns einen Überblick verschaffen«, sagte sie. »Du, Tschakko, fliegst nach Westen. Und du, Leikka –«
»Halt!«, unterbrach Tschakko sie. »Wieso bestimmst du, wohin wir fliegen? Ich will nach Norden!«
»Gut, dann fliegst du nach Norden«, sagte Pekka diplomatisch. »Du, Leikka, fliegst nach Westen und ich fliege nach Osten. Und Jeremy Golden sagt uns, worauf wir bei unserer Suche achten müssen!«
»Am auffälligsten ist Rory Fireball«, begann Jeremy. Und dann beschrieb er das Aussehen der Drachin.
Die Jungmöwen sprachen ihm alles nach, um es sich einzuprägen: »Körper mit Schuppen bedeckt ... langer Schwanz mit einem Stachel ... Kopf wie eine Echse mit einem Zackenkamm ... Flügel wie eine Fledermaus ... kräftige Arme und Beine ... menschenähnliche Hände und Füße ... breites Maul, große Nasenlöcher ... spuckt grauen Rauch und graues Feuer ...«
Über Ivy sagte er: »Sie ist so groß wie ich, sehr hübsch,

hat krause lange Haare und trägt einen Pullover und eine Hose. – Und sie ist blind«, fügte er hinzu; allerdings wusste er nicht, ob das zu einer Personenbeschreibung dazugehörte.
»Rory und Ivy fallen vor allem dadurch auf, dass sie von Kopf bis Fuß grau sind«, sagte er abschließend.
»Aber nur tagsüber«, warf Tschakko ein.
»Richtig«, sagte Jeremy. »Das vergesse ich immer.«
»Wollen wir dann nicht lieber bis morgen früh mit der Suche warten?«, fragte Leikka.
»Um Himmels willen, nein!«, rief Pekka. »Hast du vergessen, dass die Frauen alle Möwen erschießen? Wir sind nur bei Nacht einigermaßen sicher.«
Leikka senkte den Kopf. »Du hast recht, Pekka.«
Die drei Jungmöwen flogen in die Nacht hinaus, Pekka nach Osten, Leikka nach Westen und Tschakko nach Norden. Jeremy ging zum Ballon und spähte unter die Seidenhülle. Niemand schien in der Zwischenzeit hier gewesen zu sein, denn alles war so, wie er es verlassen hatte: Im Sand lagen die Pullover, die er zum Schlafen unter sich ausgebreitet hatte, die beiden Rucksäcke und der geflochtene Weidenkorb mit Ivys Reiseproviant. Nur die graue Tasche fehlte; aber die hatte um Ivys Schultern gehangen, als die Frauen sie abgeführt hatten, erinnerte er sich.
Beim Anblick des Weidenkorbs merkte Jeremy plötzlich, wie hungrig er war. Er öffnete den Korb. Ivy hat-

te Kekse und Kuchen, Schokolade, Erdnüsse, Äpfel, Bananen und kleine, mit Orangensaft gefüllte Trinktüten eingepackt, stellte er fest. Er nahm sich von allem etwas, bis er seinen größten Hunger und Durst gestillt hatte. Danach schloss er den Korb wieder und wartete draußen im Sand auf die Rückkehr der Jungmöwen.

Jeremy musste eingeschlafen sein. Aufgeregtes Flüstern weckte ihn, und als er sich umsah, erblickte er Pekka, Tschakko und Leikka.

»Sie sitzt in einem Holzverschlag und ihre Hände und Füße sind gefesselt«, hörte er Leikka flüstern.

»Ivy sitzt in einem Holzverschlag?«, rief Jeremy erschrocken. »Und ihre Hände und Füße sind gefesselt?«

»Nicht Ivy«, erwiderte Leikka. »Rory, die Drachin!«

»Ihr habt Rory Fireball gefunden?«

»Leikka hat sie gefunden«, sagte Pekka. »Tschakko und ich hatten keinen Erfolg.«

»Und wo hast du Rory gefunden?«, fragte Jeremy.

»Ich bin über einem großen Haus geflogen und da hab ich auf einmal Rauch gesehen«, berichtete Leikka. »Er sah nicht wie gewöhnlicher Rauch aus, eher wie Rauchzeichen. Ich hab mir gedacht: Das musst du dir angucken! Erst hab ich mich nicht getraut, weil in dem Haus so grässliche Tiere waren, die ganz schreckliche Geräusche gemacht haben. Aber dann hab ich mir gesagt: Du darfst jetzt kein Feigling sein! Und da bin ich in das Haus geflogen. Innen waren furchtbar viele von diesen grässlichen Tieren mit Hörnern und schrecklich breiten Mäulern und andauernd hat eins von ihnen ›Muuuh!‹ geschrien. Aber zum Glück haben sie sich nicht um mich gekümmert. Ich bin zu dem Holzverschlag geflogen, aus dem die Rauchzeichen gekommen sind. Es waren so längliche Kringel und immer ein Kringel nach dem anderen. In dem Holzverschlag hab ich Rory gesehen. Zuerst wusste ich natürlich nicht, dass es Rory war, und sie hat mich auch nicht verstanden, als ich gefragt hab, ob sie Rory Fireball heißt. Aber sie sah genauso aus, wie du sie beschrieben hast, Jeremy Golden. Ich glaub, sie hat sich sehr gefreut mich zu sehen. Aber verstehen konnte ich ihre Drachensprache nicht. Ja, und dann bin ich, so schnell ich konnte, hierher zurückgeflogen!« Leikka schlug mit den Flügeln. »War das richtig? Oder hätte ich lieber bei Rory bleiben sollen?«, wandte sie sich an Pekka.

»Es war genau richtig, was du gemacht hast«, versicherte Pekka.

»Und wo liegt das große Haus, in dem du Rory gefunden hast? Ist es sehr weit entfernt?«, fragte Jeremy. Dass es vermutlich ein Kuhstall war, sagte er nicht.

»Für eine Möwe ist es nicht sehr weit«, antwortete sie.

»Und für jemanden, der zu Fuß gehen muss?«
»Vielleicht einen halben Tag?«
»Einen halben Tag!«, rief Jeremy betroffen.
»Oder einen ganzen?«, sagte Leikka.
»Dann ist es auf jeden Fall zu weit für Jeremy Golden«, entschied Pekka. »Leikka, du zeigst Tschakko und mir den Weg!«
Die drei Jungmöwen flogen davon. In großer Sorge ging Jeremy am Strand auf und ab. Ihm war plötzlich ganz elend zumute, als würde ein schreckliches Unglück bevorstehen.

Jeremys Plan

Umso erleichterter war Jeremy, als nach einiger Zeit nicht nur die drei Jungmöwen unverletzt zurückkehrten. Nein, in ihrer Mitte flog Rory Fireball!

»Rory!«, rief Jeremy.

»Jeremy!« Rory ließ sich aus der Luft direkt vor seine Füße fallen. Und dann umarmte sie Jeremy, als hätten sie sich zehn Jahre lang nicht gesehen.

»Vielen, vielen Dank, dass du mich befreit hast!«, sagte sie.

»Ich hab dich doch gar nicht befreit«, wehrte Jeremy verlegen ab. »Das waren ganz allein die Jungmöwen.«

Pekka, Leikka und Tschakko nickten geschmeichelt.

»Ja, aber du hast den Jungmöwen von mir erzählt«, sagte Rory. »Und vor allem hast du die Hoffnung nicht aufgegeben, Ivy und mich zu finden!« Sie schnaufte gerührt.

»Nein, das hab ich nicht.« Jeremy räusperte sich. »Weißt du denn, wo Ivy ist?«

»Nein.« Rory senkte betrübt den Kopf. »Die Frauen haben uns in verschiedenen Fahrzeugen weggebracht. Aber Ivy hat mir einen Pinsel gegeben, bevor wir getrennt wurden. Vielleicht würde er mir helfen, hat sie gesagt.« Die Drachin griff sich an die Brust und zog unter ihren Schuppen Ivys Pinsel hervor.

Jeremy nahm den Pinsel. »Es ist ein magischer Pinsel!« Unwillkürlich flüsterte er. »In der Nacht, als wir hier gelandet sind, hat Ivy den Pinsel gefragt, wo wir sind, und er hat *NO MAN'S LAND* in den Sand geschrieben.«
»Der Pinsel kann schreiben?«, sagte Rory Fireball beeindruckt.
»Ja!«
Pekka trat unruhig von einem Fuß auf den anderen. »Kann ich etwas sagen, Jeremy Golden?«
»Was ist, Pekka?«, fragte Jeremy.
Sie spreizte ein wenig die Flügel. »Ich will mich ja nicht vordrängen, aber vielleicht weiß der magische Pinsel auch, wo Ivy ist.«
»Eine sehr gute Idee!«, lobte Jeremy.
Sein Blick fiel auf Rorys Hände. Betroffen stellte er fest, dass die Haut um die Gelenke herum roh und entzündet aussah.
»Das tut bestimmt weh!«, sagte er.
»Ein bisschen«, spielte Rory ihre Schmerzen herunter. »Aber nun solltest du Ivys Pinsel ausprobieren!«
»Du hast verstanden, was Pekka gesagt hat?«, wunderte sich Jeremy.
»Nein. Ich hab mir nur gedacht: Wenn der Pinsel wusste, dass die Gegend hier No Man's Land heißt, kann er uns auch verraten, wo wir Ivy finden«, sagte Rory.
»Eine sehr gute Idee!«, lobte Jeremy zum zweiten

Mal. Rory musste ja nicht wissen, dass Pekka dieselbe Idee gehabt hatte!
Sie gingen ans Wasser und Jeremy hielt den Pinsel über den nassen Sand. Zuerst geschah nichts. Doch als Jeremy ihm die Frage stellte, wo Ivy war, machte er sich selbstständig und schrieb *MUSCHELBURG* in den Sand.
»*Muschelburg*«, las Jeremy vor. »Hat jemand von euch eine Idee, wo die sein könnte?«
»Ja, ich!«, rief Tschakko. »Als ich nach Norden geflogen bin, hab ich ein riesiges Haus gesehen, das über und über mit Muscheln verziert war. Um das Haus herum standen hohe Mauern, die auch alle mit Muscheln verziert waren. Und vor den Mauern war ein breiter Wassergraben. Aber ich hab keinen einzigen Vogel gesehen«, fügte er hinzu. »Nicht mal eine Ente.«
»Dann müssen wir sofort dorthin!«, rief Jeremy.
»Wohin?«, fragte Rory.
»Tschakko hat ein riesiges Haus gesehen, das über und über mit Muscheln verziert war«, antwortete Jeremy. »Ist es sehr weit bis dahin?«, fragte er Tschakko.
»Für eine Möwe nicht«, sagte Tschakko. »Aber für einen Fußgänger –«
»Ich bin kein Fußgänger mehr«, sagte Jeremy. »Jetzt hab ich einen Transportdrachen!«
»Das stimmt«, sagte Rory. »Willst du auf meinem Rücken reisen oder nehmen wir den Ballon?«

»Lass mich nachdenken.« Jeremy wusste, dass sie jetzt keinen Fehler machen durften. Schließlich sagte er: »Wir nehmen den Ballon!«

Er besprach seinen Plan mit Rory und den drei Jungmöwen und dann untersuchten sie den Ballon. Glücklicherweise entdeckten sie keine Löcher oder Risse und so legten sie die Rucksäcke und den Proviantkorb in die Gondel. Ivys Pinsel schob Jeremy in einen der Rucksäcke. Mit beiden Armen hielt er die Seidenhülle hoch und Rory stieß vorsichtig etwas Feuer aus. Sobald sich der Ballon vollständig geöffnet hatte, schickte Rory einen kräftigeren Feuerstoß hinterher. Der Ballon hob vom Boden ab und die Drachin zog Jeremy zu sich in die Gondel.

Ja, und dann machte Rory Fireball ihrem Namen alle Ehre: Fast ohne Unterbrechung stieß sie Feuer aus. Tschakko flog voraus, um ihnen den Weg zu zeigen, gefolgt von Pekka und Leikka. Doch zuerst flog der Ballon nach Nordosten, bevor es Rory durch geschicktes Platzieren ihrer Feuerstöße gelang, den Kurs zu ändern.

»Nun stimmt die Richtung!«, rief Tschakko ihnen zu.

»Was hat er gesagt?«, fragte Rory zwischen zwei Feuerstößen.

»Er hat gesagt: ›Nun stimmt die Richtung‹«, antwortete Jeremy.

Nach etwa fünfzehn Minuten erblickte er unter ihnen

etwas, das wie ein gigantischer Ring aussah. Das musste der Wassergraben sein! In seiner Mitte ragte ein Gebäude auf, von dem Jeremy aber keine Einzelheiten erkennen konnte.
»Die Muschelburg!«, rief Tschakko.
Rory spuckte noch einmal kräftig Feuer und Rauch. Als der Ballon außer Sichtweite der Muschelburg war, schaute sie Jeremy an und fragte: »Bist du bereit?«
Er schluckte. »Ja. Und wie ist es mit dir?«
»Ich bin bereit«, sagte die Drachin.
Jeremy wollte ihr Glück wünschen, aber seine Kehle war wie zugeschnürt. Rory kletterte auf den Rand der Gondel und ließ sich in die Tiefe gleiten, worauf der Ballon noch ein Stückchen höher stieg. Mit bangem Gefühl beobachtete Jeremy, wie Rory und die beiden Jungmöwen, die sie begleiteten – Pekka und Tschakko –, immer kleiner wurden. Bald waren die drei in der Dunkelheit nicht mehr auszumachen.
»Hoffentlich treibt der Ballon nicht zu weit ab«, sagte er und sah Leikka an, die bei ihm geblieben war.
Ursprünglich hatte es zu seinem Plan gehört, dass alle drei Jungmöwen mit Rory zur Muschelburg fliegen sollten. Er hätte dann ganz allein im Ballon auf ihre Rückkehr gewartet. Aber Rory hatte Jeremy überzeugt, dass es besser war, wenn eine Jungmöwe bei ihm blieb. Falls es nötig sein sollte, könnte sie zwi-

schen dem Ballon und der Muschelburg hin- und herfliegen. Natürlich wäre Jeremy am liebsten mit zur Muschelburg geflogen, um bei der Suche nach Ivy zu helfen! Aber das hatte er sich aus dem Kopf schlagen müssen, weil Rory nicht ihn und Ivy gleichzeitig auf ihrem Rücken zum Ballon zurückbringen konnte.

»Wir haben fast gar keinen Wind«, antwortete Leikka. »Also kann der Ballon auch nicht weit abgetrieben werden.«

»Gott sei Dank!«, seufzte Jeremy.

Eine Pause trat ein.

»Kannst *du* etwas erkennen?«, fragte Jeremy dann in der Annahme, dass Leikka die schärferen Augen besaß.

»Nein«, sagte sie.

»Und hörst du etwas?« Möwen hatten bestimmt auch ein schärferes Gehör als Menschen!

»Nein«, sagte Leikka.

Je mehr Zeit verstrich, desto dankbarer wurde Jeremy für die Gesellschaft der Möwe. Zwischen Himmel und Erde in einem steuerlosen Ballon zu treiben, nichts zu sehen und nichts zu hören und gleichzeitig zu wissen, dass seine Freunde dort unten in Lebensgefahr schwebten – das war mehr, als er allein ausgehalten hätte!

»Es dauert wirklich *sehr* lange«, nahm er das Gespräch wieder auf.

»Ja«, sagte Leikka.
»Und du siehst noch immer nichts?«
»Nein.«
»Auch kein Licht?«
»Nein«, sagte Leikka. Nach einer Pause fragte sie: »Möchtest du, dass ich zur Muschelburg fliege?«
»Bloß nicht!«, rief er erschrocken.
Eine neuerliche Pause trat ein.
»Glaubst du, sie haben Ivy inzwischen gefunden?«, unterbrach Jeremy das Schweigen.
»Ich hoffe es«, sagte Leikka.
Sie schien kein großes Bedürfnis zu haben, sich zu unterhalten – ganz im Gegensatz zu Jeremy, dem das Sprechen half, seine Angst unter Kontrolle zu halten.
»Willst du später auch mal Möwenbabys haben, Leikka?«, fragte er in dem Versuch, ein Thema zu finden, bei dem Leikka etwas gesprächiger sein würde.
Sie warf ihm einen überraschten Blick zu. »Selbstverständlich. Alle Möwen haben Möwenbabys.«
»Bei den Menschen ist das anders«, sagte er.
»Das glaube ich gern.« Leikka kicherte. »Menschen können ja auch keine Möwenbabys bekommen.«
»Nein, Möwenbabys nicht«, sagte Jeremy. »Aber manche Menschen wollen keine *Menschenbabys* bekommen.«
»Ist das wahr?«, fragte Leikka ungläubig.

»Ja, ich zum Beispiel. Ich will keine Kinder haben«, sagte er.
»Und warum?«
»Weil ich keinem Kind wehtun möchte, am allerwenigsten meinem eigenen.«
»Und *das* findest du einen Grund, kein Kind zu haben?«, wunderte sich Leikka.
»Ja!«, sagte Jeremy.
»Wenn alle Menschen so denken würden, wärt ihr längst ausgestorben!«
Jeremy zuckte mit den Schultern.
»Ob du deinem Kind hin und wieder wehtust, ist nicht das Entscheidende«, meinte Leikka.
»Was dann?«, fragte er.
»Das Entscheidende ist, dass du dein Kind auch glücklich machen kannst«, sagte sie. »Wenn du das kannst, ist alles im Gleichgewicht. Und darauf kommt es im Leben an.«
Jeremy erwiderte nichts. War es denkbar, dass Leikka recht hatte?

Es brennt!

Es brennt!«, rief Leikka auf einmal.

»Es brennt?«, wiederholte Jeremy.

»Ja! In der Muschelburg!«

Jeremy blickte über den Rand der Gondel und entdeckte eine dicke grauschwarze Rauchwolke.

»Rory . . . Ivy . . .«, stammelte er.

Immer größere und dickere Rauchwolken formten sich und nun sah Jeremy auch zum ersten Mal Flammen. Wie grellrote Zungen leckten sie zum Himmel empor.

Und dann löste sich in der Ferne ein Schatten aus den Rauchwolken.

»Das ist Rory!«, rief Leikka und schoss davon.

Jeremy wollte sie zurückrufen, aber in diesem Augenblick packte ein Windstoß den Ballon und trieb ihn wie ein Spielzeug vor sich her. Eine Weile hörte Jeremy nichts außer dem Brausen des Windes. Verzweifelt klammerte er sich an die Seile, damit er nicht über Bord geweht wurde.

Genauso unvermittelt, wie er aufgekommen war, erstarb der Wind. Angstvoll spähte Jeremy in die Tiefe. Zuerst dachte er, das Feuer sei kleiner geworden, aber dann begriff er, dass sich nur die Entfernung zwischen dem Ballon und der Muschelburg vergrößert hatte; in Wirklichkeit hatte sich das Feuer mit rasender Geschwindigkeit ausgebreitet.

Jetzt entdeckte er eine Gestalt, die unter Aufbietung all ihrer Kräfte versuchte den Ballon zu erreichen: Rory Fireball! Als die Drachin näher kam, erkannte Jeremy, dass sie jemanden auf ihrem Rücken trug. Es war Ivy!

»Ivy! Rory!«, rief Jeremy in grenzenloser Erleichterung und winkte den beiden.

Rorys Flug wirkte merkwürdig taumelig. Irgendetwas schien mit ihrem rechten Flügel nicht zu stimmen: Er stand in einem unnatürlichen Winkel vom Körper ab und sie bewegte ihn nur ganz vorsichtig.

Nun hatte Rory den Ballon erreicht. Sie packte die Seile und sprang in die Gondel. Jeremy sah, dass Ivys Umhängetasche um ihren schuppenbesetzten Hals hing. Sobald Rory auf den Füßen stand, glitt Ivy von ihrem Rücken herunter.

»Ist alles in Ordnung?«, fragte Jeremy.

Ivy zog die Schultern in die Höhe, als würde sie frieren.

Aber sie trug auch nur ein langes graues Hemd mit einem Spitzenkragen, vermutlich ein Nachthemd.

»Ist mit dir alles in Ordnung, Ivy?«, fragte Jeremy noch einmal.

Ivy nickte kaum merklich. Dabei war ihr Blick sonderbar starr in die Ferne gerichtet.

»Deine Augen!«, stammelte Jeremy. Für einen Moment hatte er doch tatsächlich vergessen, dass sie blind geworden war! »Es . . . es tut mir so leid! Es ist bestimmt schrecklich und –«

Jeremy brach ab. Er hätte Ivy gern getröstet, ihr Mut gemacht, aber irgendwie wollten ihm die richtigen Worte nicht einfallen. Verlegen schaute er in Ivys Rucksack und entdeckte eine graue Wolljacke. Er gab sie ihr und sie zog die Jacke über.

Dann wandte er sich an Rory: »Hast du dich am Flügel verletzt?«

»Ja«, sagte Rory. »Aber das ist im Augenblick nicht so wichtig. Wir müssen möglichst schnell von hier wegkommen.«

»Und wohin fliegen wir?«

»Wenn ich das wüsste, wäre mir wohler.« Die Drachin stieß einen Feuerstoß aus.

»Die Uhr . . .«, ertönte da Ivys Stimme. Sie klang sonderbar matt und hatte nicht viel Ähnlichkeit mit ihrer normalen, kräftigen Stimme. Aber alles an Ivy wirkte matt und kraftlos.

Sie zog eine Kette aus ihrem Hemdkragen, streifte sie über ihren Kopf und hielt sie mit ausgestreckten Armen vor sich hin.

Zögernd ergriff Jeremy die Kette. An ihr hing die Uhr, die Ivys Mutter gehört hatte und von der Ivy gesagt hatte, sie besäße magische Kräfte. Dieselbe Uhr

war es aber auch gewesen, die sie nach No Man's Land geführt hatte . . .
Er räusperte sich. Sicherlich brauchte Ivy in ihrem gegenwärtigen Zustand vor allem Schonung und Verständnis; aber trotzdem konnte er nicht so tun, als wäre nichts geschehen. »Und wenn uns die Uhr wieder in ein Land mit mörderischen Frauen führt?«
»Die Uhr kennt den . . . richtigen Weg«, antwortete Ivy.
»War No Man's Land etwa der richtige Weg?«, entgegnete Jeremy.
»Geradeaus ist nicht immer der kürzeste Weg«, sagte da Rory Fireball.
»So?«, brummte Jeremy.
»Ja! Manchmal sind es die scheinbaren Umwege, die uns am meisten voranbringen«, sagte Rory.
Jeremy nahm sich vor, ein andermal über Rorys Worte nachzudenken. »Und was soll ich mit der Uhr machen?«, fragte er.
»Dreh an dem . . . Rädchen«, sagte Ivy.
Jeremy tat es. Sogleich leuchtete das Zifferblatt in einem silbergrauen Licht auf und die beiden Zeiger, der große und der kleine, fingen an sich zu drehen. Überrascht sah er, dass unter den Ziffern zwölf, drei, sechs und neun die Abkürzungen der vier Himmelsrichtungen standen: N, O, S und W. Als er sich die Uhr in Ivys Zimmer zum ersten Mal angeschaut hat-

te, hatte er das nicht bemerkt. Die beiden Zeiger blieben auf der Drei stehen und das silbergraue Licht verlosch.

»Die Zeiger stehen auf der Drei«, sagte er.

»Wir müssen ... nach Osten fliegen«, sagte Ivy.

Rory wechselte auf die gegenüberliegende Seite der Gondel und gab in kurzen Abständen mehrere Feuerstöße von sich. In der Stille danach hörte Jeremy plötzlich einen Vogelschrei; es war aber nicht das schrille »Gag-gag« der Möwen.

»Wo sind eigentlich die Jungmöwen?«, fiel ihm ein.

»Darüber sprechen wir später«, sagte Rory Fireball.

Es mochte eine halbe Stunde vergangen sein, als Jeremy zum zwölften oder dreizehnten Mal an dem Rädchen drehte. Plötzlich begann die Uhr zu blinken!

»Die Uhr hat angefangen zu blinken«, sagte er zu Ivy.

»Dann sind wir ... am Ziel«, antwortete sie.

Rory Fireball stieß kein Feuer mehr aus und der Ballon verlor schnell an Höhe. Sie landeten auf einer weiten, mit Felsblöcken übersäten Ebene.

III.

Ghost Mountain

Nähen und Stopfen

Und was machen wir jetzt?«, fragte Jeremy, als sie aus dem Ballon geklettert waren.

Sie standen auf sandigem Boden, dessen einziger Bewuchs allem Anschein nach niedrige Büsche und Sträucher waren. Diese gleichförmige Landschaft zog sich hin, so weit das Auge reichte, und wurde nur von großen Felsblöcken aufgelockert, die verstreut herumlagen, als hätten vor Urzeiten Riesen mit ihnen Weitwerfen geübt. Alles wirkte öde und menschenleer.

Doch diese Verlassenheit hatte einen Vorteil, dachte Jeremy: Sie mussten wohl kaum befürchten, dass es hier brutale Frauen gab, die sie überfallen und verschleppen würden!

»Was wir jetzt machen? Schlafen!«, antwortete Rory.

»Soll ich nicht zuerst den Pinsel fragen, wo wir sind?«, schlug Jeremy vor.

»Das hat auch noch bis morgen Zeit«, sagte die Drachin.

Jeremy erwiderte nichts. Die Gefangenschaft in No Man's Land hatte Rory verändert, fand er. Ja, es war, als hätte nun sie anstelle von Ivy die Führung übernommen. Aber das sollte ihm nur recht sein. Er drehte noch einmal an dem Rädchen der Uhr, in der Hoff-

nung, die genaue Zeit zu erfahren, doch das Zifferblatt blieb dunkel.
Wie müde er war, merkte Jeremy erst, als er sich unter der Seidenhülle des Ballons ausstreckte. Vorsichtig berührte er die Eierschalen in seiner Hosentasche. Er hatte vorgehabt, sie Kriska zurückzugeben, sobald sie in No Man's Land waren. Aber Kriska war so überstürzt davongeflogen, dass er gar nicht an die Eierschalen gedacht hatte. Er spürte ein leichtes Brennen in den Fingerspitzen. Vielleicht hatte es einen tieferen Sinn, dass die Eierschalen in seinem Besitz geblieben waren? Über dem Gedanken schlief er ein.

Diesmal wurde Jeremy nicht von lauten, hasserfüllten Stimmen aus dem Schlaf gerissen. Als er die Augen öffnete, hörte er zwei Stimmen, bei deren Klang sein Herz vor Freude schneller schlug. Es waren Rory und Ivy, die miteinander sprachen.
Er hob die Seidenhülle ein wenig in die Höhe und spähte nach draußen. Die beiden saßen auf einem Felsblock und frühstückten. Ivy trug eine graue Hose, ein graues T-Shirt, graue Socken und graue Turnschuhe. Neben ihr lag ein langer, gerader Stock. Rory Fireball sah aus wie immer – bis auf ihren rechten Flügel, der beunruhigend steif und schief von ihrem Rücken herunterhing.
Jeremy setzte sich zu ihnen. Für die Drachin bestand

das Frühstück aus einigen Hand voll Gräsern und Flechten; für die Menschen gab es Kekse, Schokolade, kleine Kuchen und Orangensaft aus Ivys Proviantkorb. Hungrig griff Jeremy zu. Nach dem vielen »Sushi«, das er bei den Möwen bekommen hatte, schmeckte ihm alles unbeschreiblich gut, trotz der grauen Farbe.

Er schaute Ivy an. Ihre Augen waren weit geöffnet, blickten jedoch in die Ferne. Nein, sie *blickten* ja überhaupt nicht!, durchzuckte es ihn. Verlegen biss er sich auf die Lippen. Auch vorher hatte er sich in Ivys Gegenwart unsicher und gehemmt gefühlt. Aber seit ihrer Erblindung wusste er gar nicht mehr, wie er sich verhalten sollte.

Er sah sich um. Die Sonne schien und es war schon sehr warm. Im hellen Tageslicht wirkte die Landschaft noch eintöniger und unwirtlicher als in der Nacht. Vermutlich konnte man meilenweit laufen, ohne dass sich der Anblick änderte: von der Sonne verbranntes Gestrüpp, Büsche und Sträucher, Kakteen, totes Holz, Felsblöcke, Sand und Steine. Zum Glück hatten sie ihren Ballon, der sie von hier wegtragen würde!

Als hätte sie seine Gedanken gelesen, sagte Rory: »Zuerst müssen wir die Ballonhülle stopfen, bevor wir weiterfliegen können.«

»Der Ballon ist kaputt?«, fragte Jeremy erschrocken.

»Ja. Ein paar große Kakteen hatten sich mit ihren Stacheln im Stoff verhakt. Am besten fängst du gleich an, die Risse zu stopfen.«
»Ich?«
»Ja!«
»Aber ich kann überhaupt nicht stopfen!«
»Wahrscheinlich bist du der Meinung, dass Nähen und Stopfen Frauensache ist«, bemerkte Ivy spitz.
»Nein! Ich kann eben einfach nicht nähen und stopfen. Und außerdem –«
»– willst du es auch gar nicht können, oder?«, sagte sie.
»Außerdem sagt meine Stiefmutter immer, dass ich zwei linke Hände habe.«
Es stimmte: Jeremy hatte sich geweigert, Nähen und Stopfen zu lernen. Als Rita von ihm verlangt hatte, einen abgerissenen Hosenknopf wieder anzunähen und zwei Löcher in seinen Socken zu stopfen, hatte er ihr zum allerersten Mal nicht gehorcht. Schließlich hatte sein Vater zu Rita gesagt, sie hätten sich vor der Hochzeit geeinigt, dass Rita diese Arbeiten übernehmen würde. Zähneknirschend hatte sie es daraufhin gemacht.
»Dann werden wir wohl hierbleiben müssen!«, sagte Ivy.
»Und warum stopfst du die Risse nicht?«, fragte Jeremy.

»Ivy kann die Risse auf keinen Fall stopfen, weil sie blind ist«, mischte sich Rory ein. »Und meine Finger sind zu breit und können keine Nadel festhalten.«
»Aber Ivy kann doch mit ihren Händen fühlen, wo die Risse sind, oder?«
»Du willst dich nur drücken!«, sagte Ivy unfreundlich.
»Nein, will ich nicht!«, sagte Jeremy.
»Dann sind wir uns ja einig und Jeremy kann gleich mit dem Stopfen anfangen«, meinte Rory.
»Und womit soll ich die Risse und Löcher stopfen?«, fragte Jeremy.
»In der Tasche meiner Mutter ist ein magisches Nadelbuch«, antwortete Ivy.
Jeremy ballte die Fäuste. Wie es schien, kam er nicht um das Stopfen herum. Ihm blieb nichts anderes übrig, als seine Einstellung dazu zu ändern – genau wie auf den Möwenklippen, als Kriska von ihm verlangt hatte, Jakka beim Ausbrüten ihrer Eier zu helfen. Und so sagte er sich, dass viele berühmte Modeschöpfer Männer waren – und die mussten auch nähen und stopfen!
Das Nadelbuch von Ivys Mutter hatte auf den ersten Blick nichts Magisches an sich: Seine Hülle bestand aus grauem Leder und war mit grauem Stoff gefüttert. Sieben silbergraue Nadeln in unterschiedlicher Länge und mit verschieden großem Nadelöhr steckten darin.

»Sei vorsichtig!«, warnte Ivy, als Jeremy eine Nadel mit einem mittelgroßen Öhr herauszog. »Die Nadeln können dich sehr ernsthaft verletzen, wenn du nicht aufpasst.«

Im ersten Moment wollte Jeremy entgegnen, dass er bei sich zu Hause jeden Tag mit viel gefährlicheren Dingen als Nähnadeln umging. Aber dann sagte er nur: »Hast du Garn?«

Sie hielt ihm ein Knäuel aus grauem Garn hin.

Er nahm es. »Muss ich damit auch besonders vorsichtig sein?«, witzelte er.

»Allerdings«, sagte Ivy. »Mach niemals mehr als drei Knoten übereinander!«

»Wie bitte?«

»Ist doch nicht schwierig, oder?«, sagte Rory Fireball. »Du sollst allerhöchstens drei Knoten übereinandermachen.«

Ivy holte noch eine kleine spitze Schere aus der Umhängetasche. Diesmal verzichtete Jeremy auf eine spöttische Bemerkung und nahm ihr schweigend die Schere ab. Anschließend begleitete Rory ihn zur Ballonhülle und zeigte ihm die Stellen, an denen der Stoff eingerissen war. Jeremy setzte sich im Schneidersitz auf den Erdboden, in sicherer Entfernung von den Kakteen, und begann den ersten Riss zu stopfen.

Nur ein Nadelstich

Nach einer Weile stand Ivy auf und kam mit unsicheren Schritten auf den Ballon zu. Ihren Weg ertastete sie mit dem langen Stock, den sie langsam im Halbkreis vor sich herbewegte. Auf einmal schämte Jeremy sich, dass er vorgeschlagen hatte, sie solle die Risse im Ballon stopfen.

»Müssen wir Ivy nicht helfen?«, sagte er flüsternd zu Rory.

»Sie will keine Hilfe«, antwortete Rory, ebenfalls flüsternd. »Ich hab gefragt, ob ich sie führen soll, aber sie hat mir nur erlaubt, den Stock für sie zu suchen.«

»Wo seid ihr?«, rief da Ivy.

»Hier!«, antwortete Rory.

Ivy hatte den Ballon erreicht. Sie setzte sich auf einen Stein. »Kommst du gut voran, Jeremy?«, fragte sie.

»Ja«, sagte er. Die Risse schlossen sich fast von selbst und die Nadel hinterließ in dem Seidenstoff keine Löcher; es war tatsächlich wie Magie.

Er räusperte sich. »Was ich vorhin gesagt hab, tut mir leid.«

»Mir tut es auch leid, dass ich so schnippisch war«, sagte Ivy. »Ich glaube, meine Nerven haben in No Man's Land ziemlich gelitten.«

»Genau wie meine!«, sagte Rory Fireball und stieß eine kleine Rauchwolke aus.
Jeremys Herzschlag beschleunigte sich. Bislang hatte er es nicht gewagt, Ivy und Rory nach ihren Erlebnissen in No Man's Land zu fragen. Aber nun waren sie ja selbst auf diese Schreckenszeit zu sprechen gekommen ...
»Wie haben dich die Frauen behandelt?«, wandte er sich an Ivy. »Waren sie sehr brutal?«
»Nein«, sagte Ivy. »Sie haben mir gutes Essen gegeben und mir viel vorgelesen. Aber ich hab mir euretwegen schreckliche Sorgen gemacht. Einmal hab ich gehört, wie zwei Frauen über Rory gesprochen haben. Die eine hat gesagt, Rory wäre bösartig und deshalb sollten sie Rory lieber heute als morgen aus dem Weg schaffen.«
Jeremy sah zu der Drachin hinüber und wunderte sich, dass sie völlig ruhig blieb. Aber vielleicht hatte Ivy ihr schon davon erzählt, als er noch geschlafen hatte?
»Die zweite Frau hat Rory in Schutz genommen und gesagt, sie wäre immerhin ein weiblicher Drache und kein weibliches Wesen dürfte ein anderes weibliches Wesen umbringen«, erzählte Ivy weiter. »Die erste Frau hat erwidert, das wäre Unsinn und sie würden auch alle Möwen erschießen, ganz egal, ob es nun weibliche oder männliche Möwen wären. Ich bin

dann gleich zu Cassandra gegangen und hab gesagt: Rory ist meine beste Freundin und falls sie wirklich will, dass ich ihre Tochter werde, darf sie ihr unter keinen Umständen etwas antun!«

Jeremy glaubte sich verhört zu haben. »Du solltest Cassandras Tochter werden?«

»Cassandra wollte mich adoptieren«, sagte Ivy. »Die Frauen in No Man's Land können keine eigenen Kinder bekommen.«

»Und warum nicht?«

»Weil sie ein Gelübde abgelegt haben, niemals mehr einen Mann in ihre Nähe zu lassen.«

»Und warum lassen sie keine Männer in ihre Nähe?«, fragte Jeremy.

»Es hat mit Erfahrungen aus ihrer Vergangenheit zu tun«, antwortete Ivy.

»Was für Erfahrungen waren das?«

»Nun . . .« Ivy zögerte einen Moment. »Cassandra wurde als kleines Mädchen von ihrem Vater und ihren Brüdern sehr schlecht behandelt. Und später, als sie geheiratet hatte, hielt ihr Mann sie in einer Dachkammer gefangen, bis sie ihn eines Tages . . .«

»Was?«, fragte Jeremy, als Ivy nicht weitersprach.

»Was sie mit ihm gemacht hat, weiß ich nicht. Aber Cassandra musste fliehen.«

»Vor der Polizei?«

»Vermutlich. Andere Frauen, die ebenfalls schlimme

Erfahrungen mit Männern gemacht hatten, schlossen sich ihr an und gemeinsam bauten sie No Man's Land zu einer Art Festung aus.«

Jeremy schwieg betroffen.

»Ja, und wenn du dein Leben lang nur Böses erlebst, wirst du am Ende selber böse«, sagte Ivy.

»Glaubst du?«, sagte Jeremy zweifelnd. Seiner Meinung nach entschied jeder selbst, was aus ihm wurde.

»Ich hab jedenfalls so getan, als würde ich mich wahnsinnig darauf freuen, Cassandras Tochter zu werden«, fuhr Ivy fort. »Insgeheim hab ich nur auf den Tag gewartet, an dem ihr kommen und mich befreien würdet. Und – dem Himmel sei Dank! – ihr seid gekommen und habt mich befreit!«

»Wofür wir dir bis in alle Ewigkeit dankbar sein werden, Jeremy Golden!«, ergänzte Rory Fireball und schnaufte gefühlvoll.

»Wieso mir?«, wehrte Jeremy ab. »Du hast Ivy doch aus der Muschelburg befreit, Rory. Du und die Jungmöwen«, fügte er hinzu. »Übrigens hast du mir noch immer nicht erzählt, was aus Pekka, Tschakko und Leikka geworden ist!«

Die Drachin stieß ein paar graue Rauchkringel aus. »Die arme Pekka, der arme Tschakko«, sagte sie dumpf.

»Was ist denn passiert?«, fragte Jeremy beklommen.

»Die Frauen hatten die Zugbrücke hochgezogen und

alle Türen verrammelt«, begann Rory eher zögerlich. »Aber wir sind durch ein offenes Fenster in die Muschelburg geflogen. Ja, und dann haben wir überall nach Ivy gesucht: im Erdgeschoss, im zweiten Stock, im dritten . . . Schließlich sind wir im Dachgeschoss angekommen, Pekka, Tschakko und ich.«

Sie seufzte schwer. »Ivy lag auf dem Bett und schlief ganz fest. Vor lauter Freude hat Tschakko einen schrillen Schrei ausgestoßen. Plötzlich ist die Tür zum Nebenraum aufgegangen und zwei Frauen sind ins Zimmer gestürzt und haben . . . und haben Pfeile auf uns abgeschossen. Pekka und Tschakko sind getroffen zu Boden gestürzt, aber an meinen Schuppen . . . an meinen Schuppen sind die Pfeile einfach abgeprallt. Ich war so zornig – sooo zornig! –«, Rory schüttelte ihre Fäuste, »dass ich eine gewaltige Feuerwolke ausgestoßen habe! Die langen Gewänder der Frauen sind sofort in Flammen aufgegangen. Ihre Haare haben Feuer gefangen, alles . . . Ich hab Ivy gepackt, ihre Umhängetasche . . . und dann wollte ich mit ihr durchs Fenster . . . Aber die Vorhänge standen schon in Flammen und da hatte ich keine Zeit mehr, den Riegel aufzumachen. Ich hab das Fenster mit Gewalt aufgedrückt und dabei hab ich mir den Flügel verletzt . . . Ich hatte große Angst, dass ich nicht mehr fliegen könnte, aber irgendwie ist es doch gegangen . . . Pekka und Tschakko musste ich in der Muschelburg lassen . . . ich bin sicher, dass sie tot waren.«

Die Drachin hielt sich die Hände vor die Augen und schluchzte. Auch Ivy, die ihr Gesicht in den Händen vergraben hatte, schluchzte. Jeremy spürte ein verräterisches Kratzen im Hals. Aber er würde nicht weinen – nicht mehr!

»Das ist den Frauen nur recht geschehen!«, sagte er. »Glaubst du, sie sind alle verbrannt?«

Rory zuckte mit ihrem gesunden Flügel. »Von der Muschelburg ist nicht viel übrig geblieben, nehme ich an.«

»Und Leikka?«

»Leikka ist ganz allein zu den Möwenklippen zurückgeflogen.«

Jeremy merkte, dass er die Nadel schon eine längere Zeit nicht mehr durch den Stoff gezogen hatte. Hastig beugte er sich wieder über die Ballonhülle.

»Jetzt ist Pekka bei ihrer Mutter«, sagte er und dachte daran, was für eine treue Freundin die Jungmöwe gewesen war. Und nun hatte sie – ebenso wie Tschakko – ihren Mut und ihre Hilfsbereitschaft mit dem eigenen Leben bezahlt!

»Pekka ist bei ihrer Mutter?«, wiederholte Ivy fragend.

»Ja«, sagte Jeremy. »Ihre Mutter wurde auch von den Frauen in No Man's Land erschossen. Aber nun sind sie für immer zusammen und segeln durch die Lüfte und müssen nie mehr Angst haben!«

Er sah zum Himmel empor, als könnte er die beiden dort oben fliegen sehen. Auf einmal spürte er einen Schmerz in seinem linken Zeigefinger. Es war nur ein Nadelstich gewesen, aber das Blut quoll unglaublich schnell und in einem tiefroten Strom aus der Wunde.

»Mein Finger . . .«, stammelte er.

Ivy schrie auf. »Hast du dich gestochen?«

»Ja«, sagte er. »Und es blutet wie verrückt!«

»Um Himmels willen!«, rief Ivy. »Schnell, Rory, bring mir meine Tasche!«

Jeremy hielt seinen Finger in die Höhe, weil er hoffte, damit die Blutung zum Stillstand zu bringen. Das Blut floss jedoch unvermindert weiter. In seinen Ohren dröhnte es und er hatte das Gefühl, in einen langen, finsteren Tunnel zu gleiten.

Plötzlich stand Rory vor ihm.

»Ich soll das hier um dein Handgelenk legen.« Sie zeigte ihm etwas, doch er konnte nicht erkennen, was es war.

»Aber mein Finger blutet«, sagte er schwach.

»Ivy hat gesagt, um dein Handgelenk.« Rory legte etwas um Jeremys Handgelenk. Im selben Augenblick versiegte der Blutstrom.

»Ich hab dich doch gewarnt, dass die Nadeln sehr gefährlich sind«, hörte er Ivys Stimme. »Ohne den Efeu wärst du verblutet! Leg Jeremy in den Schatten, Rory, unter den Ballon!«

Dann wurde er ohnmächtig.

Der Habicht

Gegen Mittag kam Jeremy wieder unter der Ballonhülle hervor. Besorgt musterte er seine linke Hand. Auf der Kuppe seines Zeigefingers, dort wo ihn die magische Nadel gestochen hatte, entdeckte er etwas geronnenes Blut. Um das Handgelenk lief ein dunkelroter Streifen; den musste Ivys Efeuzweig hinterlassen haben, als er seine Ader abgeschnürt und ihm damit das Leben gerettet hatte! Der Streifen sah wie eine Tätowierung aus und Jeremy überlegte, ob er ihn wohl als bleibende Erinnerung behalten würde.

»Jetzt willst du uns bestimmt sagen, dass du auf gar keinen Fall weiternähen kannst, oder?«, fragte Ivy. Sie und Rory saßen im Sand und schienen darauf gewartet zu haben, dass er wach wurde.

»Im Gegenteil«, erwiderte Jeremy. »Ich möchte sofort weiternähen!«

»Du findest nicht, dass Nähen und Stopfen Frauenarbeit ist, die deine männliche Ehre verletzt?«, sagte Ivy überrascht.

»Nein! Außerdem musste ich auf den Möwenklippen viel unmännlichere Sachen machen.« Er ging zu dem Teil des Ballons, an dem der Stoff eingerissen war, und setzte sich im Schneidersitz davor. Die Nadel lag auf der Ballonhülle, mit dem grauen Faden darin, ge-

nau wie Jeremy sie zurückgelassen hatte. Auch die Blutflecken waren noch da.
»Aber sei diesmal vorsichtiger!«, sagte Ivy.
»Das werde ich.« Jeremy ergriff die Nadel.
»Und was für unmännliche Sachen musstest du auf den Möwenklippen machen?«, fragte Rory.
»Da war eine Gorilla-Möwe, Kriska«, begann Jeremy. Und dann erzählte er, wie Kriska von ihm verlangt hatte, Jakka beim Ausbrüten ihrer Eier zu helfen. Er erzählte vom Umdrehen der Eier, von den zarten Stimmchen, die ihm zugeflüstert hatten, wie viele Tage sie noch träumen würden, von Kriskas Ei und wie sie es aufrecht hingestellt hatten, von der glücklichen Geburt des Babys und wie Pekka ihn zu den im Sand verscharrten Eierschalen geführt hatte.
Nachdem er geendet hatte, gähnte Rory. »Entschuldige«, sagte sie. »Aber ich bin ziemlich erledigt.«
»Du musst dich nicht entschuldigen«, antwortete Jeremy. »Warum schläfst du nicht noch ein bisschen?«
Dankbar rollte sich die Drachin im Sand zusammen. Ivy fing an, ihren Proviant zu zählen. Dann sank ihr Kopf vornüber und sie schlief, genau wie Rory.
Inzwischen war Jeremy mit dem Stopfen fast fertig. Vorsichtig steckte er die Nadel ein letztes Mal in den Stoff, als plötzlich der Schatten eines Vogels auf die Ballonhülle fiel. Er hob den Kopf und erblickte einen Habicht, der majestätisch über ihm kreiste. Ohne er-

kennbare Scheu flog der Habicht näher und landete wenige Meter von ihm entfernt auf einem Stein. Er war riesengroß, bestimmt so groß wie Kriska, und hatte dunkelbraunes Gefieder, mit einigen weißen und roten Federn auf der Brust. Beim Anblick seines scharfen, gebogenen Schnabels und seiner kräftigen Füße mit den langen, dolchartigen Krallen überlief Jeremy ein eisiger Schauer.

Der Habicht musterte ihn eindringlich, bevor er mit einer tiefen, kratzigen Stimme sagte: »Und du bist der Junge, der die Vogelsprache spricht?«

Jeremy starrte ihn verdutzt an. Aber dann erinnerte er sich, dass er ja auch verstanden hatte, was die Möwen auf den Möwenklippen und die kleinen grauen Vögel in Greyland gesprochen hatten.

»Woher weißt du, dass ich die Vogelsprache spreche?«, fragte er.

»Von Singing Bone«, antwortete der Habicht.

»Und wer ist Singing Bone?«

»Eine Schamanin.«

»Und woher weiß Singing Bone, dass ich die Vogelsprache verstehe?«

»Eine Schamanin weiß vieles«, sagte der Habicht. »Du hast mich gerufen?«

»Ich?«, wunderte sich Jeremy. »Nein!«

»Manchmal kann man jemanden ganz ohne Worte herbeirufen, nur mit seinen Gedanken«, entgegnete der Habicht. Er deutete auf Ivy und Rory. »Die beiden sind krank?«

»Sie . . . sind nicht wirklich krank, ich meine: Sie haben kein Fieber oder so«, stotterte Jeremy. Er konnte sich noch immer nicht erklären, woher der Habicht all diese Dinge wusste. »Aber Rory hat ihren Flügel gebrochen und Ivy ist blind geworden.«

»Ich bin sicher, dass Singing Bone ihnen helfen kann«, sagte der Habicht.

Vor Freude schlug Jeremys Herz schneller. »Ist sie so etwas Ähnliches wie ein Medizinmann?«

»Ein Medizin*mann* ganz bestimmt nicht.« Der Habicht schüttelte sein Gefieder.

»Dann eben eine Medizin*frau«*, verbesserte Jeremy.

»Singing Bone ist eine Seherin und Heilerin«, erklärte der Habicht. »Sie lebt auf dem Ghost Mountain und wer zu ihr will, muss steile Berghänge und tiefe Schluchten überwinden. Ob deine Freunde, das blinde Mädchen und der Drache mit dem gebrochenen Flügel, den Weg zu ihr schaffen können, weiß ich nicht.«

»Wir haben einen Ballon!« Jeremy deutete auf die Ballonhülle. »Mit dem können wir hinter dir herfliegen.«

Ziemlich abschätzig beäugte der Habicht den Ballon. »Fliegen? Und wo sind die Federn?«

»Ein Ballon braucht keine Federn. Er wird mit heißer Luft angetrieben.«

»Na, mir soll's recht sein«, sagte der Habicht. »Seid ihr bereit?«
Jeremy sah zu Rory und Ivy hinüber, die noch immer schliefen. »Könntest du vielleicht in einer Viertelstunde wiederkommen? Bis dahin sind wir fertig.«
»Ruf mich«, sagte der Habicht, »dann werde ich kommen.«
»Und wie soll ich dich rufen?«, fragte Jeremy. »Ich –«, *weiß ja noch nicht mal deinen Namen!,* wollte er sagen, aber da hatte sich der Habicht schon in die Luft erhoben und war davongeflogen.
Jeremy zog den Faden aus dem Nadelöhr und machte einen Knoten . . . dann noch einen . . . aber nicht mehr als drei Knoten, wie Ivy es ihm eingeschärft hatte. Er durchtrennte den Faden mit der Schere und steckte die Nadel in das magische Nadelbuch zurück.
Anschließend weckte er Rory und Ivy und berichtete ihnen von seinem Gespräch mit dem Habicht. Die beiden bestürmten ihn mit Fragen. Doch als sie merkten, dass Jeremy auch nichts Näheres über Singing Bone wusste, machten sie sich in großer Hast daran, die Ballonhülle auseinanderzufalten. Jeremy brachte das Gepäck in die Gondel und Ivy und Rory stiegen ein. Dann hielt Jeremy die Ballonhülle in die Höhe und Rory stieß vorsichtig einen Feuerstoß aus.
Mit einem komischen Gefühl im Magen wartete Jere-

my darauf, was nun geschehen würde. Möglicherweise hatte er die Risse doch nicht fachgerecht gestopft? Aber unter Rorys neuerlichen Feuerstößen faltete sich die Seidenhülle vollständig auf und Jeremy musste sich beeilen, in die Gondel zu kommen, ehe der Ballon vom Boden abhob.

Er sah sich nach dem Habicht um, konnte ihn jedoch nirgendwo entdecken. Sollte er einfach »Habicht« rufen?, überlegte er.

Aber dann hatte er eine bessere Idee: »Singing Bone!«, rief er. Und noch einmal: »Singing Bone!«

Lautlos, fast wie ein Geist, erschien der Habicht am Himmel.

»Wir sind so weit!«, rief Jeremy.

»Das sehe ich«, sagte der Habicht.

»Hat der Habicht geantwortet?«, fragte Ivy.

»Ja. Er hat gesagt: ›Das sehe ich.‹ – Flieg nicht zu schnell«, rief Jeremy ihm zu. »Ein Ballon ist kein Habicht!«

»Das sehe ich«, sagte der Habicht.

»Und was hat er jetzt gesagt?«, wollte Ivy wissen.

»Dasselbe.«

Rory Fireball sagte nichts, aber sie hatte auch genug damit zu tun, die Länge und Stärke ihrer Feuerstöße so zu dosieren, dass ihr Ballon in dieselbe Richtung wie der Habicht flog.

Jeremy spähte in die Tiefe. Unter ihnen lagen mächtige Bergketten, die immer wieder von tiefen Canyons unterbrochen wurden.

Wie gut, dass sie in dieser wild zerklüfteten Landschaft nicht zu Fuß unterwegs sein mussten!, dachte er.

Singing Bone

Der Habicht flog einen Berg an, dessen Hänge mit massiven Granitblöcken übersät waren, und landete auf einem der Granitblöcke.

»Lebt hier Singing Bone?«, rief Jeremy ihm zu.

»Ja, das ist der Ghost Mountain«, sagte der Habicht.

Die Landung des Ballons war schwieriger, als Jeremy geglaubt hatte. Erst nach mehreren Versuchen gelang es Rory, den Ballon auf einer sandigen Fläche niedergehen zu lassen. Sie stiegen aus.

»Sollen wir unser Gepäck mitnehmen oder hierlassen?«, fragte Jeremy.

»Das ist eure Entscheidung«, antwortete der Habicht.

»Ist es denn noch weit?«

»Ihr Menschen wollt immer alles ganz genau wissen«, sagte der Habicht mit leisem Spott. »Eure Tage teilt ihr in Stunden und Minuten ein, eure Wege in Meilen ... warum lasst ihr euch nicht vom Strom der Zeit ans Ziel tragen, so wie ich?«

»Weil wir keine Habichte sind«, erwiderte Jeremy. »Und weil Rory einen gebrochenen Flügel hat und Ivy nichts sehen kann!«, fügte er leicht gereizt hinzu.

»Es ist *nicht* mehr weit«, sagte der Habicht in versöhnlicherem Ton. »Wenn ihr wollt, führe ich euch gleich hin. Ihr könnt dann später wiederkommen und eure Sachen holen.«

»Und unser Ballon? Ist der hier sicher?«, fragte Jeremy besorgt.

»Vollkommen sicher«, antwortete der Habicht.

»Was hat der Habicht gesagt?«, wollte Rory wissen.

»Dass der Ballon vollkommen sicher ist«, sagte Jeremy. »Gehen wir!« Er fasste Ivys Unterarm und sie ließ es geschehen.

Der Habicht flog voraus und Jeremy, Ivy und Rory folgten ihm. Ein schmaler Pfad, der von Agaven mit fleischigen, lanzenartigen Blättern gesäumt wurde, führte bergauf.

Nachdem sie eine längere Strecke gegangen waren, sah Jeremy eine dünne Rauchsäule aufsteigen.

Ivy blieb abrupt stehen. »Feuer!«, sagte sie mit zitternder Stimme.

»Es ist nur ein Lagerfeuer«, versuchte Jeremy sie zu beruhigen.

Ivy sagte nichts, doch sie ging langsam weiter.

Nach einer Weile passierten sie zwei Granitblöcke, die wie gigantische Wächter zu beiden Seiten des Pfades standen, und kamen auf einen von hohen Felsen umschlossenen Platz. In seiner Mitte kauerte eine Frauengestalt vor einem Feuer.

»Ist das –«, *Singing Bone,* wollte Jeremy fragen, aber als er zu dem Habicht hinaufsah, war der verschwunden.

Die Gestalt am Feuer rührte sich nicht. Sie hatte schwarze Haare, die zu zwei dicken Zöpfen geflochten waren. Ihre Kleidung bestand aus einer roten Bluse, einem langen blauen Rock, roten Strümpfen und braunen Sandalen. Um ihre Schultern hing ein Cape, das aus einer Vielzahl von Tierfellen genäht war. Die Frau war in sich zusammengesunken und es sah aus, als würde sie schlafen.

»Sind Sie Singing Bone?« Jeremy machte einen zögernden Schritt auf die Frau zu. Auch jetzt zeigte sie keine Reaktion.

»Was ist?«, fragte Ivy flüsternd.

»Am Feuer sitzt eine Frau, aber sie rührt sich nicht«, antwortete Jeremy.

»Sie ist bestimmt in Trance«, sagte Ivy.

»Und was bedeutet das: in Trance?«, fragte Rory Fireball.

»Wenn sie in Trance ist, sieht sie Dinge, die andere nicht sehen können. Gleichzeitig nimmt sie nichts von dem wahr, was um sie herum passiert«, erklärte Ivy.

Jeremy zuckte zusammen, als Ivy vom »Sehen« sprach.

Aber es war ja nicht seine Schuld, dass sie blind geworden war, sagte er sich dann. Und außerdem würde ihr die Schamanin helfen, ihre Sehkraft zurückzugewinnen!

»Solange Singing Bone in Trance ist, kann ich mich doch noch ein bisschen hinlegen, oder?«, fragte Rory Fireball.
»Ja, warum nicht«, sagte Ivy.
Die Drachin suchte sich eine Ecke und rollte sich zum Schlafen zusammen.
»Und was machen wir?«, fragte Jeremy.
»Wir setzen uns zu Rory und warten«, sagte Ivy. »Bringst du mich hin?«
»Sicher.« Jeremy fasste ihren Unterarm und führte sie zu Rory. Dort setzten sie sich auf die Erde.
Jeremy blickte zu Singing Bone hinüber, die sich in der Zwischenzeit nicht bewegt hatte. Er versuchte zu schätzen, wie alt sie war. Fünfzig? Sechzig? Ihre von tiefen Falten durchzogene Haut ließ sie schon recht alt aussehen, aber ihr Haar war noch tiefschwarz wie das einer jungen Frau.
Sein Blick wanderte zum Feuer. Zwischen den glimmenden Hölzern entdeckte er zu Sträußen gebundene Kräuter, die einen betäubenden Geruch verströmten. Wahrscheinlich lag es an diesem Geruch . . . auf einmal fielen ihm die Augen zu und er schlief ein.

Die Erscheinung

Als Jeremy wieder aufwachte, war es Nacht. Mit Herzklopfen sah er sich um. Das Feuer in der Mitte des Platzes war schon weit heruntergebrannt, aber der betäubende Geruch der Kräuter hatte sich eher noch verstärkt. Regungslos, mit geschlossenen Augen, kauerte Singing Bone vor dem Feuer. Die Flammen warfen zuckende Schatten auf ihr Gesicht und in dem gespenstischen rötlichen Licht wirkten ihre Züge wie aus Stein gehauen.
Schaudernd wandte Jeremy den Blick ab.
»Rory?«, sagte er.
Die Drachin schnaufte, doch sie wachte nicht auf.
»Rory?«, versuchte er es noch einmal.
Auf keinen Fall wollte er der Einzige sein, der in dieser unheimlichen Umgebung, in solch finsterer, mondloser Nacht wach war!
Die Drachin stieß eine kleine Rauchwolke aus, murmelte etwas – und schlief weiter.
Jeremy überlegte, ob er Ivy wecken sollte. Aber diesen Gedanken verwarf er schnell wieder; für Ivy war es nach allem, was sie durchgemacht hatte, bestimmt am besten, wenn sie schlief!
Da hörte er ein leises Rascheln. Er presste die Hand auf den Mund, um sich nicht durch ein Geräusch zu ver-

raten. Angespannt horchte er. Das Rascheln wiederholte sich. Er kroch näher ans Feuer heran – Feuer vertrieb wilde Tiere – und hob entschlossen einen Stein auf. Was auch immer da im Schutz der Dunkelheit herangeschlichen kam . . . er würde gewappnet sein!

Auf einmal sah er zwischen den beiden großen Granitblöcken, die den Eingang bewachten, etwas flattern: ein altmodisches Gewand, wie es schien. Also war es gar kein Tier? Jeremy ließ den Stein wieder fallen. Es musste eine Frau sein, denn Männer trugen keine langen, fließenden Gewänder! Die Frau ging barfuß, was ihm sehr sonderbar vorkam. Aber die spitzen Steine schienen ihr nichts auszumachen, denn sie schwebte beinahe über sie hinweg. Seltsamerweise war das Gesicht der Frau mit Tüchern verhüllt. Nun hatte sie Jeremy fast erreicht. Sie streifte die Tücher zurück und –

»Mama!«, schrie er auf.

»Jeremy!«, antwortete sie.

Einen Moment war er wie gelähmt. Dann sprang er auf seine Füße, lief zu ihr und umarmte sie. Seine Mutter fühlte sich kalt an, eiskalt.

»Mein Junge!«, sagte sie. Und wieder: »Mein Junge!«

»Mama . . .«, sagte er.

»Du bist älter und reifer geworden!« Auf ihren sonderbar verwischt wirkenden Gesichtszügen malte sich ein schwaches Lächeln.

»Findest du?« Es war schon so lange her, seit Jeremy sich das letzte Mal im Spiegel betrachtet hatte.
»Ja«, sagte sie. »Ich bin froh, dass du in die Welt hinausgegangen bist und Freunde gefunden hast! Du warst so einsam und so verloren in deinem Schmerz.«
»Du hast mich gesehen?«, fragte er verwirrt.
»Wir Toten können euch Lebenden manchmal von drüben zusehen, wenn wir es nur stark genug wollen«, antwortete sie.
»Wir Toten«, hatte sie gesagt . . . Jeremy erschrak bis ins Mark. Ihm war selbst nicht klar, was er gedacht hatte, als seine Mutter die grauen Tücher zurückgeschlagen hatte –, doch keine Sekunde hatte er geglaubt, einer Toten gegenüberzustehen.
Beklommen musterte er sie. Ihre Augen lagen in tiefen Höhlen und hatten allen Glanz verloren, ihre Wangen waren eingefallen und ihr Kinn war ganz spitz geworden. Müde sah sie aus, schrecklich müde . . .
»Ist das ein Traum?«, fragte er.
»Nein«, sagte sie.
Aber es konnte doch nur ein Traum sein! Er biss sich auf die Unterlippe, um herauszufinden, ob er träumte oder nicht – und gab einen erstickten Schrei von sich. Der Schmerz in seiner Lippe war sehr real und er hatte sogar einen leichten Blutgeschmack auf der Zunge.

Jeremy spürte, wie die Eiseskälte allmählich auf ihn übergriff. Dieser Kälte würde er nicht lange standhalten!
»Können wir näher an das Feuer herangehen?«, bat er.
»Nein, ich muss das Feuer meiden«, antwortete sie.
Eine Pause trat ein. Dann sagte Jeremy: »Kann ich dich etwas fragen, Mama?«
»Sicher, mein Junge.«
Er schluckte. »Wie . . . ich meine, woran bist du gestorben?«
Die Züge seiner Mutter schienen sich noch mehr zu verwischen. »Das wird dir dein Vater erklären. Er wartet darauf, dass du ihn fragst.«
»Er wartet darauf?«, wiederholte Jeremy ungläubig. »Ich *hab* ihn doch gefragt! Aber er hat mir nie eine Antwort gegeben!«
»Bisher konnte er nicht mit dir darüber sprechen. Aber das ist jetzt anders.«
Wieder entstand eine Pause. Dann sagte sie: »Ich muss zurück. Lebe wohl, mein Junge! Lass es dir gut gehen und hab ein langes, glückliches Leben!«
»Lebe wohl, Mama«, sagte Jeremy leise.
Das Feuer loderte hell auf und zischte, als hätte jemand Holz nachgelegt. Jeremy fuhr herum. Aber Singing Bone war noch immer in Trance versunken und Rory und Ivy schliefen.

Er drehte sich wieder zu seiner Mutter um. Sie war nicht mehr da.
Vor Kälte schlugen Jeremy die Zähne aufeinander. Er ging zu Rory und legte sich neben ihren warmen, lebendigen Körper. Langsam, ganz langsam wich die Kälte aus seinen Gliedern und machte einer großen Erschöpfung Platz. Er schlief ein.

Du bist uns willkommen, Jeremy Golden!

Jeremy schlief noch immer, als die Sonne schon hoch über dem Ghost Mountain stand. Weder die Sonnenstrahlen noch die Mittagshitze hatten ihn wecken können. Das schaffte erst eine Fliege, die sich in sein rechtes Nasenloch setzte. Mit einem Niesen wachte er auf und rieb sich die Augen.

»Du warst wohl noch müder als ich!« Rory Fireball, die ein paar Schritte von ihm entfernt vor einem sorgfältig aufgeschichteten Stoß aus Zweigen und Hölzern saß, stieß ein heiseres Kichern aus.

Jeremy räusperte sich. Sollte er Rory erzählen, was in der Nacht geschehen war? Nein, entschied er; erst einmal würde er sein Erlebnis für sich behalten. Vielleicht würde er später Ivy davon erzählen. Er sah sich um. Wo war sie überhaupt? Auch Singing Bone sah er nicht; nur das Cape der Schamanin lag auf einem Stein.

»Die beiden sammeln Holz«, sagte Rory. »Normalerweise müsste Ivy ihr Holz ganz allein sammeln. Aber weil sie blind ist, führt Singing Bone sie zu den Stellen, wo Hölzer und Zweige liegen. Nur das Einsammeln und Tragen muss Ivy selbst machen. Sonst bleibt die Geisterbeschwörung wirkungslos, hat Singing Bone gesagt.«

»Welche Geisterbeschwörung?«, fragte Jeremy.
»Heute Abend, wenn die Sonne untergegangen ist, will Singing Bone Ivys Augen heilen«, antwortete die Drachin feierlich. »Und meinen Flügel auch!«
Ungeduldig wartete Jeremy auf die Rückkehr von Ivy und Singing Bone.
Endlich kamen sie. Die Schamanin führte Ivy am Arm, die eine Kiepe voller Zweige und Hölzer auf ihrem Rücken trug. Singing Bone nickte Jeremy freundlich zu, sagte aber nichts.
»Ich ... äh ... bin Jeremy«, stellte er sich vor. »Jeremy Golden.«
»Du bist uns willkommen, Jeremy Golden«, sagte Singing Bone in einem weichen, singenden Tonfall.
Er wunderte sich über die ungewöhnliche Begrüßung. Wen konnte die Schamanin mit »uns« meinen? Sicherlich nicht Ivy und Rory, denn die waren ja gleichzeitig mit ihm auf dem Ghost Mountain angekommen.
Singing Bone setzte sich vor das heruntergebrannte Feuer und machte die Augen zu. Jeremy war ein wenig enttäuscht; er hatte erwartet, dass sie besprechen würden, wie es weitergehen sollte.
»Und was passiert nun?«, wandte er sich flüsternd an Rory Fireball.
»Jetzt ruft Singing Bone ihre Schutzgeister«, antwortete die Drachin.

»Hierher?«, fragte Jeremy lauter, als er eigentlich wollte.
»Psst!«, warnte Rory ihn. »Wir dürfen Singing Bone nicht stören. Es ist schon schwierig genug für sie, ihre Schutzgeister herbeizurufen. Sie hat vier, hat sie uns gesagt, aber zwei haben ihr in letzter Zeit nicht mehr richtig gehorcht. Und ohne die Hilfe ihrer Schutzgeister kann sie keine Geisterbeschwörung durchführen.«
Jeremy schwieg.
»Wir müssen uns jetzt auch auf die Geisterbeschwörung konzentrieren«, fuhr Rory fort.
»Wir?«, sagte Jeremy betroffen.
»Nein, du nicht. Für dich machen wir ja keine Geisterbeschwörung. Oder hast du etwas, das Singing Bone heilen soll?«
»Ich? Nein.« Jeremy blickte zu Ivy hinüber. Sie hatte damit begonnen, die Zweige und Hölzer aufzuschichten. Doch ihr Häuflein fiel immer wieder in sich zusammen. »Glaubst du, ich soll Ivy helfen?«
»Helfen? Wobei?«, fragte Rory.
»Beim Aufschichten der Hölzer.«
»Das muss sie ganz allein machen.« Rory stieß eine kleine Rauchwolke aus und schloss die Augen.
Das unangenehme Gefühl, überflüssig und fehl am Platz zu sein, beschlich Jeremy. Um sich abzulenken, stand er auf und ging zu den beiden großen Granit-

blöcken, zwischen denen er in der Nacht seine Mutter gesehen hatte.

Wie er halbwegs erwartet hatte, war niemand dort. Er blickte den Pfad hinunter, auf dem er gestern mit Ivy und Rory gekommen war, und entdeckte einen zweiten, noch schmaleren Pfad, der weiter bergauf führte.

Er beschloss, dem zweiten Pfad zu folgen.

Ghost Mountain

Zuerst fand Jeremy es sehr aufregend, ganz allein den Berg hinaufzusteigen. Eine fast andächtige Stille herrschte; ja sogar der Wind war verstummt. Es schien, es wäre der Ghost Mountain selbst in einer Art Trance versunken! Unterwegs begegnete Jeremy nur ein einziges Lebewesen: eine hellgraue Eidechse. Aber auch die erspähte er nur für ein paar Sekunden; dann war sie in ein Erdloch gehuscht.
Immer stärker setzte ihm nun die Hitze zu. Nachdem er ungefähr eine halbe Stunde gegangen war, blieb er stehen und wischte sich den Schweiß von der Stirn. Die Landschaft um ihn herum hatte sich kaum verändert und er überlegte, ob er nicht wieder umkehren sollte. Aber die Aussicht, unbeteiligt dazusitzen, während sich Ivy und Rory Fireball auf die Geisterbeschwörung vorbereiteten, fand er nicht sehr verlockend und so setzte er seinen Weg fort.
Als sich der Pfad gabelte, schlug er den linken Weg ein. Auch dieser Pfad schien sich endlos zu dehnen. Inzwischen hatte Jeremy schrecklichen Durst. Mehrmals blieb er stehen, um sich den Schweiß abzuwischen. Und mit jedem Halt wurde er durstiger.
Der Pfad führte jetzt bergab und durchquerte eine sandige Ebene, die wie ein trockenes Flussbett aus-

sah. Danach ging es wieder bergauf und dann gabelte sich der Weg aufs Neue. Diesmal schlug Jeremy den rechten Pfad ein.
Nach einer längeren Strecke erreichte er einen verkrüppelten Baum, der ihm bekannt vorkam. Konnte es sein, dass er die ganze Zeit im Kreis gelaufen war? Wenn doch nicht alles so gleichförmig aussehen würde!, dachte er.
Hinter dem Baum war kein Pfad mehr zu erkennen; nun musste er sich seinen eigenen Weg zwischen den Büschen und Kakteen suchen. Eher zögerlich ging er noch ein Stück – und dann machte er kehrt.
Aber irgendetwas stimmte nicht ... vor ihm erhoben sich plötzlich schroffe, zerklüftete Felswände. Also hatte er sich doch verlaufen! Er spürte eine unbestimmte Angst in sich aufsteigen. Am besten ruhte er sich ein paar Minuten aus und überlegte, was er weiter tun wollte! Jeremy fand eine kleine Höhle im Felsen, in der es schattig und kühl war. Er setzte sich in den Sand und schloss seine von der Sonne brennenden Augen.
Als er sie wieder öffnete, hatte er das beunruhigende Gefühl, beobachtet zu werden. Und wirklich: Draußen vor der Höhle bewegte sich etwas! Er sah ein Tier, das an einen großen Hund erinnerte, hinter einem Busch hervorkommen. Aber es war kein Hund ... das Tier hatte die lange, spitz zulaufende

Schnauze, die großen breiten Ohren und die eng beieinanderliegenden Augen der Kojoten! Jeremy sträubten sich die Haare. Der Kojote war so mager, dass sich unter seinem struppigen gelbbraunen Fell die Rippen abzeichneten. In diesem halb verhungerten Zustand würde er mit Sicherheit alles angreifen und fressen, was ihm über den Weg lief!, dachte Jeremy voller Entsetzen.

Hastig stand er auf, um größer und imposanter zu wirken. Doch der Kojote kam unbeeindruckt näher.

»Geh weg!«, schrie Jeremy ihn an. »Geh weg und lass mich in Ruhe!«

Er lief ein paar Schritte auf den Kojoten zu, um ihn in die Flucht zu schlagen. Der Kojote blieb stehen und taxierte Jeremy mit seinen gelben Augen.

Verzweifelt sah sich Jeremy nach einer Waffe um. Unter einem Strauch entdeckte er einen kräftigen Stock mit abgebrochenen Ästen, die wie Spieße vorstanden; rasch hob er ihn auf und hielt ihn dem Kojoten drohend entgegen.

Der Kojote senkte den Schwanz und dann sagte er mit einer heiseren Stimme: »Du musst keine Angst haben. Ich bin nur hergekommen, weil ich dich um einen Gefallen bitten wollte.«

Im ersten Moment glaubte Jeremy, einen Sonnenstich zu haben. Wieso hatte er verstanden, was der Kojote gesagt hatte? Daran, dass er mit den Vögeln sprechen konnte, war er ja allmählich gewöhnt. Aber dass er auch die Sprache der Kojoten verstand . . .

Als er sich wieder gefasst hatte, fragte er: »Und was für ein Gefallen soll das sein?«

Der Kojote drehte den Kopf so, dass Jeremy eine Schwellung an seinem Unterkiefer erkennen konnte.

»Zwischen meinen Backenzähnen steckt ein Knochensplitter«, sagte er. »Ich hab schon alles Mögliche versucht, um ihn rauszukriegen, aber er hat sich bloß noch tiefer ins Fleisch gebohrt. Es tut fürchterlich weh und fressen kann ich auch nichts mehr. Jetzt hat die Wunde angefangen zu eitern, und wenn du mir nicht hilfst, muss ich sterben.«

»Und sobald ich dir ins Maul greife, beißt du mich, oder etwa nicht?«, sagte Jeremy.

»Glaubst du, ich wäre so undankbar?«, entgegnete der Kojote.

»Ja!« Jeremy kannte die Legenden, die man sich über die Kojoten erzählte. »Ihr Kojoten seid die trickreichsten und hinterhältigsten unter den Tieren!«

»Dann schlage ich dir ein Geschäft vor«, sagte der Kojote.

»Was für ein Geschäft?«

»Du ziehst den Knochensplitter raus und ich bring dich zu Singing Bone!«

»Du kennst Singing Bone?«, sagte Jeremy verwundert.

»Ja«, antwortete der Kojote.
Jeremy musterte den Kojoten; der Blick seiner schräg gestellten Augen wirkte verschlagen und tückisch.
»Und womit soll ich den Splitter rausziehen? Ich hab kein Messer, keine Pinzette – gar nichts«, sagte er. »Außerdem sind meine Hände schmutzig!« Er zeigte dem Kojoten seine Hände, die in der Tat nicht besonders sauber waren.
»Hast du kein Wasser, mit dem du sie waschen kannst?«, fragte der Kojote.
»Nein!«, antwortete Jeremy.
»Aber kein Mensch geht ohne Wasservorrat auf den Ghost Mountain!«, sagte der Kojote.
»Doch, ich«, knurrte Jeremy. Von einem Kojoten daran erinnert zu werden, wie leichtsinnig er gehandelt hatte, war nicht sehr angenehm!
»Dann musst du es eben mit ungewaschenen Händen machen«, sagte der Kojote.
»Auf deine Verantwortung!« Jeremy legte den Stock in den Sand und wischte seine Hände an der Hose ab. Anschließend herrschte er den Kojoten an: »Zeig mir den Splitter!« Er war absichtlich so grob, um den Kojoten einzuschüchtern.
Der Kojote gehorchte, aber der faulige Geruch, der aus seinem Maul kam, war das Schlimmste, was Jeremy jemals gerochen hatte. Angeekelt wich er zurück.

»Was ist?«, sagte der Kojote. »Willst du nicht sehen, wo der Splitter steckt?«
Jeremy hustete ein paarmal. »Doch.«
Wieder öffnete der Kojote sein Maul. Diesmal war Jeremy auf den entsetzlichen Gestank vorbereitet. Er holte tief Luft, dann beugte er sich vor und guckte dem Kojoten ins Maul. Beim Anblick der grässlichen Reißzähne grauste es ihn. Aber noch mehr erschrak er, als er das entzündete, violett verfärbte Zahnfleisch sah, aus dem ein Knochensplitter, fast so lang wie sein Daumen, ragte. Mit Todesverachtung griff er dem Kojoten ins Maul. Der Kojote hielt ganz still. Mehrmals rutschte Jeremy ab, aber endlich bekam er den Splitter doch zu fassen; mit aller Kraft ruckte und rüttelte er daran. Auf einmal heulte der Kojote so schmerzvoll auf, dass es Jeremy durch Mark und Bein ging. Aber der Knochensplitter war frei und blitzschnell zog Jeremy seine Hand zurück. Blut und Speichel tropften aus dem Maul des Kojoten. Er winselte, dann drehte er sich um und lief davon.
»He!«, rief Jeremy ihm nach. »Hast du vergessen, was du versprochen hast?«
»Nein«, rief der Kojote zurück. »Aber hast du vergessen, wie trickreich und hinterhältig wir Kojoten sind? Siehst du, dieses Vorurteil hat sich nun bestätigt!«
Dann war er hinter den Sträuchern verschwunden.

Die Klapperschlange

Jeremy hob den Stock auf und ging in die Felsenhöhle zurück. Er hatte gerade begonnen, seine blutverschmierten Hände mit Sand abzureiben, als er ein eigenartiges Geräusch hörte: Es klang wie eine Kinderrassel.

Nach einer Pause wiederholte sich das Geräusch und diesmal dachte Jeremy, dass es sich eher wie das Klappern von Kastagnetten anhörte. Bei dem Wort »Klappern« zuckte er zusammen, als hätte er einen elektrischen Schlag bekommen: Das musste eine Klapperschlange sein! Und nun sah er die Schlange auch: Sie lag zusammengerollt vor dem Eingang der Felsenhöhle; ihr armdicker, braun und gelb gefleckter Körper hob sich kaum vom Erdboden ab. Sie hatte einen breiten, fast dreieckigen Kopf und eine dunkle, in der Mitte gespaltene Zunge, die in seine Richtung züngelte. Ihre grünlich schimmernden Augen mit den senkrechten Pupillen waren starr auf ihn gerichtet, während ihre Schwanzspitze mit den Horngliedern hin- und hervibrierte und den klappernden Ton erzeugte.

Wenn Jeremy gekonnt hätte, wäre er davongerannt; doch er saß in der Falle. Panik stieg in ihm hoch und überlagerte für einen Moment alle anderen Empfindungen. Aber dann besann er sich und dachte daran, dass er ja auch mit den grauen Vögeln, den Gorilla-Möwen und dem Kojoten gesprochen hatte. Vielleicht würde es ihm gelingen, die Klapperschlange in ein Gespräch zu verwickeln?

Besonders höflich wandte er sich an die Klapperschlange: »Würdest du so nett sein und mich durchlassen? Singing Bone erwartet mich nämlich!« Möglicherweise kannte die Klapperschlange Singing Bone, dachte er dabei. Die Wahrscheinlichkeit war nicht sehr hoch, aber er durfte nichts unversucht lassen.

Die Schlange reagierte nicht. Jeremy fürchtete schon, dass sie ihn nicht verstanden hatte, als sie mit einer zischelnden Stimme sagte: »Warum sollte ich dich durchlassen? Du bist in meine Höhle eingedrungen!«

»Ja, aber nicht mit Absicht«, erwiderte Jeremy. »Wenn ich gewusst hätte, dass dies deine Höhle ist –« Er sprach nicht weiter. Die Klapperschlange hatte sich aufgerichtet.

Jeremy tastete hinter seinem Rücken nach dem Stock. Fast hätte er einen Freudenschrei ausgestoßen, als er ihn fand. Er schloss seine Hand um den Stock – und dann wartete er.

»Spar dir deine Reden«, fauchte die Schlange. »Ihr Menschen habt kein Mitleid mit uns Klapperschlangen und deshalb werde ich kein Mitleid mit dir haben!«

»Nicht alle Menschen sind gleich«, entgegnete Jeremy. »Ich zum Beispiel würde dir nie etwas tun.«
»Lügen, alles Lügen«, sagte die Klapperschlange kalt.
»Es sind keine Lügen!«, versicherte Jeremy. »Ich –«
Aber da glitt die Klapperschlange auf ihn zu. In einem blitzartigen Reflex hob Jeremy seine Hand mit dem Stock und schlug auf die Schlange ein. Es krachte und er verlor die Besinnung.
Als Jeremy wieder zu sich kam, spürte er einen scharfen Schmerz in seinem linken, stark angeschwollenen Arm. Er untersuchte den Arm und entdeckte unterhalb des Ellbogens, wo die Schlange ihre Giftzähne in seine Haut geschlagen hatte, zwei dunkelrote Punkte. Entsetzen packte ihn. Er drehte den Kopf zur Seite und sah die Schlange im Sand liegen. Allem Anschein nach war sie tot, denn der Stock steckte noch immer in ihrem Schädel. Ihm wurde übel und er musste sich übergeben.
Wie schnell mochte das Schlangengift wirken? Sein Arm war schon ganz taub, er hatte einen grässlichen gummiartigen Geschmack im Mund, in seinen Schläfen hämmerte es, ihm war schwindlig und sein Herz schlug rasend schnell. In dieser Verfassung konnte er unmöglich den langen Weg zu Singing Bone zurückgehen – falls er den richtigen Weg überhaupt finden würde! Nein, er hatte gar keine Wahl: Er musste in der

Höhle bleiben und sich selbst helfen! Aber wie? Sollte er versuchen, das Schlangengift herauszusaugen? Oder die Bissstellen aufschneiden? Zum Aufschneiden könnte er den Knochensplitter benutzen, den er aus dem Unterkiefer des Kojoten gezogen hatte ...
Eine neue Welle von Übelkeit ergriff ihn und wieder übergab er sich. Wenn er wenigstens etwas zu trinken gehabt hätte ... Und jetzt wurde ihm auch noch kalt, eiskalt ... Er verließ die Felsenhöhle, um sich für ein paar Minuten in die Sonne zu legen. Aber kaum war er draußen angekommen, begann sich alles um ihn herum zu drehen und am ganzen Körper zitternd kehrte er in die Höhle zurück.
Da fiel ihm ein, dass er in seiner Hosentasche noch immer Kriskas Eierschalen mit sich herumtrug. Mit der rechten Hand zog er zwei Eierschalen aus der Tasche, legte sie auf die Bisswunden, auf jede Wunde eine, und schloss seine Hand um die Schalen, damit sie fest auflagen. Sogleich beruhigte sich sein Herzschlag und seine Todesangst ließ nach.
Er machte die Augen zu und versuchte sich auf etwas Schönes zu konzentrieren. Zuerst wollte ihm das nicht gelingen, aber dann dachte er an die Menschen in Greyland und wie glücklich sie sein würden, wenn sie erst einmal ihre bunten Farben zurückbekommen hätten. Welche Farben Finlay McCain wohl haben würde? Ob sein Haar in Wirklichkeit braun war?

Oder rot? Der Name McCain klang, als stammten Finlays Vorfahren aus Irland; und viele Iren hatten rotes Haar. Welche Farbe mochte sein Anzug haben? Braun? Schwarz? Dunkelblau? Nein, der Anzug musste bunt sein; schließlich hatte ihm Finlay von der früheren Farbenpracht vorgeschwärmt! Nun malte er sich Finlays Kleidung in den verrücktesten Farben aus: eine lila Hose, dazu ein knallgelbes Hemd, eine rote Jacke, rosa Socken und hellblaue Stiefel. Die Kombinationen waren endlos und je verwegener Finlay in Jeremys Vorstellung aussah, desto mehr gefiel ihm sein Gedankenspiel. Als er schließlich genug davon hatte, sich für Finlay neue Farben auszudenken, stellte er sich die Drachen vor und wie farbenprächtig sie sein würden. Harvey Fireball zum Beispiel mit seinen drei Hörnern – warum sollte das erste Horn nicht kanariengelb, das zweite grasgrün und das dritte tomatenrot sein?
Nach einiger Zeit sah Jeremy vor seinem inneren Auge keine Menschen und keine Drachen mehr, sondern nur noch Farben: ein warmes Gelb, ein kräftiges Orange, ein tiefes Rot, das langsam in ein Rotviolett überging . . . Zum Schluss wurde das Bild golden.

Milagro

Auf einmal wurde Jeremy angestoßen. Mit einem Schrei fuhr er in die Höhe und erwartete, die Klapperschlange zu sehen, die wieder zum Leben erwacht war und nun ihre Giftzähne zum zweiten Mal in seinen Arm schlagen wollte. Er konnte es kaum glauben, als er den Kojoten erblickte.

»Du?«, sagte er.

»Ja«, antwortete der Kojote. »Ich hab mir überlegt, dass du deine Vorurteile bestimmt von Menschen hast, die auch nicht mehr über uns Kojoten wissen als du. Und wie sollst du deine Vorurteile jemals loswerden, wenn ich dir nicht beweise, dass wir ganz anders sind? Ja, und deshalb werde ich mein Versprechen einlösen!«

»Du willst mich zu Singing Bone bringen?«

»Wie versprochen«, sagte der Kojote. »Ich hab mich auch schon gestärkt!« Er schielte nach unten in den Sand.

Jeremy folgte seinem Blick. Als er die Reste der Klapperschlange sah, wurde ihm aufs Neue übel: Nur der Kopf der Schlange mit dem Stock darin und ihre Schwanzspitze mit den Horngliedern waren übrig geblieben; alles andere hatte der Kojote gefressen.

»Ich ... ich wollte die Klapperschlange nicht umbringen«, stotterte er. »Ich hab noch nie jemanden umgebracht!«

»So?« Der Kojote sah ihn ungläubig an.

»Na ja, vielleicht ein paar Fliegen und Spinnen«, gab Jeremy zu. »Aber noch nie ein größeres Tier.« Er räusperte sich. »Und die Klapperschlange war riesig!«

»Ich weiß«, sagte der Kojote.

»Du kanntest sie?«

»Jeder hier kannte Diamonda.«

»War das ihr Name?«

»Ja. Von allen Klapperschlangen auf dem Ghost Mountain war Diamonda die gefürchtetste und verhassteste.«

Jeremy bekam noch nachträglich eine Gänsehaut.

»Du hast uns Tieren einen Gefallen getan«, sagte der Kojote.

»Einen Gefallen? Du meinst, es war gar nicht falsch, dass ich sie umgebracht habe?«

»Aus meiner Sicht bestimmt nicht. Mir hast du zu einem gefüllten Magen verholfen. Und in der Natur gilt das Gesetz ›Fressen oder gefressen werden‹.«

»Ich hatte die Klapperschlange ganz höflich gebeten, mich durchzulassen«, sagte Jeremy. »Aber plötzlich schoss sie auf mich zu. Und da –«

»– hast du dich verteidigt«, vollendete der Kojote seinen Satz. »Das war dein gutes Recht.«

»Gebissen hat sie mich aber trotzdem!«

»Sie kann dich noch immer beißen«, sagte der Kojote.
»Was?« Jeremy wich entsetzt zurück. »Sie ist noch gar nicht tot?«
»Doch. Aber eine Klapperschlange kann selbst dann noch zubeißen, wenn ihr Kopf schon vom Körper getrennt ist.«
Jeremy rückte, so weit er nur konnte, von den Überresten der Klapperschlange ab.
»Wie es scheint, hast *du* Diamondas Biss überlebt«, stellte der Kojote sachlich fest.
Jeremy nickte. Sein Arm war noch immer geschwollen, aber der Schmerz hatte nachgelassen und das taube Gefühl in den Fingern und der gummiartige Geschmack in seinem Mund waren verschwunden. Er sah sich nach den beiden Eierschalen um, entdeckte jedoch keine Spur von ihnen.
»Ich hab noch nie von jemandem gehört, der Diamondas Biss überlebt hätte«, sagte der Kojote.
»Wirklich?« Jeremy erschauerte.
Vorsichtig erhob er sich. Er fürchtete, dass er wieder ohnmächtig werden würde. Aber abgesehen von einem leichten Schwindel fühlte er sich gut.
Sie verließen die Felsenhöhle. Die Sonne stand schon tief am Himmel und es war zum Glück nicht mehr so heiß. Doch Jeremy hatte schrecklichen Durst.
»Wie heißt du eigentlich?«, fragte er, als sie schweigend ein Stück gegangen waren.

»Warum willst du das wissen?«, fragte der Kojote zurück.
»Weil ich nicht immer nur ›der Kojote‹ denken will, wenn ich an dich denke«, sagte Jeremy.
»Du willst an mich denken?«
»Sicher!«
»Mit positiven oder mit negativen Gefühlen?«, fragte der Kojote.
»Mit positiven«, sagte Jeremy und fügte hinzu: »Ich werde an dich denken wie an einen Freund!«
Der Kojote gab ein keckerndes Geräusch von sich, das wie Lachen klang. »Wie an eine Freund*in* wäre richtiger!«
»Du bist gar kein männlicher Kojote?«, sagte Jeremy betroffen.
»Nein, ich bin eine Kojotin«, kam die Antwort. »Und mein Name ist Milagro!«
»Ich bin Jeremy Golden«, sagte Jeremy.

Die Geisterbeschwörung

In überraschend kurzer Zeit erreichten sie den Punkt, an dem Jeremy seine Wanderung begonnen hatte.

Milagro blieb stehen. »Weiter kann ich nicht gehen«, sagte sie.

Jeremy blieb ebenfalls stehen und blickte zu den beiden Granitblöcken hinüber. Er sah eine schmale Rauchsäule aufsteigen. Ob Singing Bone, Rory und Ivy schon mit der Geisterbeschwörung begonnen hatten? Jeremy drehte sich zu der Kojotin um, aber da stand wie aus dem Boden gewachsen die Schamanin vor ihm.

»Singing Bone?«, stammelte er.

»Komm!«, sagte sie. »Wir müssen das Schlangengift entfernen!«

Jeremy schaute sich noch einmal nach allen Seiten um, doch Milagro entdeckte er nicht. Verwirrt ging er hinter Singing Bone her; er konnte sich nicht erklären, woher sie von dem Schlangenbiss wusste.

Rory und Ivy saßen mit geschlossenen Augen neben ihren Stößen aus Brennholz.

»Setz dich«, sagte Singing Bone.

Jeremy hockte sich ein paar Schritte von Rory Fireball entfernt in den Sand.

Singing Bone brachte ihm einen bauchigen Krug und sagte: »Trink!«
Jeremys Kehle war so ausgetrocknet, dass ihm das Wasser in dem Krug wie das Köstlichste vorkam, was er jemals getrunken hatte.
»Wenn du genug getrunken hast, werde ich das Schlangengift aus deinem Körper ziehen«, kündigte die Schamanin an.
Nachdem Jeremy seinen Durst gestillt hatte, wollte er für einen Moment die Augen zumachen. Es sollte wirklich nur ein kurzer Moment sein, aber es wurden zwanzig, vielleicht sogar dreißig Minuten daraus, denn als er die Augen wieder öffnete, war die Sonne untergegangen. In der Mitte des Platzes brannte ein kräftiges Feuer und schwerer, betäubender Kräutergeruch erfüllte die Luft.
Singing Bone saß vor dem Feuer und sang in einer Sprache, die Jeremy nicht verstand. Ihr Singen dauerte eine lange, lange Zeit. Endlich erhob sie sich und kam mit schleppenden Schritten auf ihn zu. Im Feuerschein erkannte Jeremy, dass ihre Augen ganz verdreht waren; er sah nur das Weiße und dieser Anblick ließ ihm das Blut in den Adern erstarren. Die Schamanin setzte sich vor ihm hin und zog einen Knochen aus ihrem Rock. Mehrmals strich sie mit der rechten Hand über den Knochen, als wollte sie etwas von ihm abstreifen. Dann hielt sie den Knochen an

die Lippen und blies hinein. Nun wusste Jeremy auch, was es war: eine Flöte! Die Töne, die Singing Bone ihrer Knochenflöte entlockte, klangen hohl und schauerlich.
Nach einer Weile setzte Singing Bone die Flöte ab und fiel in eine Art Sprechgesang. Und diesmal konnte Jeremy die Worte des Liedes verstehen:

»Ein Zittern, ein Zagen, ein Beben,
Ein Flüstern, ein Seufzer, ein Hauch,
Kurz ist das Menschenleben
Und dein Leben auch.
Erloschen, vergangen, verweht,
Nur der Wandel besteht.«

Als der Gesang zu Ende war, zerriss der heisere Schrei eines Habichts die Stille der Nacht, ihm folgte das Geheul eines Kojoten.
Singing Bone steckte die Flöte wieder in ihren Rock. Sie sog die Luft ein, dann beugte sie sich vor und blies ihren Atem über die Schlangenbisse. Jeremys Haut fing an zu kribbeln.
Wieder begann Singing Bone mit ihrem Gesang. Auf einmal ließ sie ihre rechte Hand vorschnellen und berührte mit Zeigefinger und Mittelfinger die beiden Bisswunden. Jeremy hatte das Gefühl, sein Arm, ja, sein ganzer Körper stünde in Flammen. Er stöhnte

auf. Singing Bone schüttelte ihre Hand heftig aus und spuckte ein paar Mal in den Sand.
Zaghaft hob Jeremy seinen Arm an, in dem es merkwürdig stach und prickelte.
»Schlaf jetzt!«, sagte Singing Bone.
Jeremy gehorchte.
Er schlief aber sehr unruhig; das Prasseln des Feuers und die schweren Kräuterdämpfe ließen ihn immer wieder aufs Neue wach werden. Einmal sah er, wie die Schamanin neben Ivy kniete und ihren Atem über Ivys Augen blies, während Ivys Holzstoß lichterloh brannte. Ein anderes Mal führte die Schamanin einen Tanz um ihr eigenes Feuer auf, bei dem sie sonderbar zuckende Bewegungen machte. Am sonderbarsten aber war, dass sie nicht allein tanzte: Vier schattenhafte Figuren tanzten mit ihr. Und dann sah er, wie Rory Fireball ihren gebrochenen Flügel ausstreckte, als wäre er wieder heil. Er war sich aber nicht sicher, ob all das wirklich geschah oder ob er es nur träumte.

»Aufwachen, Jeremy!«, hörte er die Stimme von Rory Fireball. Sie klang sehr nah.
»Warum lässt du Jeremy nicht schlafen, Rory?« Das war die Stimme von Ivy; sie klang etwas weiter weg.
»Warum? Weil wir noch einen weiten Flug vor uns haben!«, antwortete Rory.
Jeremy setzte sich auf. »Und wohin fliegen wir?«

»Er ist wach!«, rief Rory triumphierend.
Nun kam Ivy dazu.
Ihre großen grauen Augen musterten Jeremy voller Sorge und Mitgefühl.
»Dann hab ich es nicht geträumt: Du kannst wieder sehen!«, rief Jeremy aus.
»Ja, seit heute Nacht. Ist das nicht wundervoll?«, sagte sie. »Und wie geht es dir, Jeremy? Singing Bone hat gesagt, du wärst gestorben, wenn du nicht die Eierschalen von Kriska auf die Schlangenbisse gelegt hättest!«
»Singing Bone hat das gesagt?«, murmelte Jeremy.
Er hatte der Schamanin doch gar nichts von Kriskas Eierschalen erzählt – nur Milagro! War es denkbar, dass Singing Bone nach Belieben in die Gestalt eines Menschen oder eines Tieres schlüpfen konnte? Und war Milagro dann in Wirklichkeit . . . die Schamanin gewesen? Eine ziemlich abenteuerliche Vorstellung, fand Jeremy. Aber wie sonst sollte Singing Bone von den Eierschalen wissen?
»Stell dir vor: Singing Bone hat meinen Flügel geheilt!« Rory Fireball gab eine kräftige Rauchwolke von sich. »Das bedeutet, dass wir noch heute weiterfliegen können!«
»So eilig haben wir es nicht«, widersprach Ivy. »Wir müssen warten, bis Jeremy ganz gesund ist.«
»Ich bin gesund«, sagte Jeremy und streifte den Ärmel seines Pullovers zurück. Von der Schulter bis

zum Handgelenk hatte sich sein Arm blauschwarz verfärbt, doch mehr schien er vom Biss der Klapperschlange nicht zurückbehalten zu haben.

»Und wo ist Singing Bone?«, fragte er.

Das Feuer brannte nicht mehr; nur das aus Tierfellen genähte Cape der Schamanin lag über einen Stein gebreitet.

»Sie sammelt Kräuter«, antwortete Rory Fireball.

»Muss ich mich nicht bei ihr bedanken, bevor wir abfliegen?«, fragte Jeremy.

»Singing Bone erwartet keinen Dank«, sagte Ivy. »Sie hat uns geheilt, weil es ihre Aufgabe ist zu heilen.«

»Und unsere Aufgabe ist es, die bunten Farben nach Greyland zurückzubringen!«, rief Rory und bewegte ihre Flügel, ganz besonders den rechten, nun wieder völlig gesunden Flügel.

»Aber zuerst muss Jeremy etwas essen und trinken«, sagte Ivy.

Sie brachte den bauchigen Wasserkrug der Schamanin und einen Korb mit dunklem Brot.

Jetzt war sie wieder die tatkräftige, zielstrebige Ivy aus dem Efeuturm. Und wenn Jeremy diese Ivy auch manchmal etwas zu erwachsen und zu tonangebend fand – sie war ihm zehnmal lieber als die blinde, in sich gekehrte Ivy der vergangenen Tage!

Bald darauf schwebten sie in ihrem Ballon hoch über dem Ghost Mountain.

»Wir sind nur noch eine Tagesreise von unserem Ziel entfernt!«, sagte Ivy und blickte Jeremy mit leuchtenden Augen an.

»Und woher weißt du das?«, fragte er.

»Von Singing Bone. Sie hat gesagt: ›Fliegt immer nach Süden. Am Ende des Tages werdet ihr Sky City erreichen, die Stadt zwischen Himmel und Erde.‹«

»Sky City . . .«, wiederholte Jeremy. Er hatte noch nie von einer Stadt gehört, die so hieß.

Ivy holte einen schmalen Gegenstand aus ihrem Rucksack und gab ihn Jeremy. »Hier! Singing Bone wollte, dass du sie hast.«

»Die Knochenflöte?« Jeremy konnte es kaum glauben, dass er ein so besonderes Geschenk bekommen sollte. Verlegen steckte er die Knochenflöte in seine Hosentasche.

IV.

Sky City

Ivys Traum

Und Sky City soll wirklich *zwischen* Himmel und Erde liegen?«, fragte Jeremy.

Mittlerweile waren sie über Hunderte von Städten hinweggeflogen; doch keine Stadt war darunter gewesen, zu der der Name Sky City gepasst hätte.

»Ja«, sagte Ivy.

»Aber selbst Wolkenkratzer stehen *auf* der Erde!«

»Wie es möglich sein soll, dass eine Stadt zwischen Himmel und Erde liegt, weiß ich auch nicht«, gab sie zu.

»Seht mal nach da drüben!«, rief in diesem Augenblick Rory Fireball.

Jeremy und Ivy folgten dem ausgestreckten Arm der Drachin und erblickten zwei gewaltige Felsen, die wie Inseln aus der sonst völlig flachen Landschaft aufragten. Ihre Form ließ Jeremy an zwei gigantische Fäuste denken. Der eine Felsen war rot, der andere weiß. Im Näherkommen zeichneten sich hoch oben auf dem weißen Felsen die Umrisse von Gebäuden ab.

»Ja, das könnte Sky City sein!« Vor Erregung zitterte Jeremys Stimme. Die Gebäude auf dem weißen Felsen standen tatsächlich nicht auf der Erde, sondern hoch über ihr und gleichzeitig direkt unter dem Himmel!

»Außerdem blinkt die Uhr«, sagte Ivy; während der Ballonfahrt hatte sie die Uhr ihrer Mutter nicht aus den Augen gelassen.
»Sky City! Wir haben Sky City gefunden!«, rief Rory. In ihrem Übermut stieß sie mehrere kräftige Feuerstöße aus – mit dem Ergebnis, dass der Ballon in die entgegengesetzte Richtung flog, weg von den Felsen. Zu Jeremys Verwunderung nickte Ivy zufrieden und sagte: »Sehr gut, Rory. Damit zeigen wir den Bewohnern von Sky City, dass wir gar nicht in ihre Stadt wollen.«
»Wie –« Jeremy schaute sie irritiert an. »Du willst nicht nach Sky City?«
»Doch! Aber zuallererst müssen wir mehr über Sky City herausfinden. Seht ihr die Häuser da unten?« Ivy zeigte auf den roten Felsen.
Jeremy bemerkte am Fuß des roten Felsens eine Gruppe von kleinen, eng aneinandergeduckten Häusern. Sie standen unter einem mächtigen Felsvorsprung, der sie nicht nur vor Regen, Wind und Sonne schützte, sondern auch vor herabfallenden Gesteinsbrocken, mit denen die Erde übersät war.
»Bestimmt können uns die Leute in den Häusern ein paar interessante Auskünfte über Sky City geben«, sagte Ivy.
»Und warum fliegen wir nicht gleich nach Sky City?«, wollte Rory Fireball wissen.

»Weil die Bewohner von Sky City wahrscheinlich ziemlich ungastlich sind«, antwortete Ivy.
»Ungastlich?«, wiederholte Rory erschrocken. »Etwa wie die grässlichen Frauen in No Man's Land?«
»Oder noch ungastlicher«, sagte Ivy.
Jeremy durchrieselte es kalt. Ihm fiel ein, was Varna Moon gesagt hatte: *Die Mächte, die im Besitz der goldenen Palette sind, werden euch wie Käfer zertreten . . .*
»Am besten fliegen wir noch ein Stück und landen, wo uns niemand sieht«, sagte Ivy. »Dann ruhen wir uns eine Weile aus, und wenn es dunkel geworden ist, sprechen wir mit den Menschen am roten Felsen.«
Von diesem Vorschlag war besonders Rory sehr angetan. Unterwegs hatte sie nur zweimal, als es ganz windstill gewesen war, ein Nickerchen im Ballon gemacht.
Sie landeten in einer Talmulde und Rory legte sich erschöpft ins Gras. Kurze Zeit später verriet ihr Schnarchen, dass sie eingeschlafen war. Ivy folgte ihrem Beispiel. Jeremy versuchte sich noch ein Weilchen wach zu halten, aber dann übermannte auch ihn der Schlaf.
Als er wieder aufwachte, war die Sonne untergegangen. In der Nähe raschelten Zweige und plötzlich erklang ein heiserer Vogelschrei.
»Bist du das, Habicht?« Jeremy sah, wie sich ein großer Vogel in die Luft schwang.

Doch der Kopf des Vogels war breiter und sein Flug wirkte nicht so elegant.
»Die Eule, der Totenvogel«, hörte er die Stimme von Rory Fireball.
Jeremy drehte sich um. Die Drachin war aufgestanden; Ivy dagegen schlief noch.
»Der Totenvogel?«, murmelte Jeremy. »Warum sagst du das?«
»So nennen wir Drachen die Eulen«, antwortete Rory. »Ihr Ruf ertönt immer dann, wenn jemand sterben muss.«
Jeremy erschauerte. Hastig fragte er: »Wollen wir Ivy wecken?«
»Ja, lass mich das machen«, sagte die Drachin.
Sie blies Ivy eine dünne Rauchfahne in die Nase. Ivy nieste und dann richtete sie sich, noch ein wenig schlaftrunken, auf.
»Es ist dunkel!«, meldete Jeremy, obwohl Ivy das natürlich selbst sehen konnte.
»Ich hatte einen eigenartigen Traum«, sagte sie.
»Einen Albtraum?«, fragte Rory neugierig.
»Nein. Ich hab von meiner Mutter geträumt – meiner richtigen Mutter.«
Rory Fireball wackelte mit ihrem Zackenkamm. »Und was hat sie gesagt, deine Mutter?«
»Gesagt hat sie nichts. Sie saß vor einem Stickrahmen und machte winzige Stiche mit einer ganz feinen Na-

del. Ich wollte unbedingt sehen, woran sie stickte; aber das Einzige, was ich erkennen konnte, waren leuchtend bunte Farben.«

»Und woher wusstest du, dass es deine Mutter war?«, fragte Jeremy.

»Sie hatte die gleichen Regenbogenhaare wie ich«, sagte Ivy. »Wie ich sie früher hatte«, verbesserte sie mit einem traurigen Lächeln.

Jeremy dachte an die Begegnung mit seiner eigenen Mutter, zwei Nächte zuvor. »War deine Mutter barfuß?«, fragte er. »Trug sie lange, fließende Gewänder und hatte sie einen Schleier um den Kopf?«

»Nein. Sie trug Holzpantinen und dicke Wollstrümpfe und einen Kittel«, antwortete Ivy.

»War sie blass, hatte sie eingefallene Wangen und sah sie schrecklich müde aus?«, fragte Jeremy weiter.

»Blass war sie«, bestätigte Ivy. »Aber müde wirkte sie nicht.«

Dann ist sie bestimmt nicht aus dem Totenreich gekommen!, dachte Jeremy.

Er räusperte sich. »Wahrscheinlich hast du recht mit deinem Verdacht und Varna und Percival haben dir wirklich nicht die Wahrheit über deine Mutter gesagt!«

»Du glaubst jetzt auch, dass sie noch am Leben ist?«, fragte Ivy.

»Auf jeden Fall hat dein Traum eine tiefere Bedeutung«, sagte Jeremy.

Ivy nickte. »Lass uns zum roten Felsen fliegen!«, sagte sie zu Rory Fireball.

Das Weinen

Als sie in Sichtweite der beiden Felsen waren, stieß Rory einen letzten kräftigen Feuerstoß aus. Danach überließen sie ihren Ballon den Luftströmungen, um sich nicht durch den Feuerschein zu verraten. Jeremy blickte zu den beiden Felsen hinüber. Von dem weißen Felsen ging in der Dunkelheit ein gespenstisches Schimmern aus, das die vielen Lichter, die oben in Sky City brannten, noch verstärkten. Der rote Felsen dagegen sah fast schwarz aus und auch in den Häusern an seinem Fuß war nur ganz vereinzelt Licht zu erkennen.

»Ich finde es sehr beruhigend, dass Sky City so hell erleuchtet ist«, sagte Ivy leise.

»Und wieso?«, fragte Jeremy.

»Wenn sie damit rechnen würden, dass wir zurückkommen, hätten sie bestimmt alle Lichter gelöscht. Dann würden sie irgendwo im Dunkeln lauern, um auf uns und auf den Ballon zu schießen.«

»Schießen? Du glaubst, sie sind genauso kriegerisch wie die Frauen in No Man's Land?«

»Jedenfalls tun wir gut daran, äußerst vorsichtig zu sein«, sagte Ivy. Nach einer Pause fügte sie hinzu: »Hoffentlich trägt uns der Wind nicht direkt nach Sky City!«

Jeremy erschrak. Ihr Ballon wurde tatsächlich auf den weißen Felsen zugetrieben, und wenn nicht etwas Unvorhergesehenes geschah, würden sie in kurzer Zeit in Sky City landen!

»Soll ich nicht doch Feuer ausstoßen?«, fragte Rory Fireball.

»Lass uns noch ein paar Minuten warten«, erwiderte Ivy.

Jeremy schloss die Augen und sprach in Gedanken: Bitte, Wind, treib uns von dem weißen Felsen weg! Bring uns zu dem roten Felsen!

Als er die Augen wieder öffnete, sah er, dass ihr Ballon den weißen Felsen passiert hatte und sich den geduckten Häusern am Fuß des roten Felsens näherte.

»Es hat geklappt!«, sagte er noch ein wenig ungläubig.

»Was hat geklappt?«, fragte Ivy.

»Der Wind – er hat sich gedreht!«

In angstvoller Spannung erwarteten sie nun die Landung des Ballons. Er schwebte über ein Wäldchen hinweg und ging dann auf einer Wiese nieder. Rory, Ivy und Jeremy stiegen aus.

Während sie den Ballon zusammenfalteten, besprachen sie, was sie als Nächstes tun wollten. Nach einigem Hin und Her einigten sie sich darauf, dass Jeremy und Ivy zu Fuß zu den Häusern gehen würden. Rory Fireball sollte beim Ballon bleiben; schließlich

war der ihre einzige Fluchtmöglichkeit. Und es musste auch jemand auf ihr Gepäck aufpassen.
Nachdem Ivy und Jeremy einige Minuten schweigend nebeneinander hergegangen waren, sagte Ivy: »Du wirst bestimmt lachen, aber mir ist, als ob ich –« Mitten im Satz brach sie ab.
»Ja?«, sagte Jeremy.
Sie atmete ein paarmal schnell und heftig. »Mir ist, als ob ich früher schon einmal hier gewesen wäre!«
Doch Jeremy war nicht nach Lachen zumute, im Gegenteil: Bei Ivys Worten war ihm ein Schauer über den Rücken gelaufen.
»Früher?«, wiederholte er. »Meinst du, bevor du zu Varna und Percival gekommen bist?«
»Ja.«
»Aber da warst du noch ein Baby«, sagte Jeremy verwundert. »Und *ich* kann mich an gar nichts aus meiner Babyzeit erinnern.«
»Ich weiß, es klingt ziemlich fantastisch«, gab Ivy zu. Danach schwieg sie und auch Jeremy sagte nichts, bis sie den Felsüberhang erreichten. Hinter einem herabgestürzten Felsbrocken blieben sie stehen und spähten zu den Häusern hinüber. Sie waren von unterschiedlicher Größe und Bauweise, aber alle sahen mit ihren dicken Mauern, den winzigen Fenstern und den massiven, eisenbeschlagenen Türen sehr wehrhaft aus. Einige Häuser hatten sogar Schlitze im Mau-

erwerk, die Jeremy an Schießscharten denken ließen. Beklommen fragte er sich, ob es nicht vielleicht die Bewohner *dieser* Häuser waren, die ihre Lichter gelöscht hatten und die nun im Dunkeln lauerten, um auf sie zu schießen . . .

Aus einem der Häuser drang mehrstimmiges, gedämpftes Murmeln. Irgendwo spielte jemand auf einer Orgel, muhte eine Kuh, klirrten Ketten, bellte ein Hund.

Und dann auf einmal hörten sie das Weinen. Es schwoll an und verebbte wieder und klang dabei so schmerzerfüllt, so trostlos, dass sich Jeremy die Haare sträubten.

»Hörst du das Weinen auch?«, flüsterte Ivy.

Jeremy konnte nur nicken. Mit einem Schlag fühlte er sich in die düsterste Zeit seines Lebens zurückversetzt: jene qualvollen Wochen nach dem Tod seiner Mutter, als er das Gefühl gehabt hatte, in einem Ozean von Tränen zu ertrinken.

»Lass uns zu dem Haus gehen, aus dem das Weinen kommt«, sagte Ivy. »Vielleicht braucht die Person, die da weint, Hilfe.«

»Warte!«, sagte Jeremy heiser.

»Worauf?«, fragte sie.

»Wer so weint –« Er schluckte. »Wer so weint, will niemanden sehen. Und Hilfe will er erst recht nicht.«

»Unsinn!«, sagte Ivy. »Jeder, der in Not ist, hofft auf

Hilfe. Es kommt nur darauf an, wie man ihm die Hilfe anbietet, damit er sie auch annehmen kann.«
Sie ging los und Jeremy folgte ihr widerstrebend. Das Weinen klang jetzt absolut herzzerreißend. Jeremy stöhnte und bedeckte seine Ohren mit den Händen. Ivy blieb stehen und sagte etwas, das er nicht verstehen konnte. Er nahm die Hände wieder herunter.
»Um Himmels willen, Kinder! Kommt ins Haus!«, rief da eine Frauenstimme hinter ihnen. Als sich Ivy und Jeremy nach der Stimme umdrehten, erblickten sie eine alte Frau, die vor einer geöffneten Haustür stand und ihnen winkte. »Es kann euch das Leben kosten, wenn ihr heute Nacht draußen unterwegs seid!«
Ehe Jeremy so richtig wusste, wie ihm geschah, hatte Ivy ihn bei der Hand genommen und zum Haus gezogen.

Kate Flowers

Kaum hatten sie das Haus betreten, versperrte die alte Frau mit zittrigen Händen die Tür. Jeremy sah ihr dabei zu und auf einmal wurde ihm bewusst, dass alles an der Frau grau war: ihre Haut, ihr glattes, im Nacken von einer Spange zusammengehaltenes Haar, ihre Strickjacke, ihr Rock, ihre Hausschuhe. Auch im Zimmer gab es nichts Farbiges, stellte er nun fest: Die beiden Sessel und die Couch, der Couchtisch, die Tapeten, die Holzdielen, der Läufer, die Vorhänge waren grau – ja, sogar das Licht der Stehlampe!

»Nehmt Platz, Kinder«, sagte die Frau.

Jeremy setzte sich in einen der grauen Sessel, Ivy auf das Sofa.

»Ihr seid bestimmt hungrig?« Die Frau blickte in Jeremys Richtung. Sie trug eine runde Brille mit auffallend dicken Gläsern und Jeremy fragte sich, ob sie möglicherweise sehbehindert war.

»Ja, sehr!«, sagte er.

»Ein wenig«, schwächte Ivy ab und warf ihm einen mahnenden – und ziemlich erwachsenen – Blick zu.

»Es wird nicht lange dauern!« Die alte Frau verschwand; dann klapperte Geschirr.

»Ob wir wieder in Greyland gelandet sind?«, fragte Jeremy flüsternd.

»Nein, das ist völlig ausgeschlossen«, antwortete Ivy.
»Und wieso? Vielleicht sind wir im Kreis geflogen!«
»Dies ist nicht Greyland«, sagte Ivy.
Auf Jeremy wirkte ihre Bemerkung ziemlich besserwisserisch. »Du kennst wohl jeden Winkel von Greyland, wie?«
»Jedenfalls weiß ich, dass wir in Greyland keinen roten und keinen weißen Felsen haben und auch keine Stadt, die zwischen Himmel und Erde liegt und Sky City heißt!«
»Und warum, glaubst du, ist hier alles grau, wenn wir nicht in Greyland sind?«, fragte Jeremy.
»Das weiß ich ebenso wenig wie du«, musste Ivy zugeben.
In diesem Augenblick erschien die alte Frau mit einem Tablett in der Hand. »Ich habe Früchtetee für euch und Nusskuchen und Waffeln mit Himbeergelee«, sagte sie und deckte den Couchtisch. »Das mögt ihr Kinder doch alle gern, oder?«
Jeremy und Ivy bedankten sich und fingen an zu essen. Die alte Frau setzte sich in den zweiten Sessel.
Eine Weile rieb sie stumm ihre Hände, bis es plötzlich aus ihr herausbrach: »Heute ist die Nacht des Weißen Terrors, Kinder!«
Jeremy zuckte zusammen. »Die Nacht des Weißen Terrors?«
»Ja! Heute Nacht kommt der Weiße Terror von Sky

City herunter, um die neuen kindlichen Diener in Empfang zu nehmen. Diesmal sind Ashley und Jason Bloom die Unglücklichen.«

Jeremy erinnerte sich an das verzweifelte Weinen, das sie gehört hatten. »Dann waren es Ashley und Jason Bloom, die so laut geweint haben?«

»Ja, sie und ihre armen Eltern«, sagte die Frau.

»Ich verstehe nicht – welche kindlichen Diener?«, fragte Ivy.

»Es sollen immer ein Junge und ein Mädchen sein«, antwortete die alte Frau. »Sie müssen so lange in Sky City dienen, bis sie erwachsen sind. Wenn sie keine Kinder mehr sind, werden sie reich belohnt und zu ihren Eltern zurückgebracht.« Sie seufzte schwer. »Aber trotzdem will keine Familie ihre Kinder nach Sky City schicken.«

»Und wieso nicht, wenn die Kinder doch reich belohnt werden?«, wunderte sich Jeremy.

»Bei ihrer Rückkehr sind sie so verändert, dass die Eltern Mühe haben, ihr eigenes Kind wiederzuerkennen.«

»Aber warum schicken sie ihre Kinder dann überhaupt nach Sky City?«, rief Ivy.

Die alte Frau nahm ihre Brille ab und starrte vor sich hin. »Weil es zwecklos ist, sich zu widersetzen. Falls die Blooms ihre Kinder nicht freiwillig ausliefern, holt sie der Weiße Terror mit Gewalt. Und dann verschleppt er auch noch die restlichen Mitglieder der Familie. Wenn das geschieht, kehrt keiner zurück, auch die Kinder nicht.«

»Und warum fliehen sie nicht?«, sagte Jeremy.

»Fliehen?« Die alte Frau schüttelte ihren Kopf. »Der Weiße Terror würde sie überall finden. Und außerdem ...« Sie setzte ihre Brille wieder auf. »Und außerdem haben sie keine Kraft mehr, sich zur Wehr zu setzen. Wir alle in Bottom nicht.«

»Heißt der Ort hier so: Bottom?«, fragte Ivy.

»Ja«, sagte die Frau. »Aber ich habe ganz vergessen, mich vorzustellen«, fiel ihr ein. »Ich bin Kate Flowers.«

Jeremy und Ivy nannten nun auch ihre Namen.

»Dass die Menschen in Bottom keine Kraft mehr haben – ist das so, seitdem die bunten Farben verschwunden sind?«, fragte Ivy.

Kate Flowers nickte.

»Genauso ist es bei uns in Greyland gewesen!«, sagte Ivy. »Als die bunten Farben verschwunden sind, haben wir unsere ganze Lebensfreude und Energie eingebüßt.«

»Bei euch ist auch alles grau?« Kate Flowers machte ein bestürztes Gesicht.

»Ja«, bestätigte Ivy.

»Und ihr, Kinder? Seid ihr grau?« Die Stimme der alten Kate bebte. »Meine Augen sind nicht mehr so gut«, fügte sie hinzu.

»Jeremy Golden ist bunt«, sagte Ivy. »Ich bin grau.«
»Und warum ist dort, wo du herkommst, auch alles grau?«, fragte Kate, an Ivy gewandt.
»Das wissen wir nicht«, antwortete Ivy. »Aber Jeremy Golden und ich haben uns auf die Reise gemacht, weil wir das herausfinden wollen.«
Kate presste ihre Lippen zusammen. »Bestimmt hängt es mit dem Weißen Terror zusammen!«, sagte sie nach einer Pause.
»Und wer ist der Weiße Terror?«, fragte Jeremy.
»Das weiß niemand. Er verbirgt sich unter einem langen weißen Kapuzenmantel, wenn er von Sky City herunterkommt. Lucas Crane hat einmal einen Blick auf sein Gesicht erhaschen können und danach hat er den Verstand verloren. Aber bis an sein Lebensende hat er etwas von einem weißen Wurm gemurmelt.«
»Von einem weißen Wurm?«, wiederholte Jeremy. »Ist der Weiße Terror gar kein Mensch?«
»Wer wollte das mit Sicherheit sagen?«
»Und was erzählen die kindlichen Diener über ihn?«, fragte Ivy.
»Aus ihnen ist später kein Wort herauszukriegen. Wahrscheinlich wird ihr Gedächtnis ausgelöscht, bevor sie zu ihren Eltern zurückgebracht werden.« Kate Flowers stand auf und schenkte ihnen Tee nach.
Eigentlich fand sich Jeremy schon zu alt für Früchtetee. Aber angesichts dessen, was er soeben gehört

hatte, war ihm ein warmes Gefühl im Magen doch sehr willkommen.
»Und wie alt seid *ihr?*«, fragte Kate.
»Ich bin elf«, sagte Jeremy.
»Ich war zwölf, als in Greyland alles grau wurde«, sagte Ivy.
Auf einmal zitterten Kates Hände so stark, dass sie die Kanne absetzen musste. »Das ist das gefährlichste Alter! Dem Himmel sei Dank, dass ich eure Stimmen da draußen gehört habe und dass ihr jetzt in Sicherheit seid, Kinder!«
Obwohl er gerade einen Schluck von dem warmen Tee genommen hatte, bekam Jeremy eine Gänsehaut.
»Und wie wählt der Weiße Terror die Kinder aus, die in Sky City dienen sollen?«, fragte Ivy.
»Nicht er wählt sie aus – wir müssen das tun«, sagte Kate. »Sobald die kindlichen Diener keine Kinder mehr sind, werden sie von einem schwarz gekleideten Boten nach Bottom zurückgebracht. Und dieser Bote verkündet dann, in welcher Nacht der Weiße Terror vom Felsen herunterkommen und die neuen kindlichen Diener in Empfang nehmen wird. Die Auswahl der Kinder müssen wir treffen.« Nun rollten ein paar graue Tränen über ihre zerfurchten Wangen. »Aber wir achten darauf, dass es jedes Mal eine andere Familie trifft. Diesmal sind es die Blooms mit ihrer Tochter Ashley, die elf Jahre alt ist, und ihrem

Sohn Jason, der vor zwei Wochen zehn geworden ist.«
Sie zog ein Tuch aus ihrer Jackentasche und tupfte sich die Tränen ab. Minutenlang herrschte bedrücktes Schweigen. Dann sagte Kate, sie hätte noch Gebäck und Schokolade, und verließ das Zimmer.

Das Brandmal

Als sie allein waren, flüsterte Ivy: »Das ist unsere Chance! Wenn der Weiße Terror heute Nacht von Sky City herunterkommt, gehen wir mit ihm!«
»Wir?«
»Ja!«
»Hast du denn gar keine Angst vor dem Weißen Terror?«, stammelte Jeremy.
»Doch«, sagte Ivy. »Aber der Weiße Terror wird glauben, dass wir die neuen kindlichen Diener sind. Und das ist die Chance für uns, nach Sky City zu kommen!«
»Das wird der Weiße Terror garantiert nicht glauben«, widersprach Jeremy. »Hast du vergessen, dass ich bunt bin?«
»Ja, stimmt . . .«, musste Ivy zugeben und wirkte nun nicht mehr ganz so forsch und selbstsicher.
Da kam Kate Flowers zurück. Sie stellte eine Schale mit Gebäck und Schokoladenriegeln auf den Tisch und setzte sich. »Greift zu!«, sagte sie.
Aber Jeremy war viel zu aufgewühlt, um etwas zu essen. Seine Gedanken kreisten um Ivys Vorschlag, den er plötzlich gar nicht mehr so abwegig fand.
»Ashley und Jason Bloom . . . sind sie grau?«, wandte er sich an die alte Kate.

»Ja, wie wir alle hier in Bottom«, antwortete sie.
»Und Ivy ist auch grau«, sagte Jeremy. »Das bedeutet, dass nur noch *ich* grau werden muss!«
»Und warum?«, fragte Kate irritiert. »Findest du es nicht viel schöner, bunt zu sein?«
»Doch. Aber wir müssen unbedingt nach Sky City, weil –«, Jeremy sprach nicht weiter. Von der goldenen Palette wollte er nichts verraten, denn das würde alles noch komplizierter machen. »Weil in Sky City etwas ist, das für uns sehr wichtig ist«, sagte er deshalb nur. »Wir wussten bisher bloß nicht, wie wir nach Sky City kommen sollten, ohne Verdacht zu erregen«, fuhr er fort. »Aber wenn der Weiße Terror glaubt, dass wir die neuen kindlichen Diener sind, nimmt er uns, ohne zu fragen, mit! Und dann können wir in Ruhe danach suchen – und Ashley und Jason können bei ihren Eltern bleiben!«
»Jeremy muss sich nur graue Sachen anziehen und seine Haut und seine Haare grau färben!«, ergänzte Ivy lebhaft.
Kate schüttelte den Kopf. »Den Weißen Terror könnt ihr nicht täuschen. Euch fehlt das Zeichen des Drachen!«
»Was für ein Zeichen ist das?«, fragte Jeremy.
»Mit diesem Zeichen werden bei uns in Bottom alle Neugeborenen gebrandmarkt. Am Tag nach der Geburt eines Babys kommen der Drachenbändiger und

der schwarze Drache von Sky City herunter und dann brennt der Drache sein eigenes Abbild auf den Rücken des Babys.«

Jeremy schaute Ivy an und erschrak, als er blankes Entsetzen in ihren Augen sah.

»Das Zeichen des Drachen hab ich auch«, flüsterte sie.

»Du hast das Zeichen des Drachen?«, sagte Kate ungläubig.

Ivy nickte. Sie zog ihren Pullover im Nacken so weit herunter, dass zwischen ihren Schulterblättern ein ungefähr fünf Zentimeter langes Brandmal sichtbar wurde.

»Das sieht ja wie ein Feuer speiender Drache aus!«, rief Jeremy.

»Ich kann das Zeichen leider nicht erkennen«, sagte Kate. »Darf ich meine Finger benutzen?«

»Ja«, sagte Ivy.

Mit ihren Fingerspitzen tastete Kate das Brandmal ab. »Es ist das Zeichen des Drachen! Aber wie kannst du das Zeichen tragen, wenn du in einem fremden Land geboren wurdest?«

Ivy zog ihren Pullover wieder über das Brandmal. »Vielleicht wurde ich gar nicht in einem fremden Land geboren. Vielleicht wurde ich in Sky City geboren«, sagte sie.

»Das ist unmöglich«, erwiderte Kate. »Nur die Kinder aus Bottom tragen das Zeichen des Drachen!«

»Dann wurde ich vielleicht in Bottom geboren.«
»Auch das ist unmöglich. Ich arbeite seit vierzig Jahren als Hebamme. Ich habe allen Kindern hier in Bottom auf die Welt geholfen.«
»Und wie bin ich dann an das Zeichen des Drachen gekommen?«
»Darauf weiß ich leider keine Antwort.«
Eine Weile sprach niemand.
Schließlich fragte Ivy: »Wer wohnt eigentlich in Sky City?«
»Bestimmt ein paar Hundert, oder?«, sagte Jeremy, als Kate nicht gleich antwortete. »Vorhin brannte überall Licht.«
»Es ist schon so lange her, seit ich das letzte Mal dort oben war«, sagte die alte Kate ausweichend.
Wieder trat eine längere Pause ein.
»Und wann waren Sie das letzte Mal dort?«, fragte Jeremy.
»Oh, das muss mehr als fünfundzwanzig Jahre zurückliegen«, antwortete Kate. »Zu der Zeit war –« Sie brach ab und hüstelte ein paar Mal trocken. Offenbar konnte oder wollte sie nicht über Sky City sprechen.
Dann sagte sie: »Soll ich jetzt eure Betten herrichten?«
»Unsere Betten?«, wiederholte Jeremy.
»Ja! Ihr wollt doch sicherlich heute Nacht hier im Haus schlafen.«
Jeremy schaute Ivy an. Sie musterte ihn sonderbar

prüfend, aber ihr Mienenspiel verriet nicht, was sie dachte.

»Das können wir auf gar keinen Fall!«, sagte Jeremy und war selbst erschrocken, wie barsch seine Stimme klang. »Vielen Dank für Ihr Angebot«, versuchte er seine Unhöflichkeit abzumildern. »Aber wenn der Weiße Terror heute Nacht vom Felsen herunterkommt, müssen wir mit ihm gehen.« Noch einmal blickte er Ivy an. »Das ist *die* Chance für uns, nach Sky City zu kommen!«, sagte er mit Ivys eigenen Worten.

»Aber es hat doch nur einer von euch das Zeichen des Drachen!«, entgegnete die alte Kate.

»Mir wird schon etwas einfallen«, sagte Jeremy. »Wir haben keine Wahl. Wir *müssen* nach Sky City!«

»Dann werde ich euch helfen, so gut ich es kann.« Kate erhob sich aus ihrem Sessel. »Als Erstes werde ich mit den Blooms sprechen«, kündigte sie an.

Feuer bleibt Feuer

Nachdem sich die Haustür hinter Kate geschlossen hatte, zog Jeremy die Knochenflöte der Schamanin aus seiner Hosentasche und sagte: »Vielleicht können wir Rory Fireball herbeirufen und sie fragen, ob sie mir auch so ein Feuermal auf den Rücken brennen kann!«

»Du würdest dir wirklich das Zeichen des Drachen einbrennen lassen?« Ivy schaute ihn halb besorgt, halb ehrfürchtig an.

»Ja!« Er öffnete die Haustür und spähte in alle Richtungen.

Als er nichts Verdächtiges entdeckte, winkte er Ivy. Sie stellten sich in den Schatten der Tür und Jeremy blies in die Knochenflöte. Dann warteten sie. Plötzlich durchzuckte Jeremy ein gruseliger Gedanke: Was würde passieren, wenn er den falschen Drachen herbeigerufen hatte: den schwarzen Drachen, der in Sky City lebte? Ivy schien etwas Ähnliches zu befürchten, denn er hörte sie neben sich schnell und heftig atmen. Doch nichts rührte sich; ja, sogar das Weinen war verstummt.

Nach einigen Minuten flüsterte Ivy: »Versuch es noch mal!«

»Aber stärker kann ich nicht blasen«, erwiderte er.

»Vielleicht musst du eine magische Formel sprechen?«
Jeremy fiel ein, dass die Schamanin ein Lied halb gesungen, halb gesprochen hatte. Er blies noch einmal in die Knochenflöte. Dumpf und schauerlich klangen ihre Töne durch die Nacht.
Er schloss die Augen und auf einmal kam der Text des Liedes über seine Lippen, als hätte er ihn auswendig gelernt:

»Ein Zittern, ein Zagen, ein Beben,
Ein Flüstern, ein Seufzer, ein Hauch,
Kurz ist das Menschenleben
Und dein Leben auch.
Erloschen, vergangen, verweht,
Nur der Wandel besteht.«

Nicht lange danach vernahmen sie schnelles, angestrengtes Flügelschlagen, das sich ihnen näherte. Jeremy atmete auf. So flog kein erwachsener Drache!
Und wirklich landete jetzt Rory Fireball vor ihnen.
Sie schüttelte ihren Zackenkamm und sagte etwas kleinlaut: »Ich wollte den Ballon nicht allein lassen. Aber dann kamen aus der Richtung des roten Felsens solche merkwürdigen, lockenden Töne und denen konnte ich nicht widerstehen.«
»Was du gehört hast, war die Flöte der Schamanin«,

erklärte Ivy. »Und wegen des Ballons musst du dir keine Sorgen machen. Du kannst sofort zurückfliegen, wenn du –«

Sie brach ab und sah Jeremy an. Wahrscheinlich wollte sie ihm die Möglichkeit geben, doch noch Nein zu sagen, falls er es sich in der Zwischenzeit anders überlegt hatte. Aber Jeremy war mehr denn je entschlossen, zu seinem Wort zu stehen.

»Ich möchte, dass du mir das Zeichen des Drachen einbrennnst!«, sagte er zu Rory.

»Was für ein Zeichen soll das sein?«, fragte Rory Fireball.

»Das zeigen wir dir, wenn wir im Haus sind«, antwortete Ivy.

Die Drachin wich zurück. »Im Haus? Ihr wisst doch, dass ich die Häuser der Menschen nicht betrete!«

»Aber wenn es sehr wichtig ist, machst du manchmal eine Ausnahme, oder?«, sagte Jeremy.

Die Drachin kratzte unschlüssig an ihren Schuppen. »Ist es denn so wichtig wie auf der Muschelburg?«

»Ja!«, sagte Ivy. »Und nun komm, Rory!«

Sie und Jeremy gingen voraus. Widerstrebend folgte ihnen die Drachin.

Im Haus zog Ivy ihren Pullover im Nacken ein Stück herunter, damit Rory das Brandmal zwischen ihren Schulterblättern sehen konnte. Als die Drachin erfuhr, dass dieses Zeichen allen neugeborenen Kin-

dern in Bottom in die Haut gebrannt wurde, stieß sie in heller Empörung eine Rauchwolke aus.
»Wer macht so was?«, rief sie.
»Der Drache, der oben in Sky City wohnt«, sagte Jeremy.
Rory war für einen Moment sprachlos. Dann zischte sie: »Das muss einer der gnadenlosen Drachen sein!«
»Sind das gefährliche Drachen?«, fragte Jeremy.
»Die gefährlichsten!«, antwortete Rory.
Ein kurzes Schweigen trat ein.
»Und du verlangst von mir, dass ich dir wehtun soll, Jeremy?«, sagte die Drachin dann.
»Wenn ich einen anderen Weg wüsste, würde ich dich nicht darum bitten, Rory«, antwortete er.
»Es hat bestimmt schrecklich wehgetan, oder?«, wandte sich die Drachin an Ivy.
»Daran habe ich keine Erinnerung«, sagte Ivy.
»Ich kann zwar versuchen, nur einen ganz dünnen Feuerstrahl auszustoßen . . .« Rory wiegte ihren Kopf hin und her. »Aber Feuer bleibt Feuer!«
»Ich bin nicht aus Zucker«, erwiderte Jeremy gespielt gleichmütig.
»Auf jeden Fall werde ich es so schnell und so schmerzlos wie nur möglich machen«, versprach Rory. Sie studierte noch einmal das Brandmal auf Ivys Schulter. Dann seufzte sie und sagte schicksalsergeben: »Wenn es also sein muss . . . wir können anfangen.«

Jeremy zog seinen Pullover und sein Unterhemd aus.
»Und du bist ganz sicher, dass ich dir das Zeichen des Drachen in die Haut brennen soll?«, vergewisserte sich Rory Fireball ein letztes Mal.
»Ja!« Jeremy biss die Zähne zusammen und ballte die Fäuste, um sich zu wappnen.
Er spürte einen Schmerz, so glühend und so schneidend, dass sein Herzschlag aussetzte. Danach schlug sein Herz wie rasend. Graue Rauchschwaden füllten das Zimmer und es begann abscheulich nach verbranntem Fleisch zu riechen. Der Schmerz war jetzt so intensiv, dass Jeremy das Gefühl hatte, sein ganzer Rücken sei eine offene Wunde. Aber er hielt durch.
»Fertig!«, hörte er nach einer kleinen Ewigkeit Rorys Stimme. Sie klang, als würde sich die Drachin schämen.
»Sieht das Zeichen gut aus?«, keuchte Jeremy.
»Das weiß ich nicht«, sagte die Drachin. »Die Haut ist ganz rot und geschwollen.«
»Dafür habe ich ein gutes Heilmittel.« Ivy suchte in der Umhängetasche. »Legst du dich auf die Couch?«, bat sie Jeremy.
Er tat es. Dann spürte er, wie Ivy die Wunde mit etwas Kühlendem bedeckte. Gleich darauf trat eine unglaubliche Linderung seiner Schmerzen ein.
»Wirkt der Efeuzweig?«, fragte Ivy.
»Ja!«, sagte Jeremy.

»Du kannst jetzt zum Ballon zurückfliegen«, sagte sie zu Rory. »Und vielen Dank!«
»Nichts zu danken«, wehrte die Drachin ab. »Einem Freund wehgetan zu haben – darauf bin ich nicht sehr stolz.«
»Das solltest du aber«, sagte Jeremy. »Wenn du mir das Zeichen des Drachen nicht in die Haut gebrannt hättest, würden mich die Leute in Sky City wahrscheinlich umbringen.«
Das schien die Drachin zu trösten. Sie stieß noch eine kleine Rauchwolke aus und dann verließ sie das Haus – sichtlich froh, endlich wieder den freien Himmel über sich zu haben.

Jeremys Verwandlung

Wenig später kam die alte Kate zurück.
»Ich bin's, Kinder!«, rief sie – und blieb wie angewurzelt neben der Haustür stehen, als sie den Brandgeruch wahrnahm.
»Der Drache – er war hier im Haus?«, fragte sie bestürzt.
»Ja, aber es war nicht der schwarze Drache von Sky City«, sagte Ivy schnell. »Es war unsere Freundin Rory Fireball. Sie hat Jeremy das Zeichen des Drachen in die Haut gebrannt.«
Mit unsicheren Schritten näherte sich die alte Kate der Couch. »Das müsst ihr mir genauer erklären, Kinder«, murmelte sie.
Ivy berichtete, was sich in der Zwischenzeit ereignet hatte. Kate war verständlicherweise sehr betroffen, aber in ihre Betroffenheit mischte sich Anerkennung, ja Bewunderung für Jeremy. Die Blooms hätten ihr Glück kaum fassen können, erzählte sie dann. In etwas mehr als einer Stunde sei das Treffen mit dem Weißen Terror; kurz vorher würden die Blooms kommen, um Jeremy und Ivy abzuholen und sie zu dem vereinbarten Treffpunkt zu führen.
Kate hatte ein paar graue Kleidungsstücke von Jason mitgebracht, die Jeremy anziehen sollte. Er nahm die

Kleidungsstücke und verschwand im Schlafzimmer. Es war herrlich, frische Sachen anzuziehen – noch dazu welche, die einem Jungen gehört hatten! Jeremy vergaß auch nicht, die Knochenflöte der Schamanin und die Eierschale von Kriska in die Tasche seiner neuen Hose zu stecken.

»Jetzt müssen wir nur noch eine Methode finden, wie wir deine Haare und deine Haut grau färben«, sagte Ivy bei seiner Rückkehr.

»Wie wäre es, wenn wir Asche aus dem Ofen in der Küche nehmen?«, schlug Kate vor. »Ich weiß allerdings nicht, ob die Graufärbung lange vorhält«, fügte sie hinzu.

Jeremy überlegte. Ob es nicht irgendetwas aus der Tasche von Ivys Mutter gab, das sie benutzen konnten?

»Der magische Pinsel!«, rief er. »Wir tragen die Asche mit dem magischen Pinsel auf!«

Kate holte zwei Gefäße aus der Küche; das eine hatte sie mit Asche gefüllt, das andere mit Wasser.

»Und was ist, wenn die graue Farbe anschließend nicht mehr abgeht?«, fragte Ivy, nun auf einmal doch sehr besorgt.

»Das würde mir nichts ausmachen«, sagte Jeremy. Kämpferisch fügte er hinzu: »Ihr seid ja auch grau!«

»Ja, und wir wissen, wie deprimierend das ist«, entgegnete die alte Kate. Ivy nickte.

»Trotzdem!«, sagte Jeremy. Er fand, dass sie jetzt Wichtigeres zu tun hatten, als darüber nachzugrübeln, was sein würde, wenn.

»Zuerst machen wir einen Test!« Ivy tauchte den magischen Pinsel in die Paste, die Kate mittlerweile angerührt hatte, und bemalte damit Jeremys Handballen.

Der Handballen färbte sich grau. Ivy begann an der Farbe zu reiben, ja, sie spuckte sogar in ein Taschentuch und rubbelte kräftig. Die graue Farbe blieb haften.

»Es funktioniert!«, freute sich Jeremy.

Er legte alle Kleidung bis auf die Unterhose ab und Ivy begann ihn mit dem magischen Pinsel zu bemalen: sein Gesicht und seinen Hals, seine Arme und Hände, seine Brust und seinen Rücken, seine Beine und Füße. Unter normalen Umständen wäre es ihm peinlich gewesen, fast nackt vor ihr zu stehen und sich obendrein noch die Haut bemalen zu lassen. Aber nun sagte er sich, dass Ivy in Wirklichkeit eine erwachsene Frau war, und da machte es ihm nicht mehr so viel aus. Ungeduldig wartete er, bis sie auch noch seine Fußnägel grau angemalt hatte, dann zog er sich hastig wieder an.

»Jetzt musst du deine Augen zumachen«, sagte Ivy.

»Und warum?«, fragte er irritiert.

»Ich glaube nicht, dass der Weiße Terror einen kindlichen Diener mit nach Sky City nimmt, der ein blaues und ein blaugrünes Auge hat«, antwortete sie.

»Ach so, ja.« Jeremy schloss die Augen und fühlte, wie Ivy mit dem magischen Pinsel vorsichtig seine Lider bestrich.

»Du kannst die Augen wieder aufmachen«, sagte sie.

Er tat es. »Und? Sind sie grau geworden?«

Ivy nickte. »Ja. Bleiben nur noch deine Haare! Am besten testen wir zuerst eine einzelne Strähne.«

Sie schnitt eine Haarsträhne ab und bestrich sie mit der Paste. Die Haarsträhne wurde ebenso grau wie seine Haut.

Ivy schnitt eine zweite Haarsträhne ab und reichte sie Jeremy. »Hier!«, sagte sie. »Zur Erinnerung!«

Jeremy fand es etwas sentimental, eine Locke von seinem eigenen Haar aufzubewahren. Aber dann steckte er die goldblonde Haarsträhne doch in seine Hosentasche, zu der Knochenflöte und der Eierschale.

»Ich glaube, die Blooms kommen«, sagte da die alte Kate.

Jeremy und Ivy wechselten einen Blick; sie hatten keine Schritte gehört. Aber vielleicht bekam man ein schärferes Gehör, wenn man in ständiger Furcht leben musste wie die Menschen in Bottom!, dachte Jeremy. Und so war er auch nicht überrascht, als es gleich darauf an der Haustür pochte.

Die alte Kate öffnete und eine Frau und ein Mann tra-

ten ein, die von Kopf bis Fuß grau waren. Ihre Augen sahen vom vielen Weinen ganz verquollen aus.
Sie liefen auf Jeremy und Ivy zu und ehe die beiden wussten, wie ihnen geschah, wurden sie umarmt, gedrückt und geküsst. Für Jeremy war es eine etwas befremdliche Erfahrung, denn seit dem Tod seiner Mutter hatte ihn niemand mehr so richtig herzlich in den Arm genommen. Ivy schien es ähnlich zu ergehen; Jeremy bemerkte, dass sie ein ziemlich verlegenes Gesicht machte.
Überschwänglich bedankten sich die Blooms bei Jeremy und Ivy.
»Jetzt sollten wir aber gehen!«, sagte Jeremy, dem von all den Dankesbezeugungen schon ganz komisch wurde.
Augenblicklich schlug die Stimmung um.
»Ja, du hast recht«, sagte Frau Bloom und biss sich nervös auf die Lippen.
»Den Weißen Terror darf man nicht warten lassen«, sagte Herr Bloom und ließ traurig die Schultern hängen.
Die Blicke, mit denen sie Jeremy und Ivy nun musterten, waren voller Mitleid. Aber Jeremy wollte kein Mitleid!
»Sie müssen sich unseretwegen keine Sorgen machen«, sagte er. »Wir haben auf unserer Reise schon viel größere Gefahren bestanden. Und wenn wir von

Sky City zurückkommen, werden hier in Bottom wieder die bunten Farben einziehen!«
»Und in Greyland«, ergänzte Ivy und lächelte ihm zu.
»Und in Greyland!«, sagte Jeremy.
»Unsere guten Wünsche werden euch begleiten!«, sagte Frau Bloom.
Die beiden verabschiedeten sich von der alten Kate und machten sich auf den Weg.

Der Weiße Terror

Am Himmel war der Mond aufgegangen. Jeremy spähte in die Richtung, in der Sky City lag, doch der überhängende Felsen versperrte ihm die Sicht.
Schweigend gingen sie durch die engen Gassen von Bottom; die Blooms voran und Jeremy und Ivy ein paar Schritte hinter ihnen. Vereinzelt brannte hinter geschlossenen Vorhängen schwaches Licht, aber die meisten Häuser waren dunkel. Offenbar hatten sich die Einwohner von Bottom in die hintersten Winkel ihrer Häuser verkrochen! Die Stille ringsum hatte etwas Beklemmendes und Jeremy spürte, wie ihm das Herz bis zum Hals klopfte.
Mit bangem Vorgefühl sah er Ivy an. Sie erwiderte seinen Blick. Nun wirkte sie gar nicht mehr so selbstbewusst und erwachsen – eher wie ein Mädchen in seinem Alter. Aufs Neue war Jeremy verunsichert, wen er tatsächlich vor sich hatte: ein zwölfjähriges Mädchen oder eine erwachsene Frau. Konnte diese Unsicherheit auch der Grund sein, dass sich keine richtige Vertrautheit zwischen ihnen einstellen wollte?
Während Jeremy noch darüber nachdachte, streifte Ivy die Umhängetasche von der Schulter und hielt sie ihm hin. »Hier!«, sagte sie.

Er rührte sich nicht. »Ich glaube nicht, dass ich die Tasche haben sollte«, sagte er.
»Willst du sie nicht nehmen, weil es eine Frauentasche ist?«, fragte Ivy.
»Nein. Aber die Tasche ist deine einzige Erinnerung an deine Mutter. Und die Sachen in der Tasche –« Er räusperte sich. »Du hast gesagt, die Sachen in der Tasche haben magische Kräfte!«
»Ebendeshalb sollst du sie haben. Du wirst diese Kräfte brauchen!«
»Und was ist mit dir? Brauchst du sie nicht?«, entgegnete Jeremy.
»Ich möchte, dass du die Tasche hast«, sagte Ivy.
Da nahm Jeremy die Tasche und hängte sie sich um.
Vor einem düsteren Gebäude mit einem hohen Turm blieben die Blooms stehen.
»Hier ist es«, sagte Frau Bloom.
»Müssen wir in das düstere Gebäude gehen?«, fragte Jeremy.
»Nein. Der euch erwartet, wird euch hinter der Kirche treffen«, antwortete sie.
»Lasst ihn nicht ungeduldig werden!«, ermahnte sie Herr Bloom. Dann drehte er sich um und eilte davon, gefolgt von seiner Frau.
»Komm, Jeremy!«, sagte Ivy.
Entschlossen ging sie auf die Kirche zu. Jeremy holte tief Luft und folgte ihr.

Plötzlich hörten sie, wie ein Motor angelassen wurde. In der Totenstille rundum wirkte dieses Geräusch seltsam fremd, ja fast bedrohlich. Aber wenigstens wussten sie nun, dass hinter der Kirche ein Auto wartete!, dachte Jeremy. Und so war er beim Anblick des schwarzen Fahrzeugs zunächst nicht sehr erschrocken. Doch als er sah, dass es eine ungewöhnlich lange Limousine mit schmalen, von Gardinen eingefassten Fenstern war, überlief es ihn kalt.

»Glaubst du, der Leichenwagen wartet auf uns?«, flüsterte er.

»Ja«, sagte Ivy.

»Aber –« Sein Mund war auf einmal ganz trocken. »Aber sie werden uns doch nicht umbringen und in die Särge legen, oder?«

»Vielleicht sind gar keine Särge im Auto«, erwiderte Ivy. »Manche Leute fahren solche Autos zum Vergnügen.«

Mit angehaltenem Atem spähte Jeremy zu dem Leichenwagen hinüber. Am Steuer saß jemand, der etwas Helles um den Kopf trug. Doch bevor Jeremy Einzelheiten erkennen konnte, flammten die Scheinwerfer auf. Geblendet wandte er sich ab und bedeckte die Augen mit den Händen. Eine Hupe ertönte – einmal, zweimal, dreimal. Dann wurde die Beifahrertür aufgestoßen.

»Wir müssen einsteigen!«, flüsterte Ivy.

Langsam näherten sie sich dem Wagen. Wieder ertönte die Hupe.
Jeremy wäre am liebsten davongerannt. Aber er sagte sich, dass es nun erst recht darauf ankam, einen klaren Kopf zu bewahren.
Alles läuft genau nach Plan!, sprach er sich selbst Mut zu.
Und dann hatten sie den Leichenwagen erreicht.
»Seid ihr die neuen kindlichen Diener?«, hörten sie eine eigenartig dickflüssige, ölige Stimme, die Jeremy auf Anhieb unsympathisch war.
Ihm fiel ein, was die alte Kate über Lucas Crane erzählt hatte, der einen Blick auf das Gesicht des Weißen Terrors erhascht und darüber den Verstand verloren hatte: Bis an sein Lebensende sollte er etwas von einem weißen Wurm gemurmelt haben. Wenn Würmer Stimmen hätten, würden sie so klingen!, dachte er.
»Ja, das sind wir«, sagte Ivy.
»Los, steigt ein!«, kam das barsche Kommando. »Ihr seid spät dran. Und ich hasse es zu warten!«
Der Wagen hatte nur vorn Sitze; der hintere Teil war Ladefläche. Zu Jeremys Erleichterung befand sich kein Sarg im Wagen. Er stieg ein. Jetzt trennte ihn nur noch die Mittelkonsole von dem in einen langen weißen Mantel gehüllten Fahrer, der einen Geruch nach feuchter, modriger Erde verströmte. Vielleicht war es

dieser Erdgeruch gewesen, der Lucas Crane dazu gebracht hatte, von einem Wurm zu sprechen?
Ivy setzte sich neben Jeremy und schlug die Wagentür hinter sich zu. Er rückte ganz nahe an sie heran und drehte seinen Körper, so weit er nur konnte, von dem Weißen Terror weg.
Der Weiße Terror wendete den Wagen und gab Gas. Mit viel zu hohem Tempo fuhren sie durch die Gassen von Bottom. Sobald sie die Stadt hinter sich gelassen hatten, schien es keine Straßen mehr zu geben, denn nun ging es buchstäblich über Stock und Stein. Immer wieder bremste der Weiße Terror abrupt, gab Gas, riss das Steuer herum und ließ den Wagen schlingern und schaukeln.
Wahrscheinlich wollte er seine Passagiere mit dieser Fahrweise einschüchtern. Doch bei Jeremy erreichte er genau das Gegenteil: Je länger die Fahrt dauerte, desto normaler, ja menschlicher kam ihm der Weiße Terror vor. Aufgrund der Erzählungen von Kate hatte er sich den Weißen Terror als eine Art Horrorwesen vorgestellt, halb Mensch, halb Ungeheuer. Aber das abrupte Bremsen und das wilde Gasgeben überzeugten Jeremy davon, dass der Weiße Terror gar nicht so monströs sein konnte, wenn er es nötig hatte, sie durch solche Fahrmanöver zu beeindrucken!
Und so wagte Jeremy es nun auch, sich vorsichtig aufzurichten, um einen verstohlenen Blick in den In-

nenspiegel zu werfen. Er fürchtete noch nicht einmal, den Verstand zu verlieren. Was er im Spiegel entdeckte, war allerdings so abstoßend, dass ihm fast übel geworden wäre. Das Gesicht des Weißen Terrors sah aus, als wäre es von Säure zerfressen worden. Die Haut war schuppig und mit Bläschen überzogen, und anstelle der Nase erblickte Jeremy nur zwei dunkle Löcher. Die Augen des Weißen Terrors traten aus ihren Höhlen hervor und waren eigenartig starr und wässrig. Wie Fischaugen!, dachte Jeremy – als sich ihre Blicke plötzlich im Spiegel begegneten.

»Hast du genug gesehen?«, zischte der Weiße Terror mit seiner öligen Stimme.

Ertappt ließ sich Jeremy in den Sitz zurücksinken. Er biss sich auf die Lippen und schwieg. Aber vermutlich erwartete der Weiße Terror ohnehin keine Antwort. Für den Rest der Fahrt schaute Jeremy geradeaus, doch ohne viel mehr zu erkennen als eine nächtliche, mit Felsbrocken, Büschen und kleinen Bäumen durchsetzte Landschaft.

Das Tor im Felsen

Schließlich tauchte der weiße Felsen vor ihnen auf. Der Mond übergoss ihn mit einem silbrigen Licht, aber trotzdem strahlte er etwas Finsteres, Unheil Verkündendes aus. Jeremy tastete nach Ivys Hand und drückte sie einmal kurz.
Ohne das Tempo zu drosseln, fuhr der Weiße Terror auf den Felsen zu. Erst im letzten Moment bremste er. Jeremy und Ivy, die sich nicht angeschnallt hatten, weil es im Wagen keine Sicherheitsgurte gab, wurden nach vorn geschleudert und anschließend in den Sitz gepresst. Doch bis auf ein paar leichte Prellungen blieben sie unverletzt.
»Ihr könnt aussteigen«, sagte der Weiße Terror. Es klang allerdings eher wie ein Befehl.
»Aussteigen?«, murmelte Jeremy. »Und wie sollen wir von hier aus nach Sky City kommen?«
Er sah die Lichter oben auf dem Felsen, aber keinen Weg, der dorthin führte. Die weißen Felswände ragten mindestens einhundert Meter hoch in den Himmel und stiegen nahezu senkrecht an.
»Da drüben ist der Eingang für euch!« Der Weiße Terror schaltete das Fernlicht ein und nun erkannten sie eine halbrunde Öffnung am Fuß des Felsens. Hinter dem Felsentor gähnte tiefste Schwärze.

Wie das Tor zur Hölle!, dachte Jeremy schaudernd. Aber eigentlich machte es keinen großen Unterschied, sagte er sich dann. Oben in Sky City würden sie ebenso in Lebensgefahr sein wie im Innern des Felsens. Er rückte den Riemen der Schultertasche zurecht.

»Gehen wir!«, sagte er zu Ivy. »Wir sollen unseren Dienst bestimmt so bald wie möglich antreten.«

»Das sollt ihr!«, bestätigte der Weiße Terror und lachte schmierig.

Mit schmerzenden Gliedern und noch ziemlich durchgerüttelt von der wilden Fahrt stiegen Ivy und Jeremy aus. Der Weiße Terror gab Gas und brauste davon.

»Und du willst wirklich in den Felsen gehen?«, fragte Ivy.

»Ja!«, sagte Jeremy.

»Da drinnen kann Rory uns aber nicht finden«, gab sie zu bedenken. »Und falls doch, würde es nicht viel helfen, weil wir den Ballon nicht benutzen können.«

»Meinst du nicht, dass wir uns gegenseitig Mut machen sollten?«, entgegnete Jeremy, der nicht recht verstand, weshalb Ivy seine Angst auch noch schüren musste.

»Ja, schon«, sagte sie. »Aber noch hätten wir Zeit umzukehren. Du brauchst nur in die Flöte der Schama-

nin zu blasen. Dann kommt Rory und wir fliegen nach Greyland zurück und alles bleibt so, wie es ist!«
»Eben!« Jeremy ballte die Fäuste. »Eben!«, sagte er noch einmal. »Und wir haben die Reise nicht gemacht, damit alles so bleibt, wie es ist. Wir haben die Reise gemacht, damit alles besser wird!«
Ein Lächeln huschte um Ivys Lippen. »Entschuldige, wenn ich dir das Gefühl gegeben habe, ich wäre nicht auf deiner Seite oder ich hätte es mir anders überlegt«, sagte sie ungewöhnlich sanft. »Aber ich musste einfach herausfinden, ob es dir ernst ist.«
»Natürlich ist es mir ernst!«, antwortete Jeremy und fühlte sich ein wenig in seiner Ehre gekränkt.
»Und mir auch!«, sagte Ivy.
Sie gingen auf das Felsentor zu.
Als sie sich dem Tor bis auf wenige Schritte genähert hatten, blieb Ivy stehen und rief: »Ist da jemand? Wir sind die neuen kindlichen Diener!«
Eine in einen bodenlangen weißen Kaftan gehüllte Gestalt erschien in der Felsöffnung. Die Gestalt trug eine Maske aus weißem Stoff, die nur ihre Augen, den Mund und die Nasenspitze frei ließ. Aber wenigstens *hatte* sie eine Nasenspitze!, dachte Jeremy. Im Gürtel des Kaftans sah er einen Krummsäbel, dessen Klinge im Mondlicht aufblitzte. Unwillkürlich machte Jeremy einen Schritt zurück.
Die Gestalt verneigte sich und sagte mit einer tiefen,

etwas krächzigen Stimme, die unverkennbar einem Mann gehörte: »Ich werde euch den Weg weisen, kindliche Diener. Tretet ein!«

Jeremy und Ivy gelangten in eine Höhle, die von einem schwachen gelblichen Lichtschein erhellt wurde. Woher der Lichtschein kam, konnte Jeremy nicht erkennen. Er schaute sich um. Zuerst dachte er, außer dem Mann mit der weißen Gesichtsmaske wäre niemand in der Höhle. Aber dann entdeckte er zwanzig oder noch mehr schwarz gekleidete Gestalten, die sich eng gegen die Felswände drückten. Sie trugen Kapuzenmäntel und sahen wie eine Kolonie riesiger Fledermäuse aus. Weshalb sie stumm und reglos an den Wänden standen, wusste er nicht. Vielleicht bewachten sie die Höhle? Sehr freundlich wirkten sie jedenfalls nicht.

»Hierher!«, rief da der Mann mit dem Krummsäbel. Von der Höhle zweigten drei Gänge ab; der Mann hatte bereits den äußersten rechten Gang betreten.

Doch irgendetwas in Jeremy sträubte sich dagegen, tiefer in den Felsen hineinzugehen.

»Hierher!«, rief der Mann ein zweites Mal.

Ivy ging zu dem Mann und mit weichen Knien folgte Jeremy ihr.

Es herrschte ein seltsames Zwielicht und Jeremy hatte den Eindruck, als würden sie ein unterirdisches Labyrinth betreten. Ohne ein Wort zu sprechen, ge-

leitete sie der Mann durch enge, sich scheinbar endlos hinziehende Gänge.
Mehrmals kamen sie an massiven, mit Schlössern gesicherten Holztüren vorbei, hinter denen gedämpfte Laute erklangen, manche menschlich, manche tierhaft. Die Luft in den Gängen war kalt und klamm und mit wenig angenehmen, undefinierbaren Gerüchen gesättigt. An einer Stelle glaubte Jeremy den erdigen Geruch wiederzuerkennen, der von dem Weißen Terror ausgegangen war.
Endlich hielt der Mann vor einer Tür und klopfte an. Dann wartete er in einer sonderbar unterwürfigen Haltung.
»Herein!«, rief eine Frauenstimme.
Der Mann drückte die Türklinke nach unten.

Die Inspektion

Vor ihnen öffnete sich eine Kammer, die von mehreren Fackeln an den Wänden in helles Licht getaucht wurde. Nach dem langen Umherirren in den nur spärlich erleuchteten Gängen musste Jeremy die Augen zukneifen. Als er sie wieder öffnete, erblickte er eine Frau mit einem weißen Turban, die hinter einem Schreibtisch thronte, flankiert von zwei schwarz verschleierten Gestalten.

»Die neuen kindlichen Diener!«, meldete der Mann und verbeugte sich, bevor er Ivy und Jeremy, die neben der Tür stehen geblieben waren, ziemlich grob in die Kammer stieß. Anschließend machte er von außen die Tür zu.

Die Frau mit dem Turban erhob sich. Sie war ungewöhnlich groß und kräftig. Ihre Kleidung bestand aus einer langen weißen Robe, die ihren Hals und ihren Kopf frei ließ. Jeremy spürte eine gewisse Erleichterung, dass er ihr Gesicht sehen konnte, auch wenn es ausgesprochen hässlich war: Sie hatte eine niedrige Stirn, einen breiten Mund mit wulstigen Lippen und ein fliehendes Kinn.

»Dann wollen wir uns mal anschauen, was wir da bekommen haben«, sagte sie und machte eklige, schmatzende Geräusche. »Wer von euch will anfangen?«

»Womit?«, fragte Ivy.
»Du bist ein keckes kleines Ding, wie mir scheint«, sagte die Frau. »Willst alles ganz genau wissen, wie?«
»Ja«, antwortete Ivy.
»Dann fängst du an!«, bestimmte die Frau.
»Ich will Ihnen keine Schwierigkeiten machen, aber –« Ivy zupfte an ihren Haaren. »Sie haben mir noch nicht gesagt, womit ich anfangen soll.«
Die Frau lachte misstönend und die beiden Gestalten unter den schwarzen Schleiern fielen mit ein. Jeremy hätte aufgrund der Stimmen nicht sagen können, ob es Männer oder Frauen waren.
Gleich darauf wurde die Frau wieder ernst. »Du sollst uns das Zeichen zeigen!«
»Sie meinen das Zeichen des Drachen, oder?«, sagte Ivy.
»Richtig.« Die Frau stemmte ihre Arme in die Hüften.
Ivy zog ihren Pullover im Nacken herunter, wie sie es auch bei der alten Kate getan hatte, und kehrte der Frau ihren Rücken zu.
»Was soll das?«, fragte die Frau.
»Das Zeichen des Drachen«, sagte Ivy. »Es ist zwischen meinen Schulterblättern.«
»Du willst mich wohl zum Narren halten, wie?«
»Nein!«
»Oh doch, das willst du. Aber du wirst jetzt sofort deinen Oberkörper frei machen!«, verlangte die

Frau. »Wer weiß, ob uns nicht diesmal Diener untergeschoben werden sollen, die gar keine Kinder mehr sind?«
»Wie kommen Sie denn darauf?« Ivys Stimme klang unsicher, fast ängstlich.
»Mach dich frei!«, sagte die Frau scharf.
Als Ivy nicht reagierte, befahl sie den beiden verschleierten Gestalten: »Helft ihr!«
Die beiden Gestalten packten Ivy und ehe Jeremy so richtig wusste, was vor sich ging, hatten sie Ivy den Pullover und das Unterhemd über den Kopf gezogen. Sie schrie auf und schlang schützend die Arme um ihren Oberkörper. Aber es war bereits zu spät.
»Hab ich's doch geahnt!«, triumphierte die Frau und gab ein lautes, erregtes Grunzen von sich. »Führt sie ab, die Betrügerin!«, rief sie den beiden verschleierten Gestalten zu.
Die eine der verschleierten Gestalten reichte Ivy ihre Kleidung. Ivy, die jetzt leise schluchzte, zog sich wieder an. Die verschleierten Gestalten nahmen sie in ihre Mitte und gingen zur Tür.
»Ivy!«, rief Jeremy und wollte hinterherlaufen.
Die Frau hielt ihn am Ärmel fest. »Du bleibst hier!«
Hilflos musste Jeremy mit ansehen, wie sich die Tür hinter Ivy und den verschleierten Gestalten schloss. Dann war er mit der Frau allein.

Sie starrte Jeremy an. »Warst du in den Betrug eingeweiht? Ja oder nein? Und mach keinen Versuch, mich hinters Licht zu führen!«
»Ich weiß nicht, wovon Sie sprechen«, sagte er abwehrend.
»Wusstest du, dass sie Brüste hat?«, fauchte die Frau.
»Nein«, antwortete er wahrheitsgemäß.
»Das soll ich dir glauben?«
»Ja.« Jeremy versuchte einen kühlen Kopf zu bewahren. »Wenn Mädchen weite Pullover anhaben, sieht man nicht, ob sie ... ob sie schon entwickelt sind.«
Die Frau lief im Zimmer hin und her und machte ihre unappetitlichen, schmatzenden Geräusche.
»Zieh dich aus!«, herrschte sie ihn auf einmal an.
»Sie ... Sie wollen das Zeichen des Drachen sehen?«, stammelte Jeremy.
»Ja! Und nun mach schon!«
Eine schreckliche Erinnerung wurde in Jeremy wach: jene nächtliche Szene am Strand von No Man's Land, als eine der Frauen inspizieren sollte, ob er ein Mädchen war, wie er und Ivy behauptet hatten. Sobald die Frauen die Wahrheit erfahren hatten, war er zu den Gorilla-Möwen auf die Möwenklippen geschafft worden ...
Aber diesmal hatte er ja nichts behauptet, was nicht stimmte!, dachte Jeremy. Er war wirklich noch ein

Kind – und er trug das Zeichen des Drachen! Mit neuem Mut nahm er die Tasche von Ivys Mutter ab und streifte sich den Pullover und das Unterhemd über den Kopf.

»Verschränk die Arme hinter dem Kopf!«, befahl die Frau.

Er gehorchte.

Die Frau musterte seinen Oberkörper mit den schmalen Schultern und nickte beifällig. »Bei dir hat die Entwicklung tatsächlich noch nicht eingesetzt. Du hast den Körper eines Knaben. Wie alt bist du?«

»Elf«, sagte er.

»Ich hätte gedacht, du wärst jünger. Aber ein Jahr wirst du noch dienen können. Und das willst du doch, oder?«

»Ja!«, beeilte Jeremy sich zu versichern. »Ich bin auch schon sehr gespannt, worin mein Dienst besteht«, fügte er in dem Versuch hinzu, sich mit der Frau gutzustellen.

»Das wirst du früh genug erfahren«, sagte sie. »Aber nun will ich das Zeichen des Drachen sehen!« Sie drehte ihn herum.

Mit laut klopfendem Herzen wartete Jeremy, was ihre Prüfung ergeben würde. Er hörte sie heftig atmen. Offenbar verlief die Inspektion nicht so, wie sie erwartet hatte. Seine Nervosität wuchs.

»Hm, hm«, machte sie schließlich, »ein schönes Zeichen hast du da. Ich habe lange nicht mehr eine so gute Arbeit des Drachen gesehen.«

Jeremy biss sich auf die Zunge, um sich nicht durch einen freudigen Ausruf zu verraten. Danke, Rory!, sprach er in Gedanken.

»Du kannst dich anziehen«, sagte sie.

Er tat es. Als Letztes hängte er sich die Schultertasche wieder um. Bei dem Gedanken, dass ihn die Frau hätte zwingen können, sich ganz auszuziehen, überlief ihn noch nachträglich ein Zittern. Und das hatte nichts mit Schamhaftigkeit zu tun. Nein, der Grund war ein anderer: Wenn er seine gesamte Kleidung abgelegt hätte, hätte die Frau gesehen, dass er unter der Unterhose nicht grau war! Und dann hätte sie ihn ebenfalls als Betrüger abführen lassen!

Aber nun streckte sie ihm ihre rechte Hand entgegen und sagte mit einer Liebenswürdigkeit, die gar nicht zu ihrem abstoßenden Äußeren passen wollte: »Ich bin Fiona. Nachdem deine Untersuchung zu meiner vollsten Zufriedenheit verlaufen ist, werde ich dich zu deiner Herrin bringen.«

»Und wohin wird Ivy gebracht?«, fragte er.

»Dahin, wo alle landen, die uns betrügen wollen: in die Katakomben«, antwortete Fiona.

»Ist das so etwas wie ein Verlies?«

»Wenn du in der Schule aufgepasst hättest, wüsstest

du, was Katakomben sind: unterirdische Begräbnisanlagen!«

Jeremy erschauerte. Das würde auch sein Schicksal werden, wenn er einen Fehler machte . . .

Der schwarze Drache

Sie verließen die Kammer. Wieder ging es durch niedrige Gänge, die nicht enden wollten. Allmählich wurde es wärmer und zwischen all den fremdartigen Gerüchen nahm Jeremy nun einen wahr, den er kannte: Es war der typische Schwefelgeruch der Drachen!
»Lebt der schwarze Drache hier unten?«, fragte er.
Fiona, die bislang schweigend vorausgegangen war, blieb stehen. Mit einem sonderbar zweideutigen Lächeln sah sie ihn an. »Möchtest du eure Bekanntschaft erneuern?«
Jeremy überlegte einen Augenblick, worauf sie damit anspielte. Dann fiel es ihm wieder ein: Fiona glaubte ja, der schwarze Drache von Sky City hätte ihm das Zeichen des Drachen in die Haut gebrannt!
»Nein!«, sagte er.
»Aber es ist doch bestimmt sehr aufregend für dich, den Drachen nach so vielen Jahren wiederzusehen«, sagte Fiona, die offenbar Gefallen an der Idee gefunden hatte. »Wer weiß, vielleicht erinnert sich der Drache sogar noch an dich?«
Jeremy räusperte sich. »Wollten Sie mich nicht zu meiner –«, er musste sich regelrecht überwinden, um das scheußliche Wort über die Lippen zu bringen, »Herrin bringen?«

»Vorher kannst du dir den Drachen ruhig noch einmal ansehen!« Fiona stieß ein raues, kehliges Lachen aus.
»Wie Sie meinen«, sagte Jeremy voller Unbehagen.
Ob der Drache einen Blick auf das Brandmal werfen würde? Wenn er das tat, würde er mit Sicherheit merken, dass es gar nicht von ihm stammte!
Fiona betrat einen Gang, der nach links abzweigte, und Jeremy folgte ihr. Er versuchte seine Angst zu bezwingen, indem er an Harvey Fireball und die anderen wilden Drachen dachte, deren Bekanntschaft er ja auch überlebt hatte.
Vor einer Holztür, in die jemand ein *D* eingeritzt hatte, blieb Fiona stehen. Aus dem Ausschnitt ihrer Robe zog sie eine Halskette mit mehreren Schlüsseln. Sie nahm die Kette ab und steckte einen der Schlüssel ins Schloss. In den Angeln quietschend schwang die Tür auf.
Jeremy hatte erwartet, dass sie wütendes Schnauben und Fauchen empfangen würde, doch der Raum war leer. Nachdem sie einen weiteren leeren Raum und einen Korridor durchquert hatten, schloss Fiona eine Eisentür auf, die mit einem Riegel gesichert war. Sie kamen auf einen balkonähnlichen Vorsprung im Felsen. Auf der gegenüberliegenden Felswand sah Jeremy zahlreiche vergitterte Fenster, durch die das Mondlicht schimmerte.
»Sind das hier die Katakomben?« Unwillkürlich flüsterte er.

Fiona lachte, als hätte er einen gelungenen Scherz gemacht. »Nein. Das hier ist die Drachenhöhle!«

Jeremy beugte sich vor und spähte in die Tiefe. Ungefähr fünfzehn Meter unter ihnen kauerte auf dem mit Stroh bestreuten Steinboden ein kolossaler schwarzer Drache mit glühenden gelbgrünen Augen. Als Jeremy die dicke Kette sah, die von seinem rechten Hinterbein zu einem Eisenring in der Felswand führte, wurde ihm etwas leichter ums Herz, obwohl ihm der Drache leidtat.

»Willst du den Drachen nicht begrüßen?«, sagte Fiona.

»Doch.« Jeremy räusperte sich. »Ich bin Jeremy Golden«, rief er zu dem Drachen hinunter.

»Du bist golden?«, sagte der Drache mit einer tiefen, wie eine Glocke tönenden Stimme.

»Nein, das ist mein Name«, erwiderte Jeremy. »Ich heiße Jeremy Golden. Und ich freue mich, dich zu sehen!« Er sagte absichtlich nicht *wieder*zusehen, weil er nicht lügen wollte.

Der Drache legte seinen Kopf schief. »Du freust dich, mich zu sehen?«, wiederholte er verwundert.

»Ja!«

»Es freut sich nie jemand, wenn er mich sieht«, sagte der Drache. »Außer natürlich Ray, mein Pfleger. Der freut sich, wenn er mich sieht, jedenfalls meistens. Aber alle anderen hassen mich.«

»Und warum?«, fragte Jeremy.

»Warum weiß ich nicht«, sagte der Drache und stieß eine dicke Rauchwolke aus.
Fiona wedelte mit den Händen, um den Rauch zu vertreiben. »Sag mal, was redest du da eigentlich die ganze Zeit?«, wandte sie sich an Jeremy. »Glaubst du etwa, das schwarze Scheusal begreift, was du sagst?«
Jeremy zögerte einen Moment. Allem Anschein nach hatte Fiona nichts von dem verstanden, was der schwarze Drache gesagt hatte!
»Glauben *Sie* denn, dass der Drache begreift, was ich sage?«, fragte er zurück.
»Nein.« Wieder lachte sie. »Das ist ein *Drache!* Der versteht nur eine Sprache. Warte, ich zeig dir, welche!«
Sie hob einen Stein vom Boden auf und warf ihn nach dem Drachen. Der Drache gab ein wütendes Gebrüll von sich und stieß eine Wolke aus Feuer und Rauch aus.
Fiona zog Jeremy in den Korridor zurück. Laut schnaufend versperrte sie die Eisentür hinter ihnen.
»Jetzt hast du selbst erlebt, was für eine gefährliche Bestie der Drache ist!« Sie schüttelte sich.
Ja, weil Sie ihn gereizt haben!, dachte Jeremy. »Ist er immer so angekettet?«, fragte er laut.
»Allerdings!«, sagte Fiona.
»Aber wenn er nach Bottom fliegen soll, müssen Sie ihn doch freilassen, oder?«
»Ich ganz bestimmt nicht!«, sagte sie voller Abscheu. »Dafür ist der Drachenbändiger zuständig.«

»Ray?«, fragte Jeremy.

Fiona sah ihn verblüfft an, bevor sie antwortete: »Ja, Ray. Wenn der Drache nach Bottom fliegen soll, lässt Ray ihn frei.«

»Versucht der Drache dann nicht wegzufliegen?«

»Warum sollte er?« Fiona lächelte süßlich. »Von Ray bekommt er sein Fressen, er hat seinen Schlafplatz und seine Routine. Außerdem wüsste er gar nicht, wohin er fliegen sollte. Ray hat ihn gleich nach seiner Geburt hierher gebracht. Er hat noch nie einen anderen Drachen gesehen und glaubt, er wäre der Einzige seiner Art auf der ganzen Welt. Nein, wenn er seinen Auftrag erfüllt hat, lässt er sich bereitwillig wieder an die Kette legen.«

Das bezweifelte Jeremy, doch er sagte nichts.

»Wie heißt der Drache eigentlich?«, fragte er nach einer Pause.

»Ein Scheusal wie er braucht keinen Namen«, sagte Fiona abfällig.

Sie kehrten in den Gang zurück und setzten ihren Weg fort, bis sie eine aus dem Felsen herausgehauene Treppe erreichten, deren Stufen steil nach oben führten. Den Zugang zur Treppe versperrte ihnen eine einsame, schwarz verschleierte Gestalt.

Fiona trat auf die Gestalt zu und flüsterte mit ihr. Eher widerstrebend gab die Gestalt den Weg frei.

»Komm!«, sagte Fiona und winkte Jeremy.

Als er an der schwarz gekleideten Gestalt vorbeiging, gab sie ein leises, grimmiges Knurren von sich, bei dem sich ihm die Haare sträubten; aber sonst unternahm sie nichts.
Hastig lief Jeremy hinter Fiona die Stufen hinauf.

Im Palast der Tränen

Ja, und dann hatten sie Sky City erreicht! Jeremy erblickte einen ovalen Platz, der von Gebäuden in einem orientalisch anmutenden Baustil gesäumt wurde. Ungewöhnliche, wie Glockenblumen geformte Lampen und Laternen beleuchteten ihn.

»In dem Palast da drüben lebt deine Herrin Katharga«, sagte Fiona und zeigte auf ein Gebäude mit mehreren Türmchen und einem imposanten Eingangsportal. »Wir nennen ihn den Palast der Tränen!«

»Und warum heißt er Palast der *Tränen?*«, fragte Jeremy mit einem Gefühl der Unruhe und Angst.

Fiona lächelte spöttisch. »Kein Dienst ohne Tränen«, sagte sie. »Und nun komm!«

Vor dem Eingangsportal des Palasts blieb Fiona stehen. Sie zog an einer eisernen Kette und Jeremy hörte, wie in der Tiefe des Palasts eine Glocke anschlug. Einige Minuten verstrichen. Dann wurde das Portal geöffnet und eine weiß gekleidete, verschleierte Gestalt erschien auf der Schwelle. Sie war einen Kopf größer als Fiona und Jeremy vermutete, dass sich ein Mann unter dem Schleier verbarg.

Die beiden sprachen leise miteinander. Jeremy spitzte seine Ohren, aber bis auf »in die Katakomben« verstand er nichts. Als die Unterredung beendet war, drehte Fiona sich zu Jeremy um.

»Lorenzo wird dich zu deiner neuen Herrin bringen«, sagte sie.

»Kommen Sie nicht mit?«, fragte er.

»Nein«, antwortete sie knapp.

Jeremy ging an Fiona vorbei und gelangte in eine große Halle. Unheimliche Gestalten in bodenlangen schwarzen Kapuzenmänteln standen reglos gegen die Wände gelehnt. Die breiten Kapuzen verdeckten ihre Gesichter, aber Jeremy war sicher, dass sie ihn sehen konnten und jede seiner Bewegungen verfolgten.

Rasch lief er hinter Lorenzo her, der wortlos vorausging. Sie durchquerten eine zweite, leere Halle und einen langen Flur.

Vor einer Flügeltür hielt Lorenzo inne und sagte: »Warte hier!« Er klopfte, dann öffnete er die Tür und trat ein.

Jeremy ging näher an die Tür heran und horchte. Gedämpfte Stimmen drangen an sein Ohr. Plötzlich klirrte es.

Das Stimmengewirr erstarb und in die Stille hinein schrie eine weibliche Stimme: »Du Trampel, du Nichtsnutz! Meine teure Karaffe zu zerbrechen!«

Jeremy erschrak: Die Frauenstimme hatte genau wie die von Rita geklungen! Und nicht nur das: »Trampel« und »Nichtsnutz« waren ihre bevorzugten Schimpfwörter für ihn gewesen! Konnte Rita hier in Sky City sein? Aber nein, das war völlig ausgeschlossen, sagte er sich dann.

»Schafft ihn mir aus den Augen!«, keifte die weibliche Stimme. »Na, macht schon!«

Hinter der Tür vernahm er nun schleifende Geräusche, es polterte und rumpelte, eine Tür fiel krachend zu.

Nicht lange danach ging die Flügeltür wieder auf und Lorenzo stand vor ihm. »Katharga ist bereit, dich zu empfangen«, sagte er.

Jeremy betrat einen Saal, in dem alle Möbel schwarz, alle Teppiche, Vorhänge und Tapeten weiß waren.

Weiß war auch die sonderbar unförmige Frau, die auf einem schwarzen, mit weißen Fellen bedeckten Diwan lag. Rechts und links von ihr saßen zwei weiß verschleierte Gestalten auf schwarzen Stühlen. An der Wand standen vier auffallend große, breitschultrige Wächter in schwarzen Kapuzenmänteln. Sie wirkten wie Statuen, doch es bedurfte mit Sicherheit nur eines Zurufs von Katharga, um sie zum Leben zu erwecken.

Die Frau auf dem Diwan hob ihre rechte Hand, die in einem weißen Handschuh steckte. Langsam ging Jeremy auf sie zu. Sie war die Einzige im Saal, deren Gesicht nicht unter einem Schleier oder einer Kapuze verborgen war. Im Näherkommen wünschte er, auch sie würde einen Schleier tragen, so hässlich, ja widerwärtig waren ihre Züge. Ihr Gesicht war aufgedunsen wie das einer Wasserleiche, ihre platte Nase sah aus, als wäre sie gebrochen, und aus ihrem Mund ragten übergroße Zähne, die es allem Anschein nach unmöglich machten, ihn zu schließen. Bis auf ihre hervorquellenden roten Augen war alles an ihr weiß: die Haut, die Augenbrauen, die Wimpern, die eng anliegenden Ohren, das kurze Kräuselhaar und der dicke, faltige Hautlappen zwischen ihrem Kinn und ihrem Hals.

»Du bist also mein neuer kindlicher Diener!« Sie glotzte ihn an.

»Ja«, sagte er tonlos.

»Es heißt nicht: *Ja;* es heißt: *Ja, Herrin!* Merk dir das!«, zischte sie.

»Ja«, sagte Jeremy und fügte hastig hinzu: »Herrin.« Er machte auch noch eine Verbeugung.

Das schien ihr zu gefallen, denn sie lächelte gnädig.

»Wie alt bist du?«, fragte sie.

»Elf«, antwortete er.

»Elf, Herrin!«, verbesserte sie.

»Elf, Herrin«, sagte Jeremy.

»Und wie heißt du?«

»Jeremy Golden, Herrin.«

»Sehr gut.« Sie brachte ihren massigen Körper in eine

andere Lage und holte rasselnd Luft. »Wie ich sehe, lernst du schnell, Jeremy Golden. Hoffen wir, dass du auch darüber hinaus patent und anstellig bist. Immerhin wirst du die Arbeit von zweien verrichten müssen, da das Mädchen –«, sie rülpste laut, schien sich aber nicht im Mindesten daran zu stören, »– gar kein Mädchen mehr war!«

»Ich schaff das schon ... äh, Herrin!«, sagte er.

»Meine Medizin!«, fuhr sie eine der verschleierten Gestalten an, die auf den Stühlen saßen.

»Zu Befehl, Herrin!«, sagte die Gestalt in einem tiefen Bass; demnach war es ein Mann.

Der verschleierte Mann stand auf und lief, so rasch ihm das in seinen langen Gewändern möglich war, zu einem schwarzen Schrank. Mit einem silbernen Teelöffel und einem kleinen schwarzen Fläschchen kehrte er zurück. Er träufelte einige Tropfen auf den Löffel und flößte sie Katharga ein. Wegen ihrer vorstehenden Zähne musste sie den Mund weit aufreißen und Jeremy konnte ihre pelzige Zunge und noch mehr große, schief stehende Zähne sehen. Er schauderte. Katharga schluckte, dann rülpste sie kräftig.

»Du bist ein schmuckes Bürschchen«, sagte sie gleich darauf zu Jeremy.

»Finden Sie?« Jeremy wusste nicht, ob sie das als Kompliment meinte; es hatte eher wie ein Vorwurf geklungen.

»Du erwartest bestimmt, dass dir alles im Leben immer so zufällt, hab ich recht? Und das nur, weil du ein hübsches Gesicht hast.« Sie sah ihn durchdringend an.

»Nein!«, erwiderte er. »Außerdem ist mir im Leben noch gar nichts zugefallen, ich meine –« Er stockte. Es war nicht seine Art, sich Fremden gegenüber zu beklagen!

»Was?«, fragte sie.

Er hüstelte. »Eigentlich hab ich es sogar immer ziemlich schwer gehabt.«

Sie brummte etwas Unverständliches. »Na, sei's drum«, sagte sie dann. »Ich werde mich wohl an deinen Anblick gewöhnen. Und wenn nicht . . .« Sie ließ ihren Satz unvollendet.

Da Jeremy nicht wusste, wie er ihre Worte interpretieren sollte, schwieg er.

»Und was hast du da in deiner Tasche?« Sie zeigte auf die Schultertasche.

»Äh . . . Sachen«, stotterte Jeremy.

»Und du möchtest mir nicht verraten, was für Sachen das sind?«

»Doch, natürlich.«

»Doch, natürlich, Herrin!«

»Ich bitte um Verzeihung.« Er räusperte sich. »In der Tasche sind Sachen zum Nähen, Herrin.«

»Sachen zum Nähen?«, wiederholte sie. »Glaubt ihr

das?«, wandte sie sich an die beiden weißen Gestalten, die rechts und links von ihrem Diwan saßen.
»Nein, Herrin«, kam die Antwort zweistimmig unter den Schleiern hervor.
»Ich glaube es auch nicht«, sagte Katharga. »Leer die Tasche aus!«, fuhr sie Jeremy an.
»Ausleeren?«, murmelte er.
»Jawohl! Und zwar hier auf den Tisch!« Sie fegte die Spielkarten von dem runden schwarzen Tisch neben ihrem Diwan.
Jeremy nahm die Tasche ab und öffnete zögernd den Metallbügel. Dabei überlegte er, ob er die magischen Dinge Stück für Stück herausnehmen oder ob er die Tasche einfach auf den Kopf stellen sollte. Als er Katharga ungeduldig schnaufen hörte, entschied er sich für die letztere Möglichkeit und leerte die Tasche auf einmal aus. Das magische Nadelbuch, die Garnrolle, die Schere, der magische Pinsel und drei kleine Efeuzweige, außerdem ein Fingerhut und eine Häkelnadel fielen auf den Tisch.
Jeremy war gleichzeitig verwirrt und enttäuscht. Er hatte keinen Moment daran gezweifelt, dass die Tasche sensationelle Dinge enthalten würde: einen Zauberstab zum Beispiel, vielleicht auch eine Kristallkugel, mit der man in die Zukunft sehen konnte, oder uralte Zauberbücher. Aber wie es schien, waren es tatsächlich nur Sachen zum Nähen.

Katharga brach in ein prustendes Gelächter aus, bei dem der dicke Hautlappen unter ihrem Kinn hin- und herhüpfte. »Du bist wohl das tapfere Schneiderlein!«

Es lag Jeremy auf der Zunge zu entgegnen, dass sie schon bald merken würde, *wie* tapfer er war. Doch er verkniff sich diese Bemerkung und sagte nur: »Ja, ich stelle gern Sachen mit den Händen her.« Und das war nicht einmal gelogen; schließlich hatte er Wochen damit verbracht, sein Schattentheater zu bauen und die Spielfiguren zu basteln.

»Wenn du so geschickt mit den Händen bist und obendrein noch all das Nähzeug mit dir herumträgst, weiß ich die ideale Arbeit für dich!« Sie zuckte ein paarmal mit ihren glasigen roten Augen.

»Und welche Arbeit?«, fragte Jeremy.

»Und welche Arbeit, Herrin!«, korrigierte sie.

»Und welche Arbeit, Herrin?«

»Warte nur ab!« Wieder lachte sie. Es war ein hämisches, schadenfrohes Gelächter. »Wozu brauchst du die Efeuzweige?«

Jeremy erinnerte sich, dass Ivy den Efeu zum Blutstillen benutzt hatte. »Als Erste Hilfe, Herrin«, sagte er.

»Als Erste Hilfe?«

»Ja. Efeu ist ein altes Hausmittel, wenn man sich beim Nähen aus Versehen in den Finger sticht, Herrin.«

Sie gab ein neuerliches Rülpsen von sich. Jeremy versuchte sich seinen Ekel nicht anmerken zu lassen.

»Du bist wirklich noch ein Kind«, sagte sie und verzog ihren Mund mit den riesigen Zähnen zu einem Lächeln. »Naiv und verträumt!«
Jeremy spürte, wie die Anspannung, unter der er stand, ein wenig nachließ. Offenbar hatten die magischen Dinge keinen Verdacht bei ihr erregt; auch die Tasche schien ihren Argwohn nicht geweckt zu haben. Abwartend blieb er stehen, innerlich darauf gefasst, noch weiter ins Verhör genommen zu werden. Doch Katharga gähnte nur und rollte ihren Kopf von einer Seite zur anderen.
»Du kannst dein Nähzeug wieder einpacken«, sagte sie dann.
Jeremy ließ die magischen Dinge in der Tasche verschwinden und hängte sie sich um die Schultern.
Katharga winkte den Wächtern. »Für heute habe ich genug von dem Jungen. Bringt ihn in sein Quartier!«

Lavinia

Zwei der schwarzen Kapuzenfiguren stellten sich links und rechts von Jeremy auf; widerstandslos ging er mit. Sie führten ihn durch Hallen, Flure und Säle. Gelegentlich trafen sie auf verschleierte Gestalten, doch in den meisten Räumen war niemand.

Vor einer eher schäbigen Holztür blieben die beiden stehen. Der kleinere Wächter steckte einen Schlüssel in das Schloss und drehte ihn mit einiger Mühe herum.

»Ist das mein Quartier?«, fragte Jeremy.

»Schweig!«, sagte der größere Wächter. Für einen kurzen Moment sah Jeremy unter der Kapuze ein Augenpaar aufblitzen.

Mittlerweile war es dem kleineren Wächter gelungen, die Tür zu öffnen; dahinter erblickte Jeremy eine Felsentreppe, die in die Tiefe führte.

Ein heftiger Schreck durchfuhr ihn und trotz der Warnung fragte er: »Bringen Sie mich in die Katakomben?«

»Hast du mich nicht verstanden?«, fuhr der größere Wächter ihn an. »Du sollst schweigen!«

»Ich habe Sie verstanden. Aber Sie können mir doch ruhig sagen, wohin Sie mich bringen!«

»Das kann ich absolut nicht!«, erwiderte der größere

Wächter und der kleinere sagte: »Hier wird dir keiner eine Auskunft geben!«
»Aber Sie *haben* mir doch gerade eine Auskunft gegeben«, entgegnete Jeremy.
»Sei endlich still!«, donnerte der größere Wächter. Danach machte Jeremy keine weitere Anstrengung, mit den beiden ins Gespräch zu kommen.
Beklommen stieg er hinter dem kleineren Wächter die Felsentreppe hinunter. Der größere Wächter folgte ihm; wahrscheinlich wollte er sicherstellen, dass Jeremy keinen Fluchtversuch unternahm. Es herrschte das gleiche diffuse Licht wie in der Felsenhöhle. Nach ungefähr dreißig Stufen erreichten sie eine Kammer, von der vier vergitterte Zellen abgingen; dem Augenschein nach waren sie leer. Der größere Wächter stieß Jeremy in die äußerste linke Zelle und schloss hinter ihm ab.
»Und wie lange soll ich hier bleiben?«, rief Jeremy ihnen durch die Gitterstäbe zu.
Sie antworteten nicht. Jeremy hörte das Geräusch ihrer Schritte auf der Felsentreppe, bis die Holztür am oberen Ende der Treppe zufiel. Dann war es still.
Grabesstill!, dachte Jeremy.
Er kniff die Augen zu, in der Hoffnung, alles könnte nur ein Traum gewesen sein. Doch als er die Augen vorsichtig wieder öffnete, war die Zelle mit ihrem spärlichen Mobiliar schreckliche Wirklichkeit. Er sah

ein eisernes Bettgestell, auf dem ein Strohsack und eine Wolldecke lagen, und einen Schemel mit einem Tablett darauf. Im Hintergrund der Zelle erblickte er einen rostigen Eimer mit einer Abdeckung; wahrscheinlich sollte er dort seine Notdurft verrichten. Er schrie entsetzt auf, als er neben dem Eimer eine Ratte entdeckte, die ihn prüfend musterte.

Hastig zog er einen Schuh aus und warf damit nach der Ratte. Aber bevor der Schuh sie traf, war sie unter das Bett gehuscht. Mit seinem zweiten Schuh in der erhobenen Rechten schlich Jeremy ihr nach, doch die Ratte blieb verschwunden.

Weil er nicht wusste, was er sonst tun sollte, ging er zu dem Schemel und schaute sich das Tablett genauer an. Er sah eine Schüssel mit einer wässrigen Suppe, in der ein paar Reiskörner schwammen, und einen Teller, auf dem zwei Scheiben graues Brot lagen. Er spürte, wie sich sein Magen zusammenzog. Doch es war nicht das Essen, was ihm Übelkeit verursachte: Es waren die Abdrücke von Rattenpfoten auf dem Teller und die angenagten Ränder der Brotscheiben! Jetzt war er noch dankbarer für die leckeren Waffeln mit Himbeergelee, den Nusskuchen und den Früchtetee, den er bei der alten Kate bekommen hatte! Bis morgen früh musste er nichts mehr essen oder trinken, sagte er sich. Und dann würde er bestimmt etwas von Katharga bekommen.

Plötzlich hörte er aus der Richtung des Bettes leise, kratzende Geräusche. Er richtete den Blick dorthin.
»Bist du das wieder, Ratte?«, sagte er mit seiner unfreundlichsten Stimme und hoffte, sie damit zu verscheuchen; nicht im Mindesten erwartete er eine Antwort.
Umso mehr erschrak er, als eine feine, helle Stimme sagte: »Ja!«
Einen Moment lang war Jeremy sprachlos. Demnach verstand er auch die Sprache der Ratten?
»Willst du die beiden Brote essen oder kann ich sie haben?«, hörte er die Ratte fragen.
»Äh – nein«, sagte er, noch immer ziemlich fassungslos.
»Was, nein?«
»Ich esse sie *nicht.*«
»Warum gibst du sie dann nicht mir?«, sagte die Ratte.
Jeremy nahm eine Brotscheibe und warf sie zum Bett hinüber. Die Ratte kam unter dem Bett hervor und begann am Brot zu nagen.
Halb ängstlich, halb neugierig beobachtete Jeremy sie. Er fand, dass sie erstaunlich groß war: Ihren Körper allein schätzte er auf dreißig Zentimeter und dann kam noch ein fast ebenso langer, kräftiger Schwanz hinzu. Sie war allerdings sehr mager und ihr graues Fell sah struppig und zerzaust aus. Von ihrem rechten Ohr fehlte das obere Drittel; vermutlich die Folge einer Beißerei!

Als die Ratte das Brot gefressen hatte, setzte sie sich auf ihre Hinterbeine und putzte mit den Pfoten ihr Maul und ihre Barthaare, was sehr possierlich aussah. Auf einmal kam ihm die Ratte gar nicht mehr so furchtbar vor.

»Lebst du hier unten?«, fragte er. »Ich meine: hier, in dieser Zelle?«

»Nein«, antwortete die Ratte. »Aber wenn sie die neuen kindlichen Diener bringen, gibt es für uns Ratten jedes Mal reichlich Futter.« Sie stieß ein helles Kichern aus. »Zu Anfang glauben die kindlichen Diener immer, dass sie noch etwas Besseres kriegen, und rühren ihr Essen nicht an. Es dauert ein paar Tage, bis sie merken, dass sie nichts Besseres kriegen. Aber wieso«, unterbrach sie sich, »kann ich mit dir sprechen? Bist du so etwas Ähnliches wie eine Riesenratte?«

»Ganz bestimmt nicht!«, wies Jeremy diesen Verdacht energisch zurück. »Ich bin ein Mensch. Aber ich kann mit Vögeln und Kojoten und Klapperschlangen sprechen. Und mit Ratten«, ergänzte er.

Die Ratte gab einen schrillen, alarmierten Pfiff von sich. »Pfui, Klapperschlangen, pfui, Kojoten!«, rief sie. »Das sind unsere Todfeinde. Die solltest du in Gegenwart einer Ratte niemals erwähnen!«

»Ich wollte dich nicht erschrecken«, sagte er. »Sag mal, wie heißt du eigentlich?«

Sie machte eine zierliche Verbeugung. »Ich bin Lavinia. Und wie heißt du?«
»Jeremy. Jeremy Golden.«
Die Ratte streckte ihre Schnauze in die Luft und witterte. Dann legte sie ihren Kopf schief und sagte in bittendem Ton: »Kann ich auch noch das andere Brot haben? Oder willst du es jetzt doch selbst essen?«
»Nein.« Jeremy warf ihr auch die zweite Scheibe zu. Gierig fraß sie das Brot.
Jeremy goss Wasser aus dem Eimer auf den Teller und stellte ihn der Ratte hin. »Hier! Du hast bestimmt Durst.«
»Vorher würde ich gern noch die Suppe essen«, sagte sie. »Falls du sie nicht willst.«
»Ich? Nein!« Er brachte ihr die Schüssel.
Als Lavinia ihren Hunger und ihren Durst gestillt hatte, seufzte sie.
»Von sämtlichen kindlichen Dienern, die hier waren, bist du der netteste, Jeremy Golden!«, sagte sie.
»Findest du?« Unter seiner grau gefärbten Haut errötete er. »Und wie viele waren hier?«, fragte er. Lavinia wusste bestimmt eine Menge über Sky City und seine Bewohner! Und sie war auch nicht so verschwiegen wie die Kapuzenfiguren.
»Die Zahl hab ich mir nicht gemerkt«, antwortete sie. »Ich weiß nur noch, dass sie alle schreckliche Angst vor mir hatten!«

Zu denen hatte er bis vor wenigen Augenblicken selbst gehört!, dachte Jeremy. Doch nun empfand er fast so etwas wie Zuneigung für Lavinia.
»Kannst du mir mehr über Katharga erzählen?«, fragte er nach einer Pause.
»Sicher«, sagte sie und gähnte. »Aber jetzt muss ich erst mal ein Nickerchen machen. Und es eilt ja nicht, oder? Du wirst mit Sicherheit noch ein Weilchen hierbleiben.«
»Ja, das fürchte ich auch«, seufzte Jeremy.
»Dann bis nachher, Jeremy Golden!«
Mit diesen Worten verschwand sie unter dem Bett. Jeremy vermutete, dass dort ihr Bau war. Doch als er das Eisengestell zur Seite schob, konnte er kein Schlupfloch entdecken.
Er schob das Bett auf seinen ursprünglichen Platz zurück und legte sich so, wie er war, mit der Tasche von Ivys Mutter um die Schultern, darauf. Eigentlich wollte er sich nur entspannen, aber nach wenigen Minuten war er eingeschlafen.

Waschen und Ankleiden

Plötzlich wurde Jeremy an der Schulter gerüttelt und eine Stimme befahl: »Mitkommen!«

Er machte die Augen auf. Zuerst wusste er nicht, wo er war. Aber dann erkannte er die beiden Figuren in den schwarzen Kapuzenmänteln und hinter ihnen die Tür seiner Zelle, die weit offen stand. Mit einem Mal war er hellwach.

Er stand auf und ging zum Ausgang der Zelle. Der kleinere Wächter lief voran, der größere folgte Jeremy wie am Abend zuvor, als sie ihn hergebracht hatten. Sie mussten ihn für einen besonders widerspenstigen kindlichen Diener halten, dachte er.

Aber Jeremy war fest entschlossen, durch nichts das Misstrauen oder den Zorn der Bewohner von Sky City zu erregen, im Gegenteil: Er wollte alles tun, um ihr Vertrauen zu gewinnen, vor allem natürlich das von Katharga.

Oben angekommen führten ihn die beiden Kapuzenfiguren wieder durch Flure, Hallen und Säle. Die Vorhänge waren noch immer zugezogen, nur bei einem Fenster standen sie ein Stück weit offen. Dort schien die Sonne herein und beim Anblick der Sonnenstrahlen ergriff Jeremy eine unbändige Freude. Die Nacht war tatsächlich vorüber und ein neuer Tag war angebrochen! Ihm war zumute, als wäre er aus dem Tal der Schatten ans Licht und ins Leben zurückgekehrt.

Vor einer Tür, die von einer verschleierten Gestalt in Weiß bewacht wurde, blieben die Kapuzenfiguren stehen. Flüsternd verständigten sie sich mit der Gestalt, die daraufhin gegen die Tür klopfte. Als von innen ein schläfriges »Ja!« erklang, öffnete sie die Tür.

»Der kindliche Diener ist da, Herrin«, sagte die Gestalt und schob Jeremy in den Raum hinein.

Jeremys Blick fiel auf ein riesiges schwarzes Himmelbett, in dessen weißen Kissen und Decken die unförmige Katharga lag. Im ersten Moment dachte er, außer ihnen beiden wäre niemand im Raum. Doch als er sich verstohlen umsah, entdeckte er eine schwarz gekleidete Frau, die in einer Ecke des Zimmers stand.

Inzwischen war es für Jeremy fast normal geworden, verhüllte Gestalten zu erblicken, und so erschrak er richtig, als er das unverschleierte Gesicht der schwarz gekleideten Frau sah. Sie hatte eine auffallend niedrige Stirn, wulstige Augenbrauen, unter denen ihre kleinen schwarzen Augen boshaft blitzten, einen breiten, affenartigen Mund und pockennarbige Haut. Ihr wirr vom Kopf abstehendes Haar war von einem stumpfen Gelb.

»Hast du mir nichts zu sagen?« Katharga hatte sich im Bett aufgesetzt. Sie trug ein weißes, mit Spitzen

verziertes Nachthemd. Ihre Augen kamen Jeremy noch röter als am vergangenen Abend vor.
Er stellte sich gerade hin. »Einen schönen guten Morgen, Herrin«, sagte er dann. So hatte er Rita jeden Morgen begrüßen müssen; allerdings nicht mit »Herrin«, sondern mit »Mutti«.
»Einen schönen guten Morgen?« Katharga lachte verächtlich. »In Sky City gibt es weder einen guten Morgen noch einen schönen. Zumindest nicht für dich!«
»Und was soll ich Ihnen dann sagen?«, fragte er vorsichtig.
»*Herrin*, es heißt *Herrin!* Du sollst sagen: *Melde gehorsamst meinen Dienstantritt!*«
»Melde gehorsamst meinen Dienstantritt, Herrin!« Jeremy machte eine Verbeugung.
»Gut«, sagte sie befriedigt. »Und nun bring den Wagen herein, Mabel!«, rief sie der schwarz gekleideten Frau zu.
»Sehr wohl, Herrin«, sagte die Frau.
Jeremy blieb ein paar Schritte vor dem Bett stehen und wartete, was weiter geschehen würde. Mabel verschwand in einem Nebengemach. Eine Weile rumorte sie dort, bevor sie mit einer Art Servierwagen zurückkam. Auf der oberen Ablagefläche sah er Schüsseln, Dosen und Flaschen, auf der unteren Handtücher und gefaltete Kleidungsstücke.
»Ab morgen wirst du mir beim Waschen und Anklei-

den helfen«, sagte Katharga und starrte Jeremy an. »Also pass gut auf und präg dir ein, wie Mabel es macht!«
»Ja, Herrin«, sagte er gehorsam, obwohl die Vorstellung, Katharga beim Waschen und Ankleiden zu helfen, heftigen Widerwillen in ihm weckte.
Katharga streckte ihre Füße unter der Daunendecke hervor. Sie waren so breit und plump und hatten dermaßen lange Nägel, dass ihm beinahe übel wurde. Als wäre es eine völlig normale Arbeit, begann Mabel die Füße zu waschen. Danach schnitt sie die Nägel. Das Klipp-Klipp ihrer Zange sowie das Wegspringen der Nägel war mehr, als Jeremy ertragen konnte. Trotz der Ermahnung von Katharga wandte er den Blick ab, was sie sofort bemerkte.
»Guck gefälligst hin!«, rief sie. »Oder willst du mir ins Fleisch schneiden, wenn *du* morgen die Arbeit machst?«
»Nein«, murmelte er und ergänzte: »Herrin. – Aber die Nägel müssen doch nicht jeden Tag geschnitten werden, oder?«, sagte er nach einer Pause. Mabel hatte inzwischen mit dem Massieren der Füße begonnen.
»Doch, das müssen sie«, sagte Katharga unwirsch. »An manchen Tagen wachsen meine Fußnägel so schnell, dass sie zweimal geschnitten werden müssen!«

Jeremy gab einen Laut des Entsetzens von sich; richtig glauben konnte er es aber nicht.
Mabel hatte die Fußpflege beendet. Nun streifte sie weiße Strümpfe über Kathargas unförmige Füße.
Katharga rutschte an den Rand des Bettes und Mabel zog ihr das Nachthemd über den Kopf. Unter dem Nachthemd trug sie das größte Korsett, das Jeremy jemals gesehen hatte. So viel er wusste, sollte ein Korsett seine Trägerin schlanker wirken lassen, ihr zum Beispiel eine schmale Taille geben, indem es die Leibesmitte zusammenschnürte. Aber das monströse Korsett, das Katharga trug, ließ sie nur noch massiger wirken.
Nach einem Blick auf ihr üppiges, schwellendes Dekolleté drehte Jeremy betreten den Kopf zur Seite, doch Katharga rief mit sonderbarem Triumph in der Stimme: »Keine Schwachheiten! Ab morgen wirst *du* mir beim Ankleiden helfen, Jeremy Golden! Ja, wenn das Mädchen ein richtiges Mädchen gewesen wäre, dann hätte sie mir helfen müssen, aber so . . .« Sie gab ein trillerndes Lachen von sich. Offenbar genoss sie die peinliche Situation auch noch!
Voller Abscheu sah Jeremy zu, wie Mabel die Schnüre auf der Rückseite des Korsetts stramm zog. Katharga ächzte und schnaufte. Danach kämmte Mabel Kathargas dünnes Kräuselhaar, wusch ihr Gesicht und den Hautlappen, trug Creme auf und putzte ihre

vorstehenden Zähne. Zum Schluss zog sie Katharga ein frisches weißes Gewand an und besprühte sie mit einem süßlich riechenden Parfüm.
Jeremy hatte erwartet, dass Katharga jetzt aufstehen würde, doch sie ließ sich in die Kissen zurücksinken und schloss die Augen.
»Bring ihn in die Nähstube und stell fest, ob er wirklich ein tapferes Schneiderlein ist«, sagte sie.
»Sehr wohl, Herrin«, antwortete Mabel und bedeutete Jeremy, ihr zu folgen.

Die Nähstube

Mabel führte Jeremy wieder in den Felsen hinunter. Über eine schmale, gewundene Felsentreppe gelangten sie in einen unterirdischen Raum mit einer gewölbten Decke. Jeremy erkannte lange, mit Nähzeug und Wäschestücken übersäte Tische. Die Lampen auf den Tischen waren eingeschaltet, doch die Nähstube war leer.

»Und wohin soll ich mich setzen?«, fragte er.

»Wohin du willst«, sagte Mabel.

Er entschied sich für einen Tisch in der Mitte. Nachdem er sich gesetzt hatte, fiel sein Blick auf einen Stickrahmen im hinteren Teil der Nähstube. Sonderbar verwirrt betrachtete er die kunstvolle Handarbeit in dem Stickrahmen. Es war eine abstrakte Komposition, die nur aus Farben bestand: Rot und Blau, Grün und Gelb, Weiß und Schwarz, Violett und Silber, Orange und Braun. Eine außergewöhnlich starke Wirkung ging von den Farben aus; ja, sie schienen zu glühen und zu vibrieren!

Jeremy fühlte sein Herz schneller klopfen, als wäre ihm eine ungeheuer wichtige Entdeckung gelungen; doch er hätte nicht sagen können, worin diese Entdeckung bestand.

»Los, setz dich auf die andere Seite des Tisches«, fuhr

Mabel ihn an. »Du sollst keine fremden Arbeiten angaffen, du sollst arbeiten!«
Jeremy wechselte den Platz. Er war jetzt sogar froh, die Stickerei im Rücken zu haben, denn ihr Anblick hätte ihn mit Sicherheit abgelenkt. Und er wollte so viel und so gut nähen, wie er nur konnte. Aus der Schultertasche holte er das Nadelbuch, die Schere, den Fingerhut und das Nähgarn. Die Häkelnadel, die drei Efeuzweige und den Pinsel ließ er in der Tasche.
»Und was soll ich zuerst nähen?«, fragte er.
»Was du willst«, sagte Mabel in leicht verächtlichem Ton.
Jeremy zog ein weißes Stoffhemd zu sich heran, dessen Nähte an mehreren Stellen aufgegangen waren. Er nahm eine mittelgroße Nadel aus dem magischen Nadelbuch, fädelte einen Faden durch das Nadelöhr und setzte den Fingerhut auf seinen rechten Zeigefinger; so hatte er es bei seiner Mutter gesehen. Dann fing er mutig an.
Bis zum Mittagessen, das von einer weiß gekleideten, verschleierten Figur gebracht wurde und aus einer Tasse Tee, einem Butterbrot und einem Apfel bestand, hatte Jeremy sieben Hemden und acht lange Gewänder ausgebessert. Er wusste natürlich von der magischen Kraft der Nadel und des Garns; trotzdem war er selbst verwundert, wie leicht ihm die Arbeit von der Hand ging. Nach dem Mittagessen stopfte er

vier Paar Socken, sieben Paar Kniestrümpfe und eine Strumpfhose.
Als er sich ein weiteres Paar Kniestrümpfe nehmen wollte, sagte Mabel: »Genug! Das reicht für deinen ersten Arbeitstag. Die Herrin wird sehr zufrieden mit dir sein.«
»Glauben Sie?«
»Ja. Du bist wirklich ein fleißiges Schneiderlein!«
Ein tapferes Schneiderlein!, korrigierte Jeremy in Gedanken. Er legte das magische Nadelbuch, das Garn und den Fingerhut in die Tasche zurück und hängte sie sich um die Schultern.
»Bringen Sie mich jetzt zu meiner Herrin?«, fragte er.
Nicht, dass es ihn danach verlangte, Katharga wiederzusehen. Aber er wurde allmählich unruhig, weil der erste Tag fast vorbei war und er nichts über die goldene Palette herausgefunden hatte. Ein paarmal hatte er versucht, mit Mabel ins Gespräch zu kommen, aber sie hatte entweder gar nicht auf seine Fragen reagiert oder ihn mit einer kurzen Bemerkung abgespeist.
Auch jetzt sagte sie nur knapp: »Nein.«
»Soll ich ihr denn nicht beim Waschen und Auskleiden helfen?«
»Nein! Komm jetzt!«
Jeremy erhob sich und warf noch einen Blick auf den Stickrahmen mit der abstrakten Farbkomposition.

Dann stieg er hinter Mabel die gewundene Felsentreppe wieder hinauf. Oben wurden sie von den beiden schwarz gekleideten Wächtern empfangen, die Jeremy zwischen sich nahmen und ohne jeden Umweg in seine Zelle brachten.
Dort wartete schon sein Abendessen auf ihn: zwei graue Brotscheiben und eine Schüssel mit Linsensuppe. Jeremy besah sich den Teller und den Schemel, doch Abdrücke von Rattenpfoten entdeckte er nicht.
»Lavinia?«, rief er in die Richtung des Bettes. »Wenn du willst, kannst du das Brot und die Suppe haben!«
Und diesmal freute er sich richtig, als die große, magere Ratte unter dem Bett hervorgehuscht kam!
»Heute hab ich mich extra zurückgehalten«, sagte sie und kicherte. »Ich dachte mir, unter Freunden ist es unhöflich, vorher anzufangen.«
»Du kannst gern alles essen«, sagte Jeremy. Damit sie kein schlechtes Gewissen bekam, fügte er hinzu: »Ich hatte schon ein äh . . . ganz gutes Mittagessen.«
Heißhungrig fiel sie über die Speisen her.
Jeremy machte sich darauf gefasst, dass sie anschließend wieder ein Nickerchen halten würde. Doch nachdem sie sich sorgfältig geputzt hatte – er war ganz überrascht, dass Ratten so reinlich waren –, fragte sie: »Soll ich dir jetzt von Katharga erzählen?«

»Ja!«, sagte Jeremy mit vor Aufregung ganz heiserer Stimme.
»Am besten setzen wir uns aufs Bett«, schlug sie vor. »Es wird eine ziemlich lange Geschichte!«

Die Geschichte von Sky City

Wie du sicher weißt, werden wir Ratten nicht sehr alt, verglichen mit euch Menschen.« Lavinia war aufs Bett gesprungen und hatte es sich am Fußende bequem gemacht. »Ja, und deshalb habe ich das meiste, was du gleich hören wirst, auch nicht selbst erlebt, sondern von Ratten erfahren, die schon gestorben sind. Sie hatten es wiederum von anderen Ratten erfahren, die ihnen vorausgegangen waren. Und die wussten es von anderen, noch früher verstorbenen Ratten . . . und so weiter. Du kannst aber ganz beruhigt sein, dass alles der Wahrheit entspricht, Jeremy Golden, denn wir Ratten sind ehrliche Häute!«

Jeremy nickte – ein wenig befremdet über den Ausdruck »ehrliche Häute«.

»Früher lebten in Sky City die Sky People«, begann Lavinia ihre Erzählung. »Sie waren begabte Künstler und schufen außergewöhnliche Töpferwaren und herrlichen Schmuck. Sie webten Stoffe in leuchtenden Farben und stellten wunderschöne Kleidungsstücke her. Doch eines Tages kamen Soldaten nach Sky City angeführt von einem Mann, dessen ruchlose Taten ihm den Namen Barbaro eingetragen hatten.«

»Barbaro?«, wiederholte Jeremy, um sicherzugehen, dass er den Namen richtig verstanden hatte.

»Ja, Barbaro – wie Barbar!«, sagte Lavinia. »Die Sky People waren aber ein ganz friedliches Volk.« Sie seufzte wehmütig. »Und so war es ein Leichtes für Barbaro und seine Männer, sie von dem weißen Felsen zu vertreiben, auf dem ihre Vorfahren mehr als tausend Jahre gelebt hatten. Uns Ratten, die wir schon lange vor den Sky People hier gewesen waren, konnten sie allerdings nicht verjagen!«
Lavinia machte eine Pause. Irgendetwas zwickte sie, denn sie begann sich mit der Hinterpfote zu kratzen.
»Jeden, der sich zur Wehr setzte, ließ Barbaro töten«, sagte sie, nachdem sie sich ausgiebig gekratzt hatte. »Die überlebenden Sky People mussten in seine Dienste treten, entweder in Sky City oder in Bottom, am Fuß des roten Felsens.«
Lavinia kratzte sich erneut, diesmal allerdings mit der anderen Hinterpfote. »Ja, und dann zerstörte Barbaro sämtliche Bauten und Kunstgegenstände in Sky City. Auf den Ruinen ihrer Häuser mussten die Sky People einen Palast für ihn errichten. Doch kaum hatte Barbaro seinen Palast bezogen, trat etwas sehr Merkwürdiges ein: Er fing an, über Dinge nachzugrübeln, an die er vorher keinen Gedanken verschwendet hatte. Plötzlich dachte er darüber nach, dass alles im Leben vergänglich ist und dass er, der große, mächtige Barbaro, sterben könnte, ohne einen männlichen Erben zu hinterlassen! Wir Ratten wis-

sen das, weil er sich in dieser Zeit angewöhnte, Selbstgespräche zu führen. Und so beschloss er zu heiraten. Da es weit und breit keine anderen Frauen gab, nahm er sich eine Frau aus dem Volk der Sky People, ein junges Mädchen mit dem Namen Felicity. Im Abstand weniger Jahre brachte Felicity drei Töchter zur Welt, die Barbaro aber gleich nach ihrer Geburt tötete.«

»Und warum das?«

»Weil sie Mädchen waren.«

»Weil sie Mädchen waren?«, wiederholte Jeremy ungläubig.

»Ja!«, sagte Lavinia. »Barbaro hasste alles Weibliche. Ebenso hasste er alles Schöne und Künstlerische. Nach einiger Zeit wurde die arme Felicity wieder schwanger. Als sie ein Mädchen gebar, warf Barbaro es zu seinen toten Schwestern in den Schacht ohne Wiederkehr.«

»Und was für ein Schacht ist das?«, fragte Jeremy mit heiserer Stimme.

»Der Schacht ohne Wiederkehr ist so tief, dass keiner jemals gehört hat, wie etwas auf seinem Grund aufschlägt«, antwortete Lavinia. »Sogar einige sehr junge, unerfahrene Ratten haben ein tragisches Ende in ihm gefunden.« Sie schniefte ein paarmal. »Barbaro baute eine Kammer um den Schacht herum – angeblich, um die Bewohner von Sky City zu schützen. Aber das war eine Lüge. Er hatte noch nie etwas getan, um andere zu schützen. In Wirklichkeit brauchte er den Schacht, um seine Opfer loszuwerden.« Sie gab ein zorniges Fiepen von sich. »Felicity war so verzweifelt, dass sie ihren Töchtern in den Tod folgte. Barbaro heiratete wieder und nach einem Jahr brachte seine zweite Frau, Loretta, eine Tochter zur Welt, Katharga.«

»Katharga?« Fast hätte sich Jeremy verschluckt. »Diese Katharga?«

»Ja. Und sie ließ Barbaro am Leben. Er hatte eine Vorliebe für alles Widerwärtige, Abartige und Katharga wurde ohne Farbpigmente geboren und war schon als Baby erschreckend hässlich. Vielleicht sah Barbaro in ihren fehlenden Farbpigmenten auch ein Anzeichen für übernatürliche Kräfte. Er selbst, so heißt es, hatte große Zauberkräfte.«

Lavinia kratzte sich wieder, diesmal mit der Vorderpfote. »Im Jahr darauf schenkte Loretta ihm einen Sohn. Aber der starb gleich nach der Geburt. Später bekam sie noch zwei Töchter, die Barbaro ohne Zögern umbrachte. Loretta wurde wieder schwanger, und als sie ein Mädchen zur Welt brachte, wollte Barbaro es zu den anderen in den Schacht ohne Wiederkehr werfen. Doch ehe Barbaro sein Vorhaben ausführen konnte, starb er – durch die Hand von Loretta!«

»Uh . . .«, machte Jeremy.

»Ja, es war eine sehr gewalttätige Familie«, sagte Lavinia. »Nein, es ist eine sehr gewalttätige Familie!«, verbesserte sie. »Loretta gab ihrer neugeborenen Tochter den Namen Simi. Simi besaß normale Farbpigmente und war ausgesprochen hübsch. Obendrein hatte sie die Zauberkräfte ihres Vaters geerbt. Aber sie fürchtete sich vor diesen Kräften und machte nur selten Gebrauch davon. Katharga hatte keine Zauberkräfte geerbt.«

Lavinia kratzte sich heftiger; falls sie Flöhe hatte, mussten es ziemlich aggressive sein, dachte Jeremy.

»Anfangs hatten die beiden Schwestern ein sehr inniges Verhältnis«, erzählte Lavinia weiter. »Doch im Laufe der Jahre wurde Katharga immer eifersüchtiger und missgünstiger. Jeder liebte Simi, während sie selbst gemieden und gefürchtet wurde. Loretta war darin keine Ausnahme: Sie liebte Simi und fürchtete sich vor Katharga. Eines Nachts stürzte Loretta in den Schacht ohne Wiederkehr. Wie das geschah, wurde nie aufgeklärt. Aber man munkelte, dass Katharga ihre eigene Mutter umgebracht hatte.«

Jeremy schüttelte sich.

»Simi hielt zu Katharga und nahm sie gegen alle Anfeindungen in Schutz«, fuhr Lavinia fort. »Das innige Verhältnis der beiden Schwestern dauerte an, bis sie in die Entwicklungsjahre kamen. Aber dann trat ein Bruch ein, der nie wieder heilte. Barbaro hatte Katharga – wahrscheinlich aus purer Grausamkeit – belogen und ihr gesagt, sie würde normale Farben bekommen, sobald sie kein Kind mehr wäre. Katharga wuchs zur Frau heran, aber natürlich blieb sie so weiß wie zuvor, ja, sie wurde noch hässlicher. Als Simi zur Frau heranreifte, trat bei ihr eine Veränderung ein, für die Katharga sie sofort abgrundtief hasste: Simis Haar, das bisher silberblond gewesen war, begann in allen Farben des Regenbogens zu schillern! Ja, und dann –« Lavinia brach ab und hob schnuppernd die Schnauze.

»Kommt jemand?«, fragte Jeremy besorgt.

»Ja, Charles«, sagte sie.

»Und wer ist das?«

»Charles ist die älteste Ratte hier.«

Nun huschte tatsächlich eine Ratte durch die Gitterstäbe in die Zelle. Eigentlich hätte Jeremy inzwischen an diesen Anblick gewöhnt sein müssen, aber er bekam eine Gänsehaut. Wie es schien, war die Furcht vor Ratten tief in ihm verwurzelt.

»Das ist Charles!«, stellte Lavinia die Ratte vor. »Ich hab ihn gebeten zu kommen. Als älteste Ratte von Sky City kann er dir einiges aus eigener Anschauung berichten.«

»Ach so.« Diese Begründung überzeugte Jeremy.

»Hebst du Charles vom Boden auf? Er ist nicht mehr der Kräftigste«, sagte Lavinia.

Mit einer gewissen Selbstüberwindung packte Jeremy die Ratte. Sie machte jedoch keine Anstalten, ihn zu beißen, wie er befürchtet hatte. Er war froh, als er die Ratte gleich darauf neben Lavinia absetzen konnte. Charles war etwas kleiner als Lavinia und noch magerer. Er hatte räudiges Fell mit einigen kahlen Stellen und arg zerbissene Ohren.

»Erzähl du ihm die Sache mit dem Maler, Charles«, ermunterte Lavinia ihn. »Deine Urgroßmutter war doch dabei!«

»Die Sache mit dem Maler, jaja. Also, das war so . . .«, begann Charles. Er setzte sich auf die Hinterbeine und blickte gedankenvoll in die Ferne. »Eines Tages kam ein junger Mann nach Sky City, jaja«, sagte er nach einigen Minuten. »Er war ein Maler, jaja, aber nicht irgendein Maler, sondern ein ganz besonderer Maler, jaja . . .« Charles brach ab und putzte seine Barthaare.

Wenn er doch etwas schneller zur Sache käme!, dachte Jeremy. »Und was war das Besondere an dem Maler?«, drängte er.

»Oh, vieles«, sagte Charles. »Vor allem war er sehr gut zu den Ratten, jaja. Er warf meiner Urgroßmutter Brotenden hin, jaja, und manchmal Käsestücke und Wurstzipfel und Kuchenkrümel und –«

»Du musst nicht alles aufzählen, Charles«, unterbrach Lavinia ihn.

Jeremy nickte dankbar. »Hatte der Maler vielleicht eine goldene Palette?«, fragte er.
Charles starrte ihn verdutzt an. »Jaja. Aber woher weißt du das?«
»Es war nur eine Vermutung«, sagte Jeremy. »Hat deine Großmutter die goldene Palette gesehen?«
»Jaja! Es war eine Zauberpalette.«
»Weil alle Farben, die auf ihr gemischt wurden, miteinander harmonierten?«, fragte Jeremy mit nur mühsam unterdrückter Erregung.
»Von Farben verstehe ich nichts«, sagte Charles. »Aber mit seiner goldenen Palette hat der Maler die beiden ungleichen Schwestern verzaubert, jaja. Sie entbrannten in glühender Liebe zu dem Maler, jaja. Aber nur die eine, die Bunte, wurde von ihm erhört. Die andere, die Weiße, ließ er links liegen, jaja.«
»Katharga wurde schrecklich eifersüchtig und warf den Maler aus dem Palast«, sagte Lavinia; anscheinend war sie mit Charles' schleppender Erzählweise auch nicht zufrieden. »Es ging allerdings das Gerücht um, dass sie den Maler in den Schacht ohne Wiederkehr gestoßen hatte. Auf jeden Fall ließ er nie wieder von sich hören – auch nicht, als seine Tochter geboren wurde.«
»Seine . . . Tochter?«
»Jaja, Simi bekam eine Tochter«, sagte Charles. »Sie hatte niemandem verraten, dass sie ein Kind erwarte-

te, jaja. Aber als das Baby dann da war, konnte sie es nicht länger geheim halten, jaja. Katharga fühlte sich betrogen und –« Er schnappte nach Luft; offenbar war er nicht daran gewöhnt, so viel auf einmal zu sprechen.

»Und sie schwor, grausame Rache an dem Baby zu nehmen«, fuhr Lavinia an seiner Stelle fort. »Da trug Simi ihr Kind in die Drachenhöhle und bat den Drachen, ihm sein Zeichen einzubrennen.«

»Bei ihrem eigenen Kind?«, sagte Jeremy bestürzt.

»Simi tat es, um ihr Kind zu schützen«, erklärte Lavinia. »Anschließend brachte sie es zu einer Familie in Bottom und überredete sie, das Baby als ihr eigenes auszugeben. Aber Katharga kam dahinter.« Lavinia seufzte traurig. »Sie drohte, das Baby in den Schacht ohne Wiederkehr zu werfen. In ihrer Verzweiflung gab Simi das Baby einem Handelsreisenden mit, der es in einem fremden Land bei fremden Leuten abgeben sollte.«

Jeremy brauchte einen Moment, um das Gehörte zu verarbeiten. Er fand es fast unheimlich, dass sich plötzlich ein geschlossenes Ganzes abzuzeichnen begann – wie bei einem Puzzle, wenn sich die einzelnen Teile nach und nach zu einem Bild fügen!

»Hatte Simis Baby auch eine Tasche dabei?«, fragte er, als er seine Gedanken wieder einigermaßen beisammen hatte.

»Was für eine Tasche?«, fragte Lavinia.
»Diese!« Jeremy streifte die Tasche von der Schulter. Und dann erzählte er alles, was er über die Tasche wusste. Zum Schluss fragte er die Ratten, ob sie die Tasche früher schon einmal gesehen hätten.
Lavinia schüttelte den Kopf. »Ich nicht. Und du, Charles?«
»Ich auch nicht«, sagte er. »Aber Simi hat eine Truhe, jaja, in der sie ihre magischen Schätze aufbewahrt. Und bevor sie die Truhe öffnet, zündet sie Räucherkerzen an, jaja, und die riechen so grässlich, dass ich immer Reißaus nehme. Und deshalb kann ich nicht sagen, ob das Simis Tasche ist oder nicht, jaja.«
Jeremy runzelte die Stirn. Es kam ihm so vor, als hätte er aus Charles' Antwort noch eine andere, versteckte Botschaft herausgehört.
»Kannst du das noch mal sagen?«, bat er.
»Was?«
»Das mit der Truhe.«
»Simi hat eine Truhe, jaja, in der –«
»Halt!«, fiel Jeremy ihm ins Wort. »Hast du eben gesagt: ›Simi hat eine Truhe‹?«
»Jaja«, sagte Charles.
»Dann lebt sie noch?«, rief Jeremy.
»Oh ja!«, sagte Lavinia. »Wir Ratten wären sehr unglücklich, wenn wir Simi nicht mehr hätten.«
»Sie gibt uns ihre Brotenden, jaja.« Charles kicherte.

»Und Kuchenkrümel, falls sie Kuchen bekommt, und Käsestücke und –«

»Und wo ist Simi jetzt?«, fiel ihm Jeremy ins Wort.

»Wenn du eine Ratte wärst, könntest du in fünf Minuten bei ihr sein«, sagte Lavinia.

»Heißt das, Simi ist hier in Sky City?«, rief Jeremy.

»Jaja«, sagte Charles. »Katharga hat sie in eine unterirdische Felsenkammer gebracht, jaja.«

»Katharga hält sie im Felsen gefangen?« Jetzt war Jeremy noch mehr durcheinander.

»Ja«, sagte Lavinia. »Seit der Geburt des Babys sind Katharga und Simi erbitterte Feindinnen. Damals hat Katharga auch den Befehl erlassen, dass alle normal aussehenden Bewohner von Sky City ihre Gesichter hinter Schleiern oder unter Kapuzen verbergen müssen.«

Jeremy traute seinen Ohren nicht. »Sie müssen die Schleier und die Kapuzen tragen, weil sie normal aussehen?«

Beide Ratten nickten.

»Einige haben ihre Gesichter sogar mit Säure behandelt, damit sie so hässlich wie Katharga wurden, jaja«, sagte Charles.

»Mit Säure?« Jeremy musste an den Weißen Terror denken: die zwei Löcher, die er anstelle seiner Nase hatte, die zerfressene Haut . . .

»Ja«, bestätigte Lavinia.

Eine Pause trat ein. Charles strich seine Barthaare glatt und Lavinia kratzte sich.
»Und warum befreit Simi sich nicht, wenn sie doch Zauberkräfte hat?«, fragte Jeremy dann.
»Möglicherweise hat sie keine Zauberkräfte mehr«, sagte Lavinia. »Das soll vorkommen, wenn jemand sehr deprimiert ist. Und Simi war schrecklich deprimiert, als sie ihr Baby weggeben musste.«
»Aber eins verstehe ich nicht . . .«, murmelte Jeremy.
»Und was?«, fragte Lavinia.
»Warum hat Katharga sie am Leben gelassen? Sie hätte Simi doch auch in den Schacht werfen können!«
»Kathargas größte Freude ist es, andere leiden zu sehen, vor allem ihre Schwester«, erklärte Lavinia. »Als Simi vor einiger Zeit krank wurde, war Katharga richtig besorgt um sie. Deswegen hat sie Simi auch erlaubt, nachts ihre Kammer zu verlassen und in der Nähstube an ihrem Stickbild zu arbeiten.«
»Das Stickbild in der Nähstube ist von Simi?«, rief Jeremy. Er spürte, wie sein Herz einen Sprung machte.
»Jaja«, sagte Charles. »Simi arbeitet schon eine halbe Ewigkeit daran. Wahrscheinlich wird es nie fertig, jaja.«
Jeremy zwang sich ruhig zu bleiben. »Könnt ihr mich zu Simi bringen? Ich muss mit ihr sprechen!«

»Aber wie?«, sagte Lavinia. »Deine Zelle ist abgeschlossen!«
In diesem Augenblick kamen Schritte die Felsentreppen herunter. Rasch huschten Lavinia und Charles unter das Bett.
Kurz darauf erschienen die beiden Wächter in ihren schwarzen Kapuzenmänteln. Der kleinere warf Jeremy durch die Gitterstäbe etwas zu, das in Silberpapier eingewickelt war.
»Hier«, sagte er. »Das schickt dir deine Herrin als Belohnung. Sie lässt dir ausrichten, dass sie von deiner Näharbeit sehr angetan ist.«
Damit drehten sie sich um und stiegen die Felsentreppen wieder hinauf. Jeremy wartete noch ein paar Minuten, bevor er das schmale Päckchen aufhob. Er entfernte das Silberpapier und sah ein Stück Marmorkuchen. Fast hätte er sich den Kuchen in den Mund geschoben – aber da fiel ihm ein, wie mager die beiden Ratten waren.
»Wollt ihr den Kuchen haben?«, rief er in die Richtung des Bettes.
Doch die Ratten blieben verschwunden. Jeremy schob das Bettgestell zur Seite und schaute noch einmal gründlich nach. Und diesmal entdeckte er einen Spalt, den die Ratten benutzt haben mussten.
»Lavinia? Charles?«, rief er in den dunklen Spalt hinein.
Als er keine Antwort bekam, legte er den Kuchen di-

rekt vor den Spalt. Vielleicht würde der Geruch sie anlocken!, dachte er.
Dann schob er das Bett an seinen Platz zurück und machte es sich, so gut es ging, darauf bequem.

Eine Botschaft für Simi

Als Jeremy am nächsten Morgen unter das Bett spähte, sah er zu seiner Verwunderung den Marmorkuchen. Inzwischen war er richtig ausgehungert und so überlegte er, ob er ihn nicht doch essen sollte. Aber nein, entschied er dann. Der Kuchen war für Lavinia und Charles; er würde oben im Palast etwas bekommen, selbst wenn es wieder nur ein Butterbrot und ein Apfel waren!

Kurz darauf holten ihn die beiden Wächter ab.

Alles verlief genauso wie am Vortag, doch diesmal wusste Jeremy, wie er Katharga begrüßen musste: »Melde gehorsamst meinen Dienstantritt, Herrin!«

»Ich wünsche gutes Gelingen«, sagte sie.

Jeremy verneigte sich. Nach all dem, was er jetzt von Katharga wusste, kostete es ihn noch mehr Überwindung, höflich zu ihr zu sein.

Ja, und dann musste er ihre Fußnägel schneiden, die ungefähr einen halben Zentimeter gewachsen waren, die Füße mit Öl einreiben und ihr frische weiße Strümpfe anziehen. Er schaffte das, indem er sich vorstellte, ein Roboter zu sein, der nichts fühlen, sehen und riechen konnte.

Mabel beobachtete ihn stumm. Sie griff erst ein, als es darum ging, das Korsett zu schnüren. Bestimmt glaubte sie, Jeremy sei für das Straffziehen der Schnüre zu zart und zu schwach. Anschließend musste er Kathargas Kräuselhaar kämmen, ihr Gesicht und den scheußlichen Hautlappen waschen und eincremen und ihre hauerartigen Zähne putzen. Als Letztes streifte er ein weißes Gewand über ihren unförmigen Körper und besprühte sie mit dem süßlich riechenden Parfüm.

»Du bist wirklich ein anstelliger Bursche!« Katharga rülpste und sank in ihre Kissen zurück. »Bring ihn in die Nähstube, Mabel!«

In der Nähstube spürte Jeremy einen ehrfürchtigen Schauer, als sein Blick auf den Stickrahmen fiel.

»Du sollst keine fremden Stickereien angaffen! Du hast selbst genug zu tun!«, fauchte Mabel.

»Ja . . .« Er setzte sich mit dem Rücken zum Stickbild und holte sein Nähzeug aus der Schultertasche.

Jeremy nähte und stopfte den ganzen Tag, nur vom Mittagessen unterbrochen, das aus einer mit Käse belegten Brotscheibe, einem Apfel und einem Glas Milch bestand. Ein paar Käsestücke und Brotkrümel ließ er heimlich in der Tasche verschwinden – für Lavinia und Charles!

Während er nähte, wurde Mabel, die ihm missmutig zusah, immer müder. Mehrmals sank ihr Kopf vornüber, aber sie schreckte jedes Mal sofort wieder auf und starrte Jeremy finster an, um zu sehen, ob er ihre kurze Unaufmerksamkeit zu etwas Verbotenem genutzt hatte. Schließlich jedoch wurde sie von ihrer Müdigkeit überwältigt. Ihr Kopf kippte zur Seite und mit halb geöffnetem Mund begann sie zu schnarchen. Darauf hatte Jeremy nur gewartet. Vorsichtig holte er einen der Efeuzweige aus der Schultertasche. Als Mabel weiterschnarchte, schlich er auf Zehenspitzen in den hinteren Teil der Nähstube und schob den Efeuzweig unter den hölzernen Stickrahmen. Ein flüchtiger Betrachter hätte den Zweig wohl nicht bemerkt, aber Simi würde ihn nicht übersehen können, wenn sie sich heute Nacht an ihren Stickrahmen setzte!, dachte Jeremy. Und sie würde wissen, was der Efeuzweig bedeutete!

Jeremy hatte kaum wieder am Tisch Platz genommen, als Mabel mit einem gurgelnden Laut erwachte und sich argwöhnisch umsah. Aber es war nichts da, was ihren Argwohn bestärkt hätte, und so zischte sie nur: »Halt dich ran, Junge!«

»Ja«, sagte Jeremy und beugte sich tiefer über seine Näharbeit, damit sie nicht sah, wie aufgeregt er war.

Nach der Rückkehr in seine Zelle schaute Jeremy als Erstes unter dem Bett nach. Zu seiner großen Freude lugte eine spitze graue Schnauze aus dem Spalt in der Felswand. Den Marmorkuchen sah er nicht; anscheinend hatten die Ratten ihn gefunden und aufgefressen.

»Bist du das, Lavinia?«, sagte er.

Nun kam die Ratte unter dem Bett hervorgehuscht – sie war es wirklich!
Lavinia setzte sich auf ihre Hinterbeine. »Wir Ratten haben die ganze Nacht über deinen Fall diskutiert, Jeremy Golden!«
»Und? Ist euch etwas eingefallen?«, fragte er.
»Leider nicht«, musste sie gestehen.
Jeremy konnte seine Enttäuschung nicht verbergen.
»Vielleicht antwortet Simi mir«, sagte er nach einer Pause.
»Du hast schon mit Simi gesprochen?« Lavinia gab ein überraschtes Fiepen von sich.
»Gesprochen nicht. Aber ich hab ihr eine Botschaft übermittelt.«
»Du hast ihr geschrieben?«
»Nein. Ich hatte ja gar kein Papier und keinen Stift. Ich hab einen Efeuzweig unter ihren Stickrahmen geschoben. Das ist ein geheimes Zeichen, das außer Simi niemand versteht.«
Für Jeremy völlig unerwartet begann Lavinia in hohen, schrillen Tönen zu pfeifen. Dabei rannte sie im Kreis herum, als wäre sie von einer Hummel gestochen worden.
»Jetzt hast du *mich* auf eine Idee gebracht!«, schrie sie ziemlich außer sich.
»Und auf welche?«, fragte Jeremy, dem ihr anhaltendes Pfeifen ein wenig auf die Nerven ging.

»Na, mit dem Papier und dem Stift!« Sie schnappte nach Luft. »Im Palast gibt es an allen Ecken und Enden Papier und Stifte. Nein, nicht an allen Ecken und Enden. Aber eine kluge Ratte weiß, wo sie suchen muss!« Wieder pfiff sie schrill. »Ich werde dir Stifte und Papier besorgen, Jeremy Golden«, kündigte sie an. »Dann schreibst du Simi einen Brief und ich trage ihn zu ihr!«

Sie huschte unter das Bett.

»Ich weiß nicht, ob die Idee so gut ist«, wandte Jeremy ein. »Der Brief könnte entdeckt werden und das wäre für uns alle ziemlich gefährlich.« Er machte eine Pause und horchte. »Lavinia?«, rief er. »Bist du noch da?«

Als er keine Antwort erhielt, spähte er unter das Bett. Lavinia entdeckte er nicht; wie es schien, hatte sie es sehr eilig gehabt.

Jeremy setzte sich aufs Bett. Er nahm an, dass es nicht lange dauern würde, bis Lavinia zurückkam. Doch ihre Suche schien sich schwieriger zu gestalten, als sie vorausgesehen hatte. Da Jeremys Uhr nicht ging, wusste er nicht, wie spät es war. Er schätzte, dass es zehn oder elf Uhr war, als er sich endlich hinlegte. Inzwischen machte er sich große Sorgen um Lavinia und so wachte er immer wieder auf.

Plötzlich sah er eine Ratte, die sich an den Brotkrümeln und Käsestücken zu schaffen machte, die er vor

dem Zubettgehen auf dem Boden ausgestreut hatte. Es war aber nicht Lavinia. Erschrocken zog er die dünne Wolldecke bis ans Kinn herauf.
»Lecker, sehr lecker, jaja«, sagte da eine Stimme.
»Charles?«, fragte er.
»Ich bin's, jaja«, kam die Antwort.
»Weißt du, wo Lavinia ist? Sie wollte etwas für mich besorgen!« Jeremy sagte absichtlich nicht, was es war, weil er nicht wusste, ob Lavinia damit einverstanden sein würde.
»Daraus wird nichts mehr, jaja«, sagte Charles.
»Wie meinst du das?«, fragte Jeremy irritiert.
»Lavinia«, Charles hatte noch ein paar Bröckchen vom Käse entdeckt, die er laut schmatzend verzehrte, »Lavinia ist in eine von Kathargas Rattenfallen gegangen, jaja.«
»Nein!«, schrie Jeremy auf.
»Doch, jaja«, antwortete Charles gleichmütig.
Jeremy hätte nicht sagen können, worüber er mehr geschockt war: über das traurige Ende von Lavinia oder über die gefühllose Art, in der Charles davon berichtete. Aber vielleicht gingen Ratten mit solchen Dingen anders um?
»Dann ist Lavinia . . . tot?«, sagte er.
»Mausetot, jaja«, sagte Charles.
Es sollte vermutlich ein Scherz sein, aber Jeremy fand die Bemerkung ziemlich geschmacklos.

»Hat sie dir etwas gegeben, bevor es ... passiert ist?«, fragte er.
»Nein«, antwortete Charles. »Aber sag mal, hast du noch mehr von diesen Käsestückchen, jaja?«
»Du denkst wohl nur ans Essen!«, knurrte Jeremy.
»Jaja, das tue ich.« Charles wirkte kein bisschen schuldbewusst. »Hast du noch mehr für mich?«
»Nein!«, sagte Jeremy unfreundlich. »Und wenn es dir nichts ausmacht, würde ich jetzt gern allein sein. Ich muss nämlich über einiges nachdenken!«
Im ersten Moment hatte er vorgehabt, Charles zu fragen, ob er ihm möglicherweise Papier und einen Stift besorgen könnte. Aber Jeremy wollte nicht den Tod von zwei Ratten auf dem Gewissen haben und so sagte er nichts davon.
»Das Nachdenken wirst du auf später verschieben müssen, jaja«, bemerkte Charles.
»Und warum?«
»Weil die beiden Wächter kommen, jaja!«
Nun hörte auch Jeremy die Schritte auf der Felsentreppe. Charles verschwand unter dem Bett und Jeremy stand auf.

Das Stickbild

Dir wird heute eine große Ehre zuteil!«, verkündete Katharga, nachdem Jeremy in derselben mechanischen Art und Weise wie am Vortag seine Pflichten als kindlicher Diener erfüllt hatte. Diesmal hatte er zusätzlich ihre Fingernägel schneiden müssen. Beim Anblick ihrer fleischigen weißen Hände war es ihm eiskalt über den Rücken gelaufen, weil er sich vorgestellt hatte, wie viele Unschuldige diese Hände wohl schon in den Schacht ohne Wiederkehr gestoßen hatten.

»Und was für eine Ehre ist das, Herrin?«, fragte er.

»Weil du so ein fleißiges Schneiderlein bist, habe ich beschlossen, dir meine –«, sie rülpste, »Leibwäsche anzuvertrauen!«

Jeremy dachte an ihr scheußliches Korsett und schauderte.

»Oder glaubst du, diese ehrenvolle Aufgabe übersteigt deine Nähkünste?«, fragte sie scharf.

»Nein, nein, Herrin«, versicherte er hastig.

»Gut!« Sie rülpste noch einmal und glitt in die Kissen zurück. »Bring ihn in die Nähstube, Mabel!«

In der Nähstube angekommen, sah Jeremy absichtlich nicht zu dem Stickrahmen hinüber, um Mabel keinen Grund zum Misstrauen zu geben. Stattdessen

begann er eifrig die Wäsche zu flicken, die auf dem Tisch lag.
Nach einer Weile brachte eine große, weiß verschleierte Gestalt einen Berg neuer Wäschestücke herein.
»Von der Herrin«, sagte die Gestalt mit einer tiefen Stimme, die Jeremy als die von Lorenzo erkannte. »Die Reparaturen müssen mit äußerster Sorgfalt ausgeführt werden!«
Er legte mehrere enorm große Unterhemden und Unterröcke vor Jeremy auf den Tisch. Und obendrauf packte er . . . Kathargas Korsett!
»Das Leibchen musst du als Erstes reparieren«, sagte er. »Die Herrin will es sofort wieder anziehen, wenn es repariert ist!«
Leib*chen?,* dachte Jeremy. Die Verkleinerungsform war für dieses Monstrum von Korsett völlig unpassend!
Er griff nach dem Korsett. Vorn schien nichts kaputt zu sein und so drehte er es mit einiger Mühe um. Auf der Rückseite hatten sich sechs Schnürbänder gelockert; vermutlich würden sie beim nächsten oder übernächsten Strammziehen abreißen.
»Fang an, Junge!«, zischte Mabel. »Die Herrin braucht ihr Leibchen!«
Jeremy gehorchte. Als er das erste Band fest angenäht hatte, glaubte er in seinem Kopf plötzlich die Stimme von Ivy zu hören, wie sie ihn auf dem Ghost Moun-

tain gewarnt hatte: »Mach niemals mehr als drei Knoten übereinander!«
Aber genau das tat Jeremy jetzt: Er machte vier Knoten übereinander! Und ebenso verfuhr er mit den übrigen fünf Bändern.
»Fertig!«, sagte er und hielt Lorenzo das reparierte Korsett hin. Weil es so riesig war, musste er es mit beiden Händen festhalten.
Wortlos nahm Lorenzo das Korsett, drehte sich um und verließ die Nähstube. Jeremy spähte zu Mabel hinüber. Die ganze Zeit hatte sein Herz wie ein ängstlicher Vogel geflattert und er fragte sich, ob Mabel etwas davon gemerkt hatte.
Doch sie war schon wieder sehr schläfrig. Jeremy machte sich über Kathargas Unterröcke her. Aus den Augenwinkeln sah er Mabel immer häufiger gähnen. Schließlich kippte ihr Kopf zur Seite und sie schnarchte. Jeremy wartete noch ein paar Minuten, um ganz sicher zu sein. Als sie weiterhin laut schnarchte, stand er auf und schlich zu dem Stickbild.
Der Efeuzweig, den er gestern unter den hölzernen Rahmen geschoben hatte, war verschwunden! Mit den Händen tastete er vorsichtig am Rahmen entlang, in der Hoffnung, Simi könnte ihm dort eine Nachricht hinterlassen haben. Doch er fand nichts. Aber dann fiel sein Blick auf das Stickbild und sein Herzschlag

setzte aus: In der Mitte des Bildes, auf dunkelgrünem Untergrund, stand mit rotem Garn *Ivy?*.
Simi glaubt, dass es Ivy war, die den Efeuzweig unter den Stickrahmen geschoben hat!, schoss es Jeremy durch den Kopf.
Auf Zehenspitzen ging er zum Tisch zurück. Mabel schien zu träumen, denn ihre Augen bewegten sich unter den geschlossenen Lidern hin und her. Jeremy nahm die magische Nadel und die Garnrolle und lief wieder zum Stickbild. Er würde Simi mitteilen, dass er, Jeremy Golden, den Efeuzweig unter ihren Stickrahmen geschoben hatte!
Doch als er vor dem Stickbild stand und das weiße Garn musterte, mit dem er die Wäsche gestopft hatte, zögerte er. Nicht nur, dass er mit dem Garn das wunderschöne Bild ruinieren würde – durch die weiße Farbe würde es jedem sofort auffallen, dass sich ein Fremder an dem Stickbild zu schaffen gemacht hatte. Nein, er musste anderes, passenderes Garn finden!
Jeremy durchsuchte die Umhängetasche, aber er fand kein farbiges Garn. Er griff in seine Hosentaschen – und hielt seine eigene goldblonde Haarsträhne in der Hand, die ihm Ivy im Haus der alten Kate abgeschnitten hatte.
Ja, die musste gehen!, dachte er. Er löste ein goldblondes Haar aus der Strähne, fädelte es in das Nadelöhr und stickte ein *J* auf den dunkelgrünen Untergrund.

Mit jedem der restlichen Haare stickte Jeremy einen weiteren Buchstaben seines Namens. Er kam aber nur bis JEREMY GOLDE. In fiebriger Hast durchsuchte er seine Hosentaschen nach einem weiteren goldblonden Haar. Er hörte Mabel leise murmeln; es klang, als würde sie gleich aufwachen. Da riss er sich kurz entschlossen ein graues Haar aus und fädelte es in die magische Nadel. Doch kaum hatte er das graue Haar durch das Nadelöhr gezogen, färbte es sich goldblond! Vor Aufregung zitternd begann er das N zu sticken.

Als Jeremy die Nadel herauszog, ging ein Beben durch den Felsen. Die Wände der Nähstube begannen zu schwanken, Tische und Stühle stürzten um, Felsbrocken fielen von der Decke. Und dann war es, als würde der gesamte Felsen auseinanderbrechen: Es rüttelte und schüttelte, krachte und dröhnte, röhrte und ächzte, polterte und donnerte mit einer Gewalt und in einer Lautstärke, dass Jeremy das Blut in den Adern gefror.

In seiner Todesangst drehte er an dem Fingerhut, den er noch immer auf dem rechten Zeigefinger trug. Da wurde alles um ihn herum schwarz.

V.

Iris

Ein Feuerwerk der Farben

»Willkommen in Iris!«, sagte eine dunkle Stimme.
Jeremy blinzelte. War er durch einen magischen Trick in Simis Stickbild hineingeraten? Seine Umgebung erstrahlte plötzlich in den kräftigsten, prachtvollsten Farben: die Tapeten, der Teppich, die Möbel, ja sogar der Mann, der auf einer himmelblauen Couch lag.
Jeremy kniff die Augen zusammen. Konnte der Mann wirklich – »Finlay?«, sagte er. »Finlay McCain?«
»Ja, der bin ich!«, kam die Antwort. »Und du bist Jeremy Golden, der Retter von Iris!«
Jeremy rieb sich verwundert die Augen. Er war tatsächlich in diesem mit Farben geradezu explodierenden Zimmer! Und Finlay McCain sah fast genauso aus, wie Jeremy ihn sich auf dem Ghost Mountain nach dem Biss der Klapperschlange ausgemalt hatte: Sein Haar und sein Spitzbart waren rot, kupferrot, und er trug ein gelbes Hemd und eine rosa Jacke. Nur seine Hose hatte eine relativ dezente Farbe: flaschengrün. Das rechte Hosenbein war bis zum Knie aufgeschnitten; darunter sah Jeremy einen Gipsverband.
»Ich weiß zwar nicht, wie du zu mir hereingeschneit bist, Jeremy«, sagte Finlay McCain und zwinkerte

verschwörerisch mit seinen blauen Augen. »Aber als ich von meinem Mittagsschläfchen aufgewacht bin, hast du da in dem Sessel gesessen!«

Jeremy räusperte sich. »Ehrlich gesagt, weiß ich auch nicht, wie ich hergekommen bin.«

»Und mit dir sind alle bunten Farben nach Iris zurückgekehrt! Überzeug dich selbst, Jeremy!« Finlay zeigte auf das geöffnete Fenster, wo sich die zartgelben, grün gepunkteten Vorhänge im Lufthauch leise bewegten.

Jeremy stand auf und trat ans Fenster. Er blickte auf die bunteste Straße, die er jemals gesehen hatte: Blaue und rote, violette und gelbe, braune und grüne Häuser schienen um den Preis für das schönste, farbenfroheste Haus zu wetteifern. Es fuhren auch wieder Autos: gelbe, rote, blaue, grüne, schwarze, weiße und silberne!

Ein wenig benommen ging Jeremy zum Sessel zurück.

»Schade, dass Ivy die bunten Farben nicht sehen kann!«, sagte Finlay McCain mit einem Seufzer.

Erst jetzt wurde Jeremy bewusst, dass Ivy fehlte. »Glaubst du, Ivy ist noch in Sky City?«

»Heißt so der Ort, von dem du gekommen bist?«

»Ja«, sagte Jeremy.

Und dann erzählte er Finlay von dem weißen Felsen, von Katharga, von der Nähstube und dem Stickbild.

Er erzählte auch, dass Ivys Mutter noch lebte, dass sie Simi hieß und Kathargas Schwester war. Finlay hörte ganz ruhig zu, ohne Jeremy zu unterbrechen. Nur sein zwischen Verwunderung, Sorge und Entsetzen wechselnder Gesichtsausdruck verriet, was in ihm vorging.

Zum Schluss erzählte Jeremy, wie er mit den goldblonden Haaren aus seiner Hosentasche JEREMY GOLDEN in das Bild gestickt hatte. Auf einmal sah er, dass der Fingerhut noch immer auf seinem Zeigefinger steckte.

»Der magische Fingerhut!«, rief er. »Er muss mich hierher gebracht haben!«

»Der Fingerhut?«, wiederholte Finlay.

»Ja! Ich hab an dem Fingerhut gedreht und dann ist mir schwarz vor Augen geworden.« Nun merkte Jeremy auch, dass er die Schultertasche nicht mehr trug. Bestimmt lag sie noch in der Nähstube auf dem Tisch – falls die Nähstube das schreckliche Erdbeben überstanden hatte.

»In Sky City war ein Erdbeben«, sagte er und spürte, wie ihm bei der Erinnerung an das grässliche Rütteln und Schütteln, das ohrenbetäubende Donnern und Dröhnen selbst jetzt noch der Angstschweiß auf die Stirn trat.

»Ein Erdbeben?« Finlay beugte sich vor. Seine blauen Augen musterten Jeremy sehr aufmerksam.

»Ja! Es hat entsetzlich gekracht und gedröhnt. Ich hab gedacht: Gleich reißt die Erde auf und dann versinke ich und komme nie wieder ans Tageslicht!« Jeremy holte tief Luft.
»Möglicherweise war es ein Erdbeben . . .«, sagte Finlay. »Aber möglicherweise war es auch etwas ganz anderes!«
»Und was?«, fragte Jeremy etwas ratlos.
Finlay strich über seinen Spitzbart. »Du hast mir erzählt, das Stickbild von Ivys Mutter hätte alle nur vorstellbaren Farben enthalten, ist das richtig?«
Jeremy nickte.
»Aber vielleicht hat doch *eine* Farbe gefehlt!«, sagte Finlay. »Versuch dich zu erinnern, Jeremy!«
Es war nicht sehr schwierig für Jeremy, das Stickbild von Simi noch einmal vor seinem geistigen Auge erscheinen zu lassen. Die glühenden und so eigenartig vibrierenden Farben würde er sein Lebtag nicht vergessen! Aber hatte wirklich eine Farbe gefehlt?
»Ja!«, rief er, nun ganz aufgeregt. »In dem Stickbild war kein Gold!«
Finlay schien keineswegs überrascht zu sein. Er nickte und sagte: »Und du, Jeremy Golden, hast mit deinen goldenen Haaren das Stickbild komplett gemacht!«
Jeremy schwieg betroffen.
»Als nun das Stickbild komplett war, hat sich der bö-

se Zauber aufgelöst, der über Sky City gelegen hatte«, fuhr Finlay fort. »Und wenn sich ein böser Zauber auflöst, werden oft zur selben Zeit die Elemente entfesselt. Dann wüten Stürme, tobt das Meer, bebt die Erde . . .«

»Tatsächlich?«, murmelte Jeremy. Den Gedanken, dass er für die Entfesselung der Elemente verantwortlich sein sollte, fand er etwas beängstigend.

»Ja. Eine Sache ist mir allerdings noch nicht ganz klar . . .« Finlay sah ihn prüfend von Kopf bis Fuß an. »Warum bist *du* jetzt grau?«

»Die graue Farbe haben wir nur aufgetragen«, sagte Jeremy schnell. »Damit wollten wir die Leute in Sky City täuschen.«

»Wie – aufgetragen?«

»Wenn ich mich irgendwo waschen kann, geht die graue Farbe garantiert wieder ab!«

»Dann zeige ich dir am besten das Badezimmer!« Finlay McCain erhob sich etwas schwerfällig von der Couch; beim Gehen musste er einen Stock benutzen. Das Badezimmer, in das er Jeremy nun führte, war mit seinen zitronengelben, grasgrünen, kirschroten und veilchenblauen Kacheln, Läufern und Handtüchern genauso farbenfreudig wie der Rest des Hauses.

Nachdem Jeremy geduscht und seine Haare gewaschen hatte, zog er frische Kleidung von Finlay an.

Natürlich waren ihm die Sachen zu weit und zu groß, aber er schnallte den Gürtel der Hose so eng er konnte, schlug die Hosenbeine um und rollte die Ärmel hoch. Etwas fremd fühlte er sich allerdings doch in dem orangefarbenen Hemd und der blau-gelb gestreiften Hose. Na ja, dachte er, zumindest würde er damit unter den Menschen von Greyland – nein, Iris – nicht auffallen!

Anschließend aß er in Finlays Küche Spaghetti mit Tomatensoße und zum Nachtisch vier Kugeln Eis: Schokolade, Vanille, Erdbeer und Waldmeister. Sie schmeckten ihm nicht nur äußerst gut – mit ihren bunten Farben waren sie obendrein ein Augenschmaus!

»Und du hast auch keine Vorstellung, was aus Ivy geworden ist?«, fragte Finlay, als sie wieder im Wohnzimmer saßen, er im Sessel und Finlay McCain auf der Couch.

Jeremy schüttelte den Kopf. »Nein. Aber ich würde es schrecklich gern wissen. Vielleicht kann uns Rory Fireball sagen, wo Ivy ist?«, fiel ihm dann ein.

»Ich hab schon versucht, sie mit der Flöte herbeizurufen.« Finlay lächelte bekümmert. »Aber leider vergeblich.«

Beim Wort »Flöte« zuckte Jeremy zusammen. Er griff in die Taschen der gestreiften Hose, in die er alles gesteckt hatte, was in der alten grauen Hose gewesen war, und zog die Knochenflöte heraus.

»Du hast auch eine Flöte?«, sagte Finlay überrascht.
»Sie hat einer Schamanin gehört«, sagte Jeremy.
»Warum versuchst *du* nicht, Rory herbeizurufen?«, schlug Finlay vor.
Vorsichtig setzte Jeremy die Knochenflöte an den Mund und blies hinein. Die hohlen Töne, die nun erklangen, hatten sogar in dieser farbenfrohen Umgebung etwas Unheimliches, Schauriges.
Er setzte die Flöte wieder ab und wie von selbst kam die Beschwörungsformel der Schamanin über seine Lippen:

»Ein Zittern, ein Zagen, ein Beben,
Ein Flüstern, ein Seufzer, ein Hauch,
Kurz ist das Menschenleben
Und dein Leben auch.
Erloschen, vergangen, verweht,
Nur der Wandel besteht.«

Als Jeremy geendet hatte, ertönte kräftiges Flügelschlagen und der typische, leicht brenzlige Drachengeruch wehte durchs Fenster herein.

Ein Tag voller Wunder

Jeremy lief ans Fenster. Im ersten Moment erschrak er, denn draußen vor dem Haus stand ein fremd aussehender, ungewohnt farbenprächtiger Drache. Seine Schuppen und sein Zackenkamm waren grün, seine Kehle orangerot und seine Augen glühten in einem intensiven Rot.
»Du hast mich gerufen, Jeremy Golden?«, sagte der Drache mit einer Stimme, die wie ein Gong klang. Erst da begriff Jeremy, dass Rory Fireball vor ihm stand.
»Rory!«, rief er. »Danke, dass du gekommen bist!«
»Als ich die Flöte der Schamanin gehört hab, konnte ich gar nicht anders.« Rory stieß etwas Feuer aus. Und jetzt, stellte Jeremy fest, war es flammend rot wie richtiges Feuer!
»Ich konnte auch nicht anders.« Hinter der Drachin trat ein Mädchen hervor. Nein, es war gar kein Mädchen, es war eine junge Frau.
Ihr krauses Haar schillerte in allen Farben des Regenbogens – ein Anblick, bei dem es Jeremy fast den Atem verschlug. Ebenso farbenprächtig war ihre Kleidung: Sie trug eine purpurrote Seidenbluse, eine bunt gemusterte Weste und einen kurzen lila Rock, dazu silberne Sandalen. Um ihre Schulter hing eine hellblaue Ledertasche.

»Ivy?«, sagte er halb erfreut, halb ungläubig.
»Wer sonst?« Ivy schüttelte ihre Regenbogenhaare. Sie kam Jeremy größer, erwachsener vor. »Ich hätte dich fast nicht wiedererkannt«, sagte er, um die – wie er fand – etwas peinliche Situation zu überspielen.
»Dasselbe könnte ich über dich sagen, Jeremy Golden«, antwortete sie. »Als ich dich das letzte Mal sah, warst du grau.«
»Wir alle waren grau.« Finlay McCain trat nun ebenfalls ans Fenster. »Aber diese schreckliche Zeit liegt für immer hinter uns! Nie wieder soll aus unserem wunderschönen Iris ein Greyland werden!«, sagte er. Dann wandte er sich an Ivy und Rory. »Wollt ihr nicht ins Haus kommen?«
Die Drachin schüttelte ihren breiten Kopf. »Du weißt doch: Seit die Menschen versucht haben mir die Flügel zu stutzen, geh ich nicht mehr in ihre Häuser.«
»Und warum sollten dir die Flügel gestutzt werden?«, fragte Jeremy betroffen.
»Das wird bei allen Hausdrachen so gemacht, damit sie nicht wegfliegen«, antwortete Rory Fireball. »Als ich noch bei meiner Mutter wohnte –«
Weiter kam sie nicht, denn in diesem Augenblick fuhr ein voll besetzter knallroter Bus vorbei. Die blau, grün und gelb gekleidete Fahrerin hupte und ihre nicht minder farbenfrohen Passagiere winkten. Finlay McCain winkte zurück.

Gleich darauf hielt ein grüner, mit gelben Sonnenblumen bemalter Jeep am Straßenrand.
Die Frau auf dem Beifahrersitz, die ein blaues Kleid mit weißen Punkten und einen roten Hut trug, rief ihnen durch das geöffnete Fenster zu: »Ist das nicht ein wundervoller Tag?«
»Ja, ein Tag voller Wunder!«, antwortete Finlay.
Der Jeep fuhr weiter.
»Ihr solltet wirklich ins Haus kommen«, sagte Finlay noch einmal. »Die Menschen in Iris sind heute ganz närrisch vor Glück. Wir haben bestimmt keine ruhige Minute, wenn ihr da draußen stehen bleibt.«
Die Drachin wackelte unschlüssig mit ihrem Zackenkamm. »Also gut, ausnahmsweise«, sagte sie dann und folgte Ivy.
Im Haus schaute Ivy sich alles erst einmal ganz genau an. Rory dagegen stellte sich ans geöffnete Fenster.
»Ich hatte ganz vergessen, wie schön es in Iris ist«, seufzte Ivy, als sie schließlich im Sessel Platz genommen hatte. »So schön soll es in Sky City auch werden!«
»Du willst nach Sky City zurückkehren?«, sagte Finlay McCain, der sich wieder auf die Couch gelegt hatte.
»Ja! Wir haben große Pläne für Sky City, meine Mutter und ich!«
Und dann berichtete Ivy von dem gewaltigen Erdbeben, das die Mauern ihres Felsengefängnisses ge-

sprengt hatte. Mehrere ihrer verschleierten Wächter waren dabei ums Leben gekommen, aber sie war unverletzt geblieben. Als sich die Staubwolken gelegt hatten, war über die Halden aus Schutt und Geröll eine Frau mit Regenbogenhaaren auf sie zugekommen – ihre Mutter! Gemeinsam waren sie durch halb verschüttete Gänge gelaufen, bis sie die Ruinen von Sky City erreicht hatten.

»Fast alle Gebäude sind zerstört, nur Kathargas Palast nicht«, erzählte Ivy. »Als wir oben ankamen, stand das Eingangsportal weit offen, aber es war niemand zu sehen. Wir gingen von Zimmer zu Zimmer, ohne eine Menschenseele zu treffen. Zum Schluss kamen wir in einen Raum, in dem ein riesiges schwarzes Loch war. ›Geh nicht hin! Das ist der Schacht ohne Wiederkehr!‹, beschwor mich meine Mutter. Da tauchte plötzlich Katharga auf; sie musste uns schon eine Zeit lang beobachtet haben. Sie packte meine Mutter und wollte sie –« Ivy konnte nicht weitersprechen.

»Bring ihr doch etwas Wasser, Jeremy«, bat Finlay.

Jeremy lief in die Küche und kam mit einem Glas Wasser zurück.

»Katharga wollte meine Mutter in den Schacht ohne Wiederkehr stoßen«, sagte Ivy, nachdem sie getrunken hatte. »Sie hätte es auch geschafft, aber auf einmal fing sie an zu röcheln und keuchte: ›Ich krieg keine

Luft mehr! Mein Leibchen!‹ Dann verlor sie das Gleichgewicht und –« Ivy nahm noch einen Schluck. »Und fiel kopfüber in den Schacht ohne Wiederkehr!«

Jeremy biss sich auf die Lippen. »Ich . . . Katharga wollte, dass ich ihr Korsett repariere. Ja, und da hab ich mit dem magischen Garn nicht drei, sondern vier Knoten gemacht«, gestand er.

»Du hast mit dem magischen Garn vier Knoten übereinandergemacht?«, rief Ivy.

»Ja.«

Finlay McCain blickte mit gerunzelter Stirn zwischen Ivy und Jeremy hin und her. Aber er war ja auch nicht dabei gewesen, als Jeremy die Ballonhülle flicken sollte und Ivy ihn gewarnt hatte, niemals mehr als drei Knoten übereinanderzumachen!

»Ich verstehe nicht . . .«, sagte Finlay.

»Wenn man mehr als drei Knoten übereinandermacht, zieht sich das magische Garn zusammen«, sagte Ivy.

»Wie ein Gummiband?«, fragte Finlay.

»Eher wie eine Schlinge, die einem die Luft abschnürt. Das magische Garn kann eine sehr gefährliche Waffe sein!«

»Du glaubst, dass ich –« Jeremy sprach nicht weiter.

»Ich glaube, dass du meiner Mutter das Leben gerettet hast!«, sagte Ivy und zu Jeremys großer Erleichterung lächelte sie. »Und mir hast du auch das Leben

gerettet! Katharga hätte uns beide in den Schacht ohne Wiederkehr gestoßen.«
»Jetzt ist die Welt von einem schrecklichen Übel befreit!«, ergänzte Finlay McCain.
»Dasselbe hat Blacky gesagt«, ließ sich Rory Fireball vernehmen.
»Wer ist Blacky?«, fragte Finlay.
»Mein Freund«, sagte Rory. »Sie hatten ihn ganz tief im Felsen in ein Verlies gesperrt und angekettet. Ist das nicht entsetzlich? Einen Drachen einzusperren und anzuketten!«
»Hast *du* den Drachen befreit?«, fragte Jeremy.
»Nein. Das hat das Erdbeben gemacht.«
»Aber du hast ihn Blacky getauft, oder?« Jeremy erinnerte sich, von Fiona gehört zu haben, der Drache hätte keinen Namen.
»Ja!« Die Erinnerung an Blacky hatte Rory offenbar ihre Angst vor den Häusern der Menschen vergessen lassen. Jedenfalls verließ sie ihren Platz am Fenster und kam zur Couch. »Ich hab ihn Blacky getauft wegen seiner wunderbaren schwarzen Schuppen!«, sagte sie.
Die Art, wie sie dabei ihre Augen verdrehte, zeigte Jeremy, dass sie sich verliebt hatte – in den Drachen von Sky City!
»Und wie genau ist der Drache freigekommen?«, fragte er.

»Es war so: Als ihr zum roten Felsen gegangen wart und nicht wiedergekommen seid, war ich sehr besorgt. Spät in der Nacht bin ich losgeflogen und hab euch gesucht, zuerst beim roten Felsen und danach beim weißen. Beim weißen Felsen hab ich gesehen, wie aus einem vergitterten Fenster Rauchwolken gestiegen sind. Ich bin näher rangeflogen – und da hab ich Blacky entdeckt!«

Rory schnaufte erregt. »In der ersten Nacht haben wir uns durch das Fenster stundenlang unterhalten, Blacky und ich. In der zweiten Nacht genauso. Und dann, am dritten Tag, saß ich neben unserem Ballon und zergrübelte mir das Hirn, wie ich Blacky befreien könnte. Mit einem Mal fing der Felsen an zu beben! Zuerst sagte ich mir: Deine Augen spielen dir einen Streich. Aber das Beben wurde immer stärker. Es krachte und ächzte so fürchterlich, dass ich mir dachte: Das muss ein Erdbeben sein! Ich hatte zwar vorher noch nie ein Erdbeben erlebt, aber mein Vater, Harvey Fireball, hat uns oft davon erzählt. In den Urzeiten, als es nur Drachen auf der Erde gab und noch keine Menschen, hat die Erde ständig gebebt und überall war Feuer, hat Harvey gesagt. Und dann brach mit einem ohrenbetäubenden Krachen der ganze Felsen auseinander!«

Rory stieß ein paar kräftige Rauchwolken aus und Jeremy musste husten. »Auf der einen Seite fiel ein riesengroßes Stück heraus und dieses Stück saß genau da, wo sie Blacky eingesperrt hatten! Gleichzeitig zerbrach die Eisenkette an seinem Fuß. Er überlegte nicht lange und schwang sich in die Luft. Ich sah nur einen riesigen schwarzen Schatten und schrie, so laut ich konnte: ›Blacky, hier bin ich!‹ Er kam auf mich zugeflogen, aber plötzlich stoppte er. Könnt ihr euch denken, weshalb?«

»Wegen deiner bunten Farben?«, sagte Jeremy.

»Richtig!«, rief Rory. »Im ersten Moment hat er mich nicht wiedererkannt. Aber dann hat er natürlich gemerkt, dass ich es war, und mich ganz lieb angelächelt.« Sie kicherte ein paarmal.

Dann blickte sie mit geheimnisvoller Miene zwischen Jeremy und Finlay McCain hin und her. »Ratet mal, was Blacky bei sich hatte!«

»Die Eisenkette?«, sagte Jeremy.

»Nein! Die war doch gerissen.«

Jeremy zuckte mit den Schultern. »Hm, dann weiß ich es nicht.«

Auch Finlay McCain machte ein ratloses Gesicht.

»Zeig es ihnen, Ivy!«, rief Rory.

Ivy nahm die Schultertasche ab. Erst jetzt wurde Jeremy klar, dass es die Tasche ihrer Mutter war; wegen der hellblauen Farbe hatte er sie zunächst gar nicht erkannt. Ivy öffnete den Metallbügel und hielt einen goldenen Gegenstand in die Höhe, der ein rundes Daumenloch hatte.

»Die Palette?«, stammelte Jeremy. »Die goldene Palette?«
»Ja!«, sagte Ivy.
»Darf ich sie mal haben?« Seine Stimme zitterte.
»Sicher.« Ivy gab sie ihm.
Andächtig strich Jeremy über das funkelnde, mit bunten Farbresten gesprenkelte Metall. Er spürte ein Brennen, als würde er etwas sehr Heißes berühren. Seine anfängliche Neugier schlug in Scheu, ja Furcht um. Schnell gab er die Palette Ivy zurück, die sie wieder in ihre Tasche steckte.
Rory machte ein paar übermütige Hüpfer. »Stellt euch vor: Die goldene Palette war die ganze Zeit bei Blacky!«
»Bei Blacky?«, wiederholte Finlay McCain.
»Ja! Ivys Mutter hatte Blacky gebeten, Ivy die goldene Palette wegzunehmen und nach Sky City zu bringen!«, erklärte die Drachin.
Jeremy hatte das Gefühl, gar nichts mehr zu verstehen. »Ivys Mutter? Sie war es doch, die Ivy die Palette gegeben hatte – ich meine, nicht persönlich, aber sie hatte die goldene Palette doch in die Tasche gelegt, oder etwa nicht?«
»Davon weiß ich nichts«, sagte Rory. »Blacky hat mir nur erzählt, dass er für Katharga Spionageflüge machen musste und –«
»Warte, Rory!«, unterbrach Finlay McCain die Dra-

chin. »Wieso musste Blacky Spionageflüge für Katharga machen?«
»Er sollte ein Land finden, das ungewöhnlich farbenprächtig war und in dem ein Mädchen mit Regenbogenhaaren lebte. Katharga hatte sich nämlich ausgerechnet, dass Ivy in die Entwicklungsjahre gekommen sein musste – und das war das Alter, in dem sie ihre Regenbogenhaare bekommen würde!«
Rory Fireball ließ etwas Rauch entweichen und blickte Ivy an. »Willst *du* weitererzählen?«
Ivy schüttelte stumm den Kopf.
»Ja, und so kam Blacky eines Tages nach Iris und stellte fest, dass dort alles ungeheuer farbenfroh war«, fuhr Rory Fireball fort. »Er sah sogar, wie ein Mädchen mit Haaren, bunt wie ein Regenbogen, einen Laternenmast rot anstrich. Er berichtete Katharga von seiner Entdeckung – und da wurde die Lage für Ivy äußerst brenzlig!«
Jeremy warf Ivy einen Seitenblick zu. Unter ihren bunten Haaren war sie aschfahl geworden.
»Blacky konnte natürlich nicht wissen, was seine Entdeckung für Ivy bedeutete«, sagte Rory. »Aber Ivys Mutter wusste es. Durch Ray hatte sie erfahren, dass Blacky das farbenprächtige Land Iris und das Mädchen mit den Regenbogenhaaren gefunden hatte.«
»Durch welchen Ray?«, fragte Finlay McCain.
»Ray war Blackys Wärter in Sky City«, antwortete Ro-

ry. »Ein riesig netter Mensch«, fügte sie hinzu. »Er war nicht nur zu Blacky nett, er hat sich auch um die anderen Gefangenen gekümmert. Als Ivys Mutter von Ray erfuhr, dass Katharga Ivys Aufenthaltsort kannte, schmiedete sie einen Plan. Sie ließ sich von Ray heimlich in die Drachenhöhle bringen und weihte Blacky in alles ein. Ja, und dann überredete sie ihn, die goldene Palette zu stehlen und in Iris alles grau zu machen!«

»Wie bitte?«, sagte Finlay McCain. »Könntest du deinen letzten Satz noch einmal wiederholen, Rory?«

»Ivys Mutter weihte Blacky in alles ein und überredete ihn, die goldene Palette zu stehlen und in Iris alles grau zu machen«, sagte Rory. »Zu Ivys Schutz!«, ergänzte sie.

»Zu Ivys Schutz?«, wiederholte Jeremy.

»Ja!«, bestätigte Rory.

»Es war zu Ivys Schutz, dass in Iris alles grau geworden ist?« Finlay wirkte ebenso verblüfft wie Jeremy.

»Ja«, sagte Rory. »Als alles grau geworden war, konnte Katharga unmöglich herausfinden, wer unter all den Grauen Ivy war!«

»Eine sehr verwirrende Geschichte«, murmelte Finlay McCain.

»Es ist keine Geschichte!«, sagte Rory leicht gekränkt. »Blacky hat mir die Wahrheit erzählt!«

»Das wollte ich keineswegs bezweifeln«, versicherte Finlay.

»Und wie hat Blacky es geschafft, dass alles grau wurde?«, fragte Jeremy.
»Oh, das war gar nicht so einfach!« Rory Fireball reckte sich. »Zuallererst musste Ivys Mutter einen Zauberreif flechten. Sie schnitt ihre langen Regenbogenhaare ab, die sie seit Ivys Geburt nicht mehr gekürzt hatte. Aus den abgeschnittenen Haaren flocht sie einen Zopf. Den Zopf bog sie zu einem Kreis und dann drehte sie die beiden Enden so, dass ein Griff entstand. Dabei konnte sie nicht aufhören zu weinen. Ihre Tränen fielen auf den Reif und machten ihn ganz hart und fest. Blacky musste diesen Zauberreif nehmen und mit all seiner Kraft hineinblasen. Jedes Mal, wenn er das tat, formte sich eine magische graue Wolke. Und alles, worauf sich diese magische Wolke legte, wurde grau!«
»So hat es sich also zugetragen«, sagte Finlay McCain. »Eine magische graue Wolke, die sich auf alles hier in Iris gelegt hat ...«
»Und in Bottom!«, rief Rory. »Über Bottom hat Blacky zum ersten Mal probeweise in den Zauberreif geblasen.«
Finlay zwirbelte seinen roten Spitzbart. »Und wie kommt es, dass Ivy nicht älter geworden ist, jedenfalls was ihr Äußeres betrifft? Wir alle, die wir unsere bunten Farben verloren hatten, wurden älter. Ja, es wurden Babys geboren, die zu Kleinkindern heran-

wuchsen, zu Schulkindern ... nur Ivy blieb äußerlich immer dieselbe.«

»Das würde ich auch gern wissen!«, sagte Ivy.

»Wie das gekommen ist, hat mir Blacky leider nicht verraten«, musste Rory etwas kleinlaut zugeben.

»Vielleicht hatte es etwas mit Ivys Regenbogenhaaren zu tun«, sagte Jeremy nach kurzem Schweigen.

Finlay zog seine Brauen in die Höhe. »Kannst du das näher erklären?«, bat er.

Jeremy räusperte sich. »Der Zauberreifen war doch aus den Regenbogenhaaren von Ivys Mutter geflochten worden. Aber Ivy hatte auch Regenbogenhaare! Und Ivys Regenbogenhaare wollten nicht grau werden, sie konnten nicht grau werden. Ich stelle es mir wie einen Kampf um Leben und Tod vor: die magische Wolke gegen Ivys Regenbogenhaare. Am Ende hat die magische Wolke gesiegt und Ivys Haare *sind* grau geworden. Aber der Kampf hatte so viel Energie verschlungen, dass Ivy danach keine Reserven mehr zum Wachsen hatte. Ja, und deshalb ist sie so geblieben, wie sie war!«

Jeremy holte tief Luft. Ein wenig besorgt schaute er in die Runde, weil er fürchtete, ausgelacht zu werden. Aber ganz im Gegenteil: Finlay und Ivy wirkten sehr nachdenklich und selbst Rory machte ein betroffenes Gesicht.

»Ivys Körper hatte keine Reserven mehr zum Wach-

sen«, sagte Finlay. »Geistig hat sich Ivy immer weiterentwickelt und ist schon lange kein Kind mehr.«
Ein Lächeln huschte um Ivys Lippen und sie nickte.
Rory Fireball trat ans Fenster und spähte zum Himmel hinauf. »Wir müssen zurückfliegen«, sagte sie. »Blacky macht sich bestimmt schon Sorgen, wo ich bleibe.«
»Ja, und meine Mutter auch«, pflichtete Ivy ihr bei.
»Aber ihr kommt doch bald wieder einmal nach Iris?«, fragte Finlay.
»Oh ja!«, sagte Rory. »Blacky ist schon ganz gespannt auf meine Familie!«
»Und du, Ivy?«, fragte er, als Ivy schwieg.
Sie lächelte. »Leb wohl, Finlay«, sagte sie, ohne seine Frage zu beantworten. »Und werd schnell wieder gesund!«
»Ich bin gesund«, protestierte er. »Es ist nur mein Bein, das mir Schwierigkeiten macht.«
»Pass auf dich auf!«, sagte Ivy und umarmte ihn. Danach kam sie zu Jeremy. »Darf ich dir zum Abschied einen Kuss geben?«, fragte sie.
Jeremy hätte am liebsten »Nein« gesagt, aber so unhöflich wollte er nicht sein. »Wenn du möchtest«, sagte er und drehte verlegen den Kopf zur Seite. Er spürte eine zarte Berührung auf seiner Wange.
Dann hörte er Ivys Stimme: »Leb wohl, Jeremy. Und vielen, vielen Dank! Wir werden dir nie vergessen, was du für uns getan hast!«

»Nein, das werden wir nicht, Jeremy Golden«, sagte Rory mit gerührter Stimme. »Lass es dir gut gehen und denk hin und wieder mal an uns!«
»Und ihr an mich!« Hastig stand Jeremy auf und tat, als würde er ein Bild an der Wand betrachten. In Wirklichkeit verschwamm alles vor seinen Augen und er sah überhaupt nichts.

»Also war es doch nicht die goldene Palette!«, sagte Jeremy, als er und Finlay McCain wieder allein waren.
»Wovon sprichst du?«, fragte Finlay.
»Im Efeuturm hat Ivy gesagt: ›Ohne die goldene Palette ist es völlig unmöglich, die bunten Farben nach Greyland zurückzubringen.‹ Aber es war gar nicht die goldene Palette – es war das Stickbild von Ivys Mutter!«
»Es war weder das eine noch das andere.« Finlay zwinkerte verschmitzt mit seinen blauen Augen. »*Ihr* wart es, die die bunten Farben zurückgebracht haben: du und Ivy und Rory. Das Stickbild und die goldene Palette waren nur eure Hilfsmittel. Sie allein hätten nichts bewirkt!«
Jeremy spürte, wie er rot anlief. »Ja, wahrscheinlich«, sagte er.
Eine kurze Pause trat ein.
»Damit hätten wir wohl alles aufgeklärt!«, sagte Finlay McCain dann und seufzte tief.

»Alles nicht«, widersprach Jeremy. »Wir wissen noch nicht, was es mit den Schatten im Theater auf sich hat.«

»Nein, das wissen wir nicht«, sagte Finlay. »Aber wenn man etwas nicht weiß, muss man versuchen, es herauszufinden!«

Jeremy erschauerte. »Du willst noch mal ins Theater der Schatten gehen?«

»Ja. Aber wir gehen nicht, wir fahren. Und dafür brauchen wir *meine* Flöte!«

Vor dem Haus blies Finlay in seine Holzflöte und gleich darauf fuhr die Kutsche vor. Doch jetzt war sie nicht mehr grau, sondern grün mit gelben Trittbrettern. Sie wurde von zwei rotbraunen Pferden gezogen, in deren Mähnen blaue und rote Bänder flatterten. Blau und rot war auch die Uniform des Kutschers, der nun mit einer Verbeugung den Kutschenschlag öffnete.

Der Meister der Schatten

Das Theater schien das einzige Gebäude in Iris zu sein, das sich nicht verändert hatte. Wie eine düstere graue Insel stand es inmitten all der farbenprächtigen Häuser.

»Weißt du, warum das Theater immer noch grau ist?«, wandte Jeremy sich an Finlay McCain.

»Nein«, sagte Finlay. »Aber ich bin sicher, dass wir es bald erfahren werden.«

Die Kutsche hielt und sie stiegen aus. Diesmal drängten sich keine Neugierigen vor dem Theater. Aber die Menschen in Iris hatten ja wirklich andere, wichtigere Dinge zu tun!

Jeremy stieß die Schwingtür auf und ging ins Foyer. An den Wänden hingen dieselben grauen, kaum lesbaren Plakate und die Beleuchtung war noch immer so schwach, dass er meinte, in jedem Winkel, hinter jeder Säule einen Schatten zu sehen.

Finlay gab sich Mühe, Jeremy zu folgen, doch mit seinem Gipsverband kam er nur langsam voran. Ungeduldig erwartete Jeremy ihn an der Tür, die in den Theaterraum führte. Als Finlay endlich bei ihm angekommen war, öffnete Jeremy die Tür und sie traten ein. Diesmal achtete er darauf, dass sie nicht wieder mit einem Donnerschlag zufiel.

Und dann umfing sie tiefste Finsternis.
»Am besten setzen wir uns an den Rand«, sagte Finlay.
»Ja«, stimmte Jeremy zu.
Sie hatten kaum Platz genommen, als wie beim ersten Mal Kugeln aus leuchtendem Dunst durch die Luft schwirrten und graue Rauchsäulen vom Boden aufstiegen. Innerlich machte sich Jeremy schon auf die gruseligen Geräusche gefasst, die ihn bei seinem ersten Besuch so erschreckt hatten. Aber er hörte kein Hufgetrappel, kein Hämmern, kein Schleifen und kein Heulen. Es erklang auch keine Triangel.
»Glaubst du, die Schatten sind noch im Theater?«, fragte er flüsternd.
»Es sieht fast so aus, als wären sie nicht mehr hier«, antwortete Finlay.
»Aber wenn sie nicht mehr hier wären, müsste das Theater doch bunt sein«, sagte Jeremy.
Die Helligkeit, die von den Rauchsäulen und den Leuchtkugeln ausging, war nicht sehr groß. Doch sie reichte aus, um zu erkennen, dass nach wie vor alles grau war.
»Hm, ja«, machte Finlay. Anscheinend wusste er selbst nicht so recht, was er davon halten sollte.
Nun senkte sich ein grauer Vorhang herab. Musik setzte ein. Fasziniert horchte Jeremy; die Melodie kam ihm seltsam vertraut vor. »Kennst du das Lied?«, fragte er.

»Nein«, sagte Finlay.

Auf einmal wusste Jeremy, woher er das Lied kannte: Wenn ihn seine Mutter früher ins Bett gebracht hatte, hatte sie eine kleine Musikdose für ihn aufgezogen. Und diese Musikdose hatte dieselbe Melodie gespielt! Es war keines der bekannten Gute-Nacht-Lieder gewesen, nur eine einfache, etwas wehmütige Melodie.

Die Musik brach ab und der Vorhang hob sich wieder. Auf einmal war die Bühne nicht mehr leer: Hundert oder noch mehr graue Schatten füllten sie. Die Schatten schwebten über dem Boden wie in einem feierlichen Tanz. Jeremy horchte auf ihr Summen und Säuseln, Wispern und Raunen. Nach einer Weile konnte er zwei Worte heraushören: *suchen* war das eine, *finden* das andere Wort.

Er stand auf und rief: »Aber ich hab Ivy bei der Suche geholfen! Und Ivy hat ihre Mutter gefunden! Und die goldene Palette haben sie auch wiedergefunden. Nur den Meister der Schatten –« Er atmete tief ein. »Nur den Meister der Schatten konnte ich nicht finden!«

Da ertönte ein Paukenschlag und eine hohle Stimme, die schauerlich von den Wänden des Theaters widerhallte, verkündete: »Eure Begegnung steht unmittelbar bevor.«

Jeremy hatte das Gefühl, als würden die Beine unter ihm nachgeben. Er stützte sich auf die Lehne des Sessels vor ihm. »Und wo finde ich den Meister der Schatten?«, rief er.

Lautlos sank der erste Schatten auf die Bühne und blieb dort liegen. Ein zweiter Schatten folgte ihm, ein dritter, ein vierter . . . Immer mehr Schatten wurden es, und ehe Jeremy so richtig wusste, was passierte, war die Bühne vollständig mit grauen Tüchern bedeckt.

Verwirrt drehte er sich zu Finlay um. »Die Schatten . . . meinst du, sie sind noch unter den Tüchern?«

»Warum überzeugst du dich nicht selbst davon?«, antwortete Finlay.

»Ich soll auf die Bühne gehen und unter die Tücher gucken?«, sagte Jeremy abwehrend.

»Du *sollst* gar nichts. Was geschieht, ist allein deine Entscheidung«, erwiderte Finlay.

Zögernd machte sich Jeremy auf den Weg zur Bühne. Unter den grauen Tüchern regte sich nichts und es war auch ganz still im Theater. Als würde die Zeit stillstehen, dachte er.

Er erreichte die Bühne. Vorsichtig spähte er unter die grauen Tücher; aber kein Schatten versteckte sich darunter.

Wieder ertönte ein Paukenschlag.

Dann erhob sich die hohle Stimme: »Geh in die goldene Kammer! Dort wirst du dem Meister der Schatten begegnen!«

In der Rückwand der Bühne öffnete sich jetzt eine Tür, aus der ein warmes gelbes Licht kam. Jeremy ging auf die Tür zu, zwischen den grauen Tüchern hindurch. Sein Herz klopfte zum Zerspringen.
Er kam in eine Kammer, deren Wände mit goldenen Tapeten bespannt waren. Aber sie war leer! Jeremy hatte erwartet, den Meister der Schatten hinter einem mächtigen Schreibtisch thronen zu sehen, ähnlich wie Fiona im weißen Felsen; doch niemand war da.
»Meister der Schatten?«, sagte er.
Ein leises Knarren ertönte.
Auf einmal bemerkte Jeremy, wie sich eine Geheimtür in der Wand zu drehen begann. Er sah einen Jungen mit goldblonden Haaren, der etwas zu große Kleidung in auffallend bunten Farben trug: ein orangefarbenes Hemd mit aufgerollten Ärmeln und eine blaugelb gestreifte Hose mit umgeschlagenen Beinen.
Jeremy brauchte einen Augenblick, bis er begriff, dass er selbst dieser Junge war und dass er sein eigenes Spiegelbild erblickte!
»Du bist der Meister der Schatten, Jeremy Golden, denn du hast die Schatten bezwungen!«, verkündete die hohle Stimme.
Die Geheimtür drehte sich wieder und gleich darauf war ihre Spiegelseite verschwunden. Jeremy kehrte auf die Bühne zurück und sah, dass sich die Lampen eingeschaltet hatten. Und nun erstrahlte das Theater

in den herrlichsten Farben! Nur die Tücher auf dem Boden . . . die waren noch immer grau.
»Finlay! Weißt du, was mir –«, setzte er an, als er sah, dass Finlay McCain nicht mehr im Theaterraum war.
»Finlay?« Er lief zum Ausgang.
Finlay McCain wartete vor der Kutsche. Atemlos berichtete Jeremy was sich in der goldenen Kammer ereignet hatte. Wie es seine Art war, hörte Finlay zu, ohne ihn zu unterbrechen.
Erst als Jeremy geendet hatte, sagte er: »Und was wird der Meister der Schatten als Nächstes tun?«
Jeremy starrte ihn verdutzt an. Dann wurde ihm klar, dass Finlay wissen wollte, was er, Jeremy, als Nächstes tun würde. Eine leichte Röte färbte seine Wangen. Im ersten Moment wollte er antworten: mit zu dir kommen!
Aber eigentlich gab es nicht viel, das sie miteinander verband, ging es ihm durch den Kopf. Sicher, Finlay McCain hatte ihn nach Greyland geholt und ihn auf eine Reise voller Gefahren und Abenteuer geschickt. Doch Finlay war ein erwachsener Mann und er war ein Junge. Ein Junge, auf den – Jeremy musste sich innerlich einen Ruck geben, bevor er diesen Gedanken zuließ – jemand wartete: sein Vater.
»Wenn ich wüsste, wie ich wieder nach Hause kommen könnte, würde ich wahrscheinlich nachsehen, was mein Vater macht«, sagte er.

»Du weißt, wie du nach Hause kommen kannst!«, entgegnete Finlay und schaute ihm fest in die Augen.
»Mit dem Ballon?«
»Nein.« Finlay lächelte. »Auf dieselbe Art und Weise, wie du von Sky City nach Iris gekommen bist!«
Eher widerstrebend griff Jeremy in seine Hosentasche und holte den Fingerhut heraus. Dann war dies also der Abschied!, durchfuhr es ihn. Er wollte Finlay sagen, wie wichtig ihre Gespräche für ihn gewesen waren, wie viel ihm sein Vertrauen bedeutet hatte – doch er brachte keinen Ton über die Lippen.
»Ich wünsche dir alles, alles Gute, Jeremy Golden!«, sagte Finlay McCain. »Aber nein«, korrigierte er sich. »Als Meister der Schatten brauchst du meine guten Wünsche gar nicht.«
»Doch!«, sagte Jeremy.
Da nahm Finlay ihn in den Arm und drückte ihn.
»Vergiss mich nicht, Jeremy!«
»Du mich auch nicht, Finlay.« Jeremy spürte, wie sich seine Augen mit Tränen füllten. Rasch setzte er den Fingerhut auf seinen rechten Zeigefinger und drehte ihn.
Und wieder wurde alles um ihn herum schwarz.

Die Heimkehr

Allmählich lichtete sich das Schwarz und ging in ein dunkles Rot über. Genauso dunkelrot waren die Vorhänge bei ihm zu Hause im Schlafzimmer!, dachte Jeremy. Und wirklich, als er jetzt die Augen aufmachte, stellte er fest, dass er auf seinem Bett saß. Aber wieso waren die Vorhänge zugezogen?
Er sah auf seine Uhr: Sie zeigte kurz nach vier. Nicht mehr lange und sein Vater würde von der Arbeit nach Hause kommen! Bestimmt war Rita in der Küche schon damit beschäftigt, eins ihrer Schnellgerichte zuzubereiten.
Jeremy war ziemlich hungrig, aber bei dem Gedanken an Ritas Essen verging ihm der Appetit gleich wieder. Nur ... warum hörte er nichts? Wenn Rita zu Hause war, lief entweder der Fernseher oder das Radio, manchmal auch beides. Ob sie zum Einkaufen gegangen war? Schließlich hatte sie niemanden mehr, den sie losschicken konnte!
Auf Zehenspitzen ging Jeremy zum Fenster und zog die Vorhänge auf. Als er sich wieder umdrehte, hatte er den Eindruck, dass sich irgendetwas im Schlafzimmer verändert hatte. Zuerst wusste er nicht, was es war, bis es ihm auf einmal wie Schuppen von den Augen fiel: Tiffanys Gitterbett, die Kommode mit ih-

rer Wäsche und das Regal mit ihren Spielsachen waren nicht mehr da!
Jeremy lief zum Schrank und riss beide Türen auf. Im ersten Moment war er erschrocken, als er sah, dass der Schrank halb leer war. Nur die Sachen seines Vaters hingen auf den Bügeln und wirkten sonderbar verloren. Er schnappte nach Luft. Konnte es sein, dass Rita ausgezogen war und Tiffany mitgenommen hatte?
Mit merkwürdig schweren Beinen ging er zur Tür und öffnete sie. Im Wohnzimmer schien sich auf den ersten Blick nichts verändert zu haben. Aber dann sah Jeremy, dass Ritas Orangenbäumchen nicht mehr da war. Und auf der Anrichte standen viel weniger gerahmte Fotos als früher. Anstelle der Hochzeitsfotos gab es jetzt einen Goldrahmen mit einem Foto von Jeremy; daneben war ein kleineres Foto, auf dem er und Tiffany zu sehen waren.
Als Nächstes schaute Jeremy in der Küche in sämtliche Schränke und Schubladen. Ritas Geschirr und der Kasten mit dem Silberbesteck waren verschwunden!
Unschlüssig ging er ins Wohnzimmer zurück. Er kam am Telefon vorbei und da wusste er plötzlich, was er tun würde.
Eigentlich war es die alltäglichste Sache der Welt, mit seinem Vater zu telefonieren; Jeremy hatte es in der

Vergangenheit Hunderte von Malen getan. Aber jetzt zitterten seine Hände, als er die Nummer wählte. Mit Sicherheit würde sein Vater ein fürchterliches Donnerwetter loslassen! Oder – schlimmer noch – wahrscheinlich würde ihm sein Vater sagen, dass er zu Hause nicht mehr willkommen war und dass er sein Bett von nun an im Heim für schwer erziehbare Jungen aufschlagen konnte!

Am anderen Ende der Leitung meldete sich die vertraute Stimme seines Vaters: »Hallo? Hier Golden!«

Jeremy musste sich mehrmals räuspern. »Hier auch«, sagte er.

»Jeremy? Bist du es wirklich?«, kam die überraschte, ungläubige Antwort.

»Ja«, sagte Jeremy. Und dann sprudelte es förmlich aus ihm heraus: Von seiner Begegnung mit Finlay McCain berichtete er, von Rory Fireball, vom Ballon –

Aber sein Vater unterbrach ihn: »Das kannst du mir später erzählen, Jeremy. Zuallererst muss ich dir etwas sagen!«

Jeremy spürte, wie ihm das Blut ins Gesicht schoss. »Und was?«, fragte er.

»Als deine Mutter starb –« Er hörte, wie sein Vater angestrengt atmete. »Inzwischen weiß ich, dass es ein riesengroßer Fehler war, mit dir nicht offen über alles gesprochen zu haben, Jeremy. Aber damals konnte ich es nicht, ich konnte es einfach nicht!«

Am anderen Ende der Leitung blieb es eine Zeit lang still, als müsse sein Vater erst mühsam die Worte finden. Auch Jeremy sagte nichts. Aber er presste den Hörer fest an sein Ohr, um ja kein Wort von dem, was sein Vater sagen würde, zu verpassen.

»Wir hatten Streit, deine Mutter und ich«, hob sein Vater schließlich wieder an. »Einen ganz dummen, banalen Streit. Sie hatte sich neue Schuhe gekauft und ich hab ihr vorgeworfen, sie würde zu viel Geld ausgeben. Dann sollte ich mir einen besseren Job suchen!, hat sie erwidert. Wenn ich mehr verdienen würde, müsste sie nicht ständig sparen. Ein Wort ergab das andere, sie fing an zu weinen und lief im Zorn aus der Wohnung.«

Sein Vater machte eine Pause. Jeremy wartete mit angehaltenem Atem, dass er weitersprechen würde.

»Ich hätte hinterherlaufen müssen.« Die Stimme seines Vaters klang ganz heiser. »Aber ich war wütend und gekränkt und deswegen unternahm ich nichts. Und das war mein schrecklicher Fehler: nichts unternommen zu haben. Ich ging ins Bett und am nächsten Morgen –«

Jeremy hörte seinen Vater schluchzen. »Was ist mit Mama passiert?«, fragte er.

»Sie wurde überfahren, von einem betrunkenen Autofahrer. Und es war meine Schuld!«, brach es aus seinem Vater heraus. »Wenn ich sie nicht aus dem Haus getrieben hätte mit meinen albernen, überflüssigen Vorwürfen, wäre sie noch am Leben. Und deshalb konnte ich nicht mit dir sprechen, Jeremy: weil ich wusste, dass alles meine Schuld war! – Und weil ich Angst hatte, dass ich *dich* auch noch verlieren würde, wenn du die Wahrheit erfahren würdest!« Er schnäuzte sich mehrmals die Nase. »Aber ich hab dich verloren!«, sagte er dann. »Aus genau diesem Grund hab ich dich verloren: weil ich nicht den Mut hatte, offen mit dir zu sprechen.«

Jeremy spürte sein Herz laut und unregelmäßig schlagen. »Jetzt bin ich ja wieder da«, sagte er.

»Ja!« Sein Vater stieß einen tiefen, wie erlöst klingenden Seufzer aus. »Und du kannst dir nicht vorstellen, wie sehr ich mich darüber freue! Ich werde jetzt sofort nach Hause kommen. Und dann –«

»Warte!« Diesmal war es Jeremy, der seinen Vater unterbrach. »Rita ... ist sie ausgezogen?«

»Ja«, sagte sein Vater. »Aber darüber können wir gleich in aller Ruhe sprechen!«

Als Jeremy auflegte, hatte er das Gefühl, als wäre ihm eine Zentnerlast von den Schultern gefallen. Nun spürte er die Freude wieder, die er so lange vermisst hatte! Er machte wilde Luftsprünge, schwenkte die Arme und stieß ein Freudengeheul aus. Es dauerte nicht lange und in der Wohnung unter ihm wurde

gegen die Decke geklopft. Doch das störte Jeremy überhaupt nicht.
Er zog das orangefarbene Hemd von Finlay aus und legte es in eins der Schrankfächer über seinem Bett. Als er sein eigenes grünes T-Shirt übergezogen hatte, fiel ihm etwas ein – etwas sehr Wichtiges! Er zog das T-Shirt wieder aus, lief ins Badezimmer und stellte sich vor den Spiegel. Und da war es tatsächlich: das von Rorys Feueratem eingebrannte Zeichen des Drachen!
»Juhu!«, schrie Jeremy aus Leibeskräften. Und noch einmal: »Juhu!«
Unter ihm wurde heftiger geklopft, aber er grinste nur.
Anschließend tauschte er im Schlafzimmer die blaugelb gestreifte Hose von Finlay McCain gegen seine eigenen dunkelblauen Jeans. Er vergaß auch nicht, die Eierschale von Kriska und den magischen Fingerhut in die Taschen seiner Jeans zu stecken.
Nur die Knochenflöte der Schamanin . . . die behielt er in der Hand. Er merkte, wie es ihn geradezu in den Fingern juckte, noch einmal hineinzublasen. Was wohl passieren würde?
Mit Herzklopfen setzte er die Flöte an die Lippen und blies hinein. Die dumpfen, unheimlichen Töne erklangen und ließen Jeremy erschauern.
Leise sagte er den Spruch der Schamanin auf:

»Ein Zittern, ein Zagen, ein Beben,
Ein Flüstern, ein Seufzer, ein Hauch,
Kurz ist das Menschenleben
Und dein Leben auch.
Erloschen, vergangen, verweht,
Nur der Wandel besteht.«

Auf einmal raschelte es unter dem Bett. Jeremy beugte sich vor und erblickte eine spitze graue Schnauze. Und dann rief eine hohe, piepsige Stimme: »Ich bin so hungrig, jaja! Hast du nicht ein paar Brotrinden für mich, Jeremy Golden, jaja?«